王宗仁 著

拉萨河的色彩

LASAHE
DE
SECAI

百花洲文艺出版社
BAIHUAZHOU LITERATURE AND ART PRESS

图书在版编目（CIP）数据

拉萨河的色彩/王宗仁著. –– 南昌：百花洲
文艺出版社，2019.5
ISBN 978-7-5500-3233-0

Ⅰ.①拉… Ⅱ.①王… Ⅲ.①散文集－中国－当代 Ⅳ.①I267

中国版本图书馆CIP数据核字（2019）第064130号

拉萨河的色彩

王宗仁　著

责任编辑	赵　霞　凌云	
书籍设计	方　方	
制　　作	何　丹	
出版发行	百花洲文艺出版社	
社　　址	南昌市红谷滩世贸路898号博能中心一期A座20楼	
邮　　编	330038	
经　　销	全国新华书店	
印　　刷	江西千叶彩印有限公司	
开　　本	720mm×1000mm　1/16　印张 20	
版　　次	2019年7月第1版第1次印刷	
字　　数	250千字	
书　　号	ISBN 978-7-5500-3233-0	
定　　价	43.00元	

赣版权登字　05-2019-82

邮购联系　0791-86895108
网　　址　http://www.bhzwy.com
图书若有印装错误，影响阅读，可向承印厂联系调换。

自序：总会有一颗星在我头顶闪烁

常常有人给我提问：你上百次穿越世界屋脊青藏高原，就那么心甘情愿吗？坦率地说，苦、累，甚至对生命的威胁都时刻存在。但我愿意面对。只因为我内心有一个难以抑制的支撑：一心要当作家。

14岁那年，上小学四年级的我写了一篇命题作文，我长大后的志愿是要到青藏高原去，当一名勘察队员，成为作家。为什么要把去青藏高原和当作家联系起来，当时我说不清楚，就是现在愿望变成了现实，我也道不出个所以然。反正自从在课本上知道了中国西部有这么个美丽富饶的青藏高原以后，就把它牢牢地放在心窝里了，常常做梦都到了那里。还是好奇多于理智。记得有一支歌曲《勘察队员之歌》，好让我喜欢，莫名其妙地觉得那些勘察队员都战斗在青藏高原，我常常哼唱着，有时走路也用脚和着节拍哼唱：

是那山谷的风，/吹动了我们的红旗；/是那狂暴的雨，/洗刷了我们的帐篷；/是那天上的星，/为我们点燃了明灯；/是那林中的鸟，/向我们报告了黎明；/是那条条的河，/汇成了波涛大海……

我想象勘察队员在冰天雪地高原上的生活，勾画着我的作家梦。

也是14岁那年，我的处女作《陈书记回家》，在1955年第8期的《陕西文艺》发表。农村小娃娃在省级文艺刊物发表作品，确实罕见。我很得意，这篇作品的问世，缩短了我想去青藏高原当作家的距离。我的心更急切地飞向那个遥远的地方！

满天都是星星，总有一颗在我头顶闪烁。

生活中的巧遇常常不期而至。1957年冬，部队到我们县里接兵。当时我并不知道接兵接的是什么兵种，更不清楚他们驻扎的地方在哪里，许是企盼走出农村的心情太急切，就辞掉了在一些人看来很不错的民办教师的工作，瞒着父母报名参了军。铺着稻草当床铺的铁皮闷罐火车，把我们这些还穿着老百姓衣服的新兵拉到兰州，又坐了四天的敞篷卡车，来到昆仑山下的汽车团。从此，我当上了一名高原汽车兵。我梦寐以求的上青藏高原的梦想，真的好像做梦一样，就这样似乎轻而易举地成为现实。作家梦呢？我却感到有些迷茫，但并没有断了念想。我相信和她毕竟有着可以用心灵交流的秘密。暂且将这颗早就孕育的文学种子埋在心底最肥沃的宝地，一场春雪飘来她会发芽！

直到我在汽车教导营学会了驾驶、修理汽车技术，第一次开着汽车从插在格尔木转盘路口，标志着"南上拉萨、北去敦煌、西往茫崖、东到西宁兰州"的路牌前起步，驶上2000公里青藏公路时，我才真真切切地感到实现作家梦想的路开始了。我强烈地感到可以从这个四通八达的路口摄取足够的养分以滋养我的梦想。此刻，1959年初夏，一场"六月雪"正降临昆仑山。放眼望去，四周全是雪，除了矗立的雪峰，就是被白雪几乎填满了的洼地。我特地刹住车，走出驾驶室朝通往四方的路上眺望，雪峰连绵起伏。近的那么近，仿佛伸手就可以抓到一把雪；远的那么远，可望而不可即。瞬间，我想象的翅膀随着这通往四方的远路展开，飞翔起来。

我能走到我需要去的每个地方吗? 未见得! 生活中常常能遇到格尔木这样的转盘路口, 你有时赶路的步伐越快反倒越容易迷惘和走失。不是吗? 如果是逃路的人, 保不准走着走着, 脚印倒是种在了路上, 前面却是一个又一个坟头……生活就是这样, 找到一些谜团答案的同时, 又引出了太多的悬念。你又不得不朝前方走去, 再寻找。

我正这么想着, 一阵来路不明的雪, 被去向不明的风吹动, 几个牧羊人赶着羊群不知该走向哪儿……

无意间, 我发现路边的雪层上挺立着几丛荆棘, 在这野性的荒原上, 它默默地吮吸着积雪用过的阳光。正是它们守住了原始的蛮荒。

我采摘了几丛荆丛, 这是诗心文眼。

飞雪和冰凌在方向盘上交汇, 山路和戈壁在掌心重叠。敦煌、阳关、日月山、倒淌河、纳赤台、昆仑神泉、长江源头、拉萨河谷、布达拉宫……这些令多少人神往的鲜活得冒着仙气神韵的名字, 是求之不得的文学原生态素材, 从我踏着汽车油门的脚板下, 一次又一次地闪过, 刺激着我的神经, 勾撞着我的魂魄。运输任务繁忙, 经常白天黑夜连轴转地跑车, 我只能利用开车中点点滴滴的空隙时间, 见缝插针写稿。但是我真的写不好, 只能乘着梦的翅膀回到驾驶室坐垫上, 把所见所闻的事记在随身带的记事本上。创作需要走进生活, 更需要靠近历史。于是我搜集我所在的汽车部队在解放战争和抗美援朝战争中的故事。我坚信, 一个人如果有一把万能钥匙, 就会有十万把能开的锁子。这么多丰富多彩的文学原料, 还愁变不成散文!

文学的路比我开初想象的远还要远。我寄出一篇又一篇散文, 还有诗歌, 天天等待开花结果。好不容易盼来自费订阅的报刊, 战战兢兢地打开目录, 寻找自己的那盏灯, 可是看到的都是别人的名字。我的灯却不知在哪个幽巷里蛰伏着。

往事不可假设，但未来是可以预测的。我踩油门的脚踏得更狠劲了，恨不得一脚就踏出属于自己的一本书！我把那些亲身经历的，亲眼看到的，还有从历史深处挖来的文学的夜明星、五彩路，继续详略得当地记在记事本上，积攒着，再积攒着，等待着爆发！

我一直不相信文学创作有一种永恒的理论，但我们还是需要它。在一些创作阶段，只有理论能廓清我们的思想，让我们从迷乱和人云亦云的混乱中轻松走出来。忽然有一天，我遇到了一位贵人，至今我都记得他的名字。其实说不说他的名字有什么重要，他只是一个文艺刊物的编辑，叫"师日新"。今天没有几个人知道这个名字。他来高原深入生活，得知我痴迷文学，写了许多作品苦于发表不出来。他特地见了我，说了一番话，至今我记得大意是，文学创作是一个没有尽头的想象艺术，最可贵的是创新。好像画家面对一张纸，下笔的地方有十个、百个，以至千个。到底能下笔的地方有几个，完全由画家自己。说实在话，他的话我当时似懂非懂。他还特地给我讲了诗人李瑛的几首诗。几十年来，我一直记着师日新老师的指点，摸索前行。他是在启迪年轻的作者，要热爱生活，但还要走出生活，生活在文化里。这样才能做到既源于生活，又能高于生活。文艺创作是以一当十，以十当百的艺术，丰富是用来赞美简约的。

开车和写作是我成长中并蒂的两片绿叶，共享阳光，同浴风雨。我的那个记事本怎能不像口袋呢，里面装的是酿制文学的精米细面。我匆匆赶路，忙忙往里面填充，最后把自己也装进去了。

谁说通往春天的路上不是布满荆棘，汽车驶进昆仑山后，山体上不时有泉水飞流直下。昆仑神泉是不是相传的当年文成公主进藏路上洗理自己的梳妆台，另当别论。但是众人皆知这泉水最嫩的时候是大雪封山的季节。我的文学生涯在封闭和寂寞的意境里，经过相当艰难而幸福的跋涉，终于在这里亮起了一盏灯。

散文《昆仑泉》在1964年第6期《人民文学》发表。我接到这期刊物，无法掩藏的心花与刚刚落地军营外的春光接壤。不足2000字的一篇短文，速写了高原汽车兵和养路工人携手共守疆土的深情厚谊。一瓢水同样可以滋养根的生命。它给经过多少轮回才找到一盏灯的我，带来的冲击波是突破性的。整个春天，再加上整个冬天，我的心都是热的。怎能不热呢？就在不久前，也就一个月吧，我创作的反映高原汽车兵生活的散文《考试》，在全军举办的"四好连队、五好战士、新人新事"征文中获奖。这篇散文只有1500字，小散文折射的是大道理，它记述了汽车部队打破传统的考试模式，进行路考的新的考试方法。半年前，我把《考试》的手写稿工工整整地誊抄在公用信纸上，寄到征文办公室，不久就在《解放军报》文化园地副刊发表。我无论如何没有想到它会获奖，惊慌大于喜悦。获奖证书寄到高原后，团政委王品一在全团干部大会上，把奖状高高举过头顶，自豪地说："这是总政治部发的奖状呀！"至今，我依然十分珍惜地妥善保存着这个银色烫金、盖着"中国人民解放军总政治部"红色大印的奖状。

差不多与《考试》获奖的同一个时间里，我的另外一篇散文的发表，不但惊动了汽车团，还让我家乡的亲人也着实受了一场虚惊。确切地说，那只是一篇小故事，题目《风雪中的火光》，发表在《解放军生活》上。内容真实地记述了我们的汽车被突降的暴风雪围困在唐古拉山上。零下30多摄氏度的气温，滴水成冰。为了保护汽车的水箱不冻坏，我们把棉军衣的棉絮甚至衣面都撕下来，蘸上柴油点燃烤车。文章的最后这样写道："第二天早晨，暴风雪停了，我们重新上路。这时候，我们每个人身上都只剩下线衣和单衣。我们把温暖给了汽车，为的是让它去温暖西藏人民。"
那天早晨，中央人民广播电台在《新闻联播》之后的《解放军生活》节目，
转播了这个故事。军营的战友们都听到了，我家乡的亲人也听到了。母亲
得知我把棉衣生火烤了车，担心我会挨冻，赶做了一件棉背心，让父亲寄
到部队。父母疼儿的爱心可以理解。我接到背心后，一直舍不得穿，只是在
每次乘车路过唐古拉山时，特地穿上它，以留住那个发光发烫的岁月。

　　《昆仑泉》发表后，1966年第7期《人民文学》又发表了我的第二篇散
文《夜夜红》，依然是反映高原汽车兵生活，但是无论从取材的角度及揭
示生活的深度，还是对高原汽车兵在高寒地区执勤中的奉献精神，及面临
的困境，物质匮乏和精神富有的反差，都有了比较敏锐的微察和细取。

　　需要说明的是，《昆仑泉》和《夜夜红》都是被两家报刊退稿后，我
再次做了较大的修改，才得以在《人民文学》发表。我总相信，失败无处
不在，成功就在你的身边。只等你去唤醒，冬去春来。

　　一个汽车兵的作品，接二连三地在全国全军报刊上发表，引起人们
的关注是不奇怪的。兰州军区文化部尉立青在1965年第1期《青海湖》发
表了《可喜的收获——评王宗仁的三篇散文》，文中写道："这三篇散文
篇幅都很短，但很精。作者以饱满的政治热情极力地歌颂了高原的新风
貌和高原人新的精神状态，使作品充满了炽热的时代激情和强烈的时代
精神，可以说是三篇较好的散文。"这三篇散文除了《昆仑泉》之外，还有
发表在《青海湖》上的《船》和《昆仑雪里红》。

　　说起尉立青，还有个有趣的小插曲。他来高原深入生活，同时为《连
队文艺》组稿。他特地约我写一篇散文。我加班写了篇题为《裴大嫂》的
特写，颂扬了某兵站一位裴姓男招待员热情、细心、周到地为过往兵站
的指战员服务的故事，大家都亲热地称他"裴大嫂"。尉立青编稿时把

文中的"他"都改成了"她"。编完后才恍然大悟,又把"她"全部恢复成"他"。他很风趣地对我说:"大嫂也可以是男人。我只好让'她'回到男人的行列里去!"

每个人都有自己的远方,渴望当作家的我对远方的渴盼似乎比一般人更强烈。远方不在起点而在尽头。尽头到来之前,它在哪里,好像很难一语道破。如果把你的远方比作灯火,这灯火挂得比星斗还高。你可以做到的是,双手要紧握阳光,不让它从指缝间滑落。1964年前后,我感到我离远方好像靠近了一步。只是靠近,远方并没来到。这个时间段,有三件喜事突然敲门,让我兴奋。一是我和我的同乡同学,同年入伍又同是汽车兵的战友窦孝鹏,携手加入了青海省作家协会。二是西安电影制片厂文学部王积成来高原组稿,约我和窦孝鹏创作一部反映高原汽车兵生活的电影剧本。我俩一听就吓炸了,写电影剧本?做梦都不敢想的事!王积成告诉我俩,只要拿出初稿,他们会有人帮助完成任务。三是我把多年来发表的散文冠名《青藏线上》寄到人民文学出版社上海分社,希望能编入正在全国读者关注的"萌芽丛书"。分社收到书稿后编号登记,让我等待处理意见。

青藏高原四季落雪,雪落下来就会融化,融化后冬天就单薄了。不能不说,我的文学梦可以望得见"远方"在地平线上恍惚出现几缕曙光。虽然我明白,是"不可能的"!但我仍然满怀希望地盼望着奇迹终于会出现,让可能成为现实!

我又一次坚定信念,又一次抬起头踏上了茫茫青藏线!

最终,后面的两件事八字没见一撇就飞了!"文革"的战车碾过的地方,遍地都是光芒,但没有人知道这光芒有几多绿色,在这连森林也发呆的日子里,我偶尔也会望着几片枯叶想象我的"远方"。回忆失落的美好,反而让我长时间抱有希望和期待。我便尝试着恢复失落的、有点残缺的文学梦。因为生活总是给我们带来惊喜，谁愿意看着原本多彩的日子变得死灰一样寂寞！

积累昨天的经历，创造今天的岁月，奔向明天的"远方"。

我继续创作，我真的巴不得将在风雪路上开车经历的故事，以及沉淀在脑海里的文学功底，都倾注到拉萨河里，用它的宽阔和流长孕育出一篇美丽的文章。没有发表作品的阵地——"文革"中所有的文学刊物以及报纸都停刊，或者改头换面，我的笔记本就是阵地。记的内容大都是我写"我"，又是在自己的阵地发表，在写作技巧上进行一点探索，甚至展现一些时代的盲区，野一点也无妨。一篇又一篇散文、诗歌，甚至报告文学，誊抄在我自备的大小不一的笔记本上，有的本子是很精美的印着"最高指示"的奖品册，有的是我买来的有副统帅举着语录本头像的纪念册，还有的是我自制的用画报包封皮的笔记本……我把它们统统称作"学步集"，一集、二集、三集……至今我仍然保存完好。我的许多散文就是从这个阵地上长出来的，我说"长"，是因为那些记下来的事情，仅仅是根，给它们添枝加叶后，就成了作品。那个隆冬，我在楚玛尔河畔写下一篇纪事后，看见河边孤独的冻土和叫不上名字的卑微的草根，独自承受一种凛冽，不知为什么我总想回头，走到文学的起点上去。也怪，就在我回过头的一瞬间，看见了"远方"的那盏灯还在闪烁。于是，我又把头收回，静静地贪婪地望着记事本里那些文学"胚胎"。

我在创作上的一个明显的拐点，或者说又一次爆发出火花，是1974年初春。当时我已经调到北京，在总后勤部宣传部任新闻干事，文学创作是业余爱好。平心而论，我调到北京从事新闻工作，主要还是在文学创作上取得的成绩帮了忙。1985年1月13日，我在《解放军报》发表了题为《我的两驾马车》，这两驾"马车"就是新闻和文学，文中有这样一段文字：
"在我的肩上拉着两套马车。我酷爱文学，也偏爱新闻。八小时之内写新闻，八小时之外搞创作。拉两套'马车'当然要比单枪匹马费力了。但我心甘情愿……我总觉得离开新闻工作岗位，也许我的创作也会随之枯萎。"

话题再回到1974年初。一天，一封带着青藏高原早春暖雪的信飞到我手里，是刚从《青海湖》编辑部调到青海人民出版社当编辑的杨友梅的来信。她在信上写道："我很喜欢你写青藏线生活的散文，一直有个心愿，想把你这些作品汇集成一本册子，由于种种原因始终未能实现。现在看来这项工作可以着手做准备了，请你把你的作品整理出来，寄给我看看……"

我惊喜得心都快蹦出胸膛了！我，一个曾经在风雪青藏线上开车的司机，几次送稿和她见面时都是穿着油腻的工作服，她接过稿件总会客气地让我坐在沙发上，询问我们汽车兵的一些情况。之后她就埋下头看我的稿，边看边用笔在上面勾勾画画。我总觉得我虽然坐在她身边，但离她那么远。哪里会想到她现在突然提出要给我出书，而且还是她早就有的想法。她在信中提出的唯一要求就是，集子里的作品必须有一半以上是新创作的，未在报刊上公开发表过的。我立即很兴奋地给她回信，详细谈了对要出版作品的设想，列了个提纲。从此，西宁—北京之间的信件频繁传递着创作信息。我每写出一批作品就捎给或邮寄友梅老师，请她指教。她从来不积压我的稿件，看完后总是及时和我联系。她对作品的标准要求很高，我新创作的或修改的作品，她总要提出进一步修改意见。

其间，有一件事我是无论如何没有想到的，它多少也影响了我的写作情绪。她退回了我点灯熬油新创作的七篇散文，几乎全部否定。我把她长达5页的信反复看了好几遍，心中的不快和委屈才渐渐消散。信中她详细地谈了每篇散文的不足之处，并提出详细的修改意见。后来被教育部选入全日制十年制学校初中课本语文第三册的散文《夜明星》，原文中有一段关于天葬的文字，她提出正文中有"天葬"二字就可以了，不必展开写，在文后加注释。天葬是藏族宗教信徒处理死者遗体的一种独特做法，三言两语在正文中很难说清楚，也没必要。她的意见是对的，我照办了。友梅老师还提出，将七篇散文中的两篇散文合二为一。她在信末写道："我既然要给你出书，就会严格地要求你。"很快，我按照她信上的意见，对七篇散文做了认真的修改和调整。寄她后，她又热情洋溢地回信，称赞修改后的作品不仅内容充实了，也有了较深刻的意境。她还高兴地告诉我，她编的工人作家程枫的小说集征订数为275000册。希望我这本书的印数也达到这个水平。

友梅老师在这期间常常利用她爱人老罗来京出差的机会，顺便给我捎来她改好的稿件让我誊抄，我则把修改好的稿件让老罗捎回。老罗每次都和我约好在我们部队驻地的万寿路地铁口见面，不见不散。老罗人很瘦，朴实，淳厚，话不多。我多次请他到机关坐坐，他总是笑笑，说很忙，以后有机会。可是，他始终没去。我每次见到老罗，总觉得他满脸忧郁，像有很重的心事。

当时，我怎么也不会想到，老罗就是"胡风集团"的那个成员罗洛，我只知道他叫"罗泽浦"，我们都喊他"老罗"。十多年后，当"胡风集团"的冤案得到平反，罗洛也恢复了名誉，成了上海作家协会的主要负责人，一本又一本诗集像喷泉一样涌了出来。杨友梅也回到上海，在《收获》杂志社工作。回首往事，我真是又吃惊又不安。我仿佛做了一场梦。但是，一切都是真的。1975年11月《珍珠集》由青海人民出版社出版，这是我的第一本散文集。

至今，我已经出版了45本作品集。

　　2008年4月，我获得第五届鲁迅文学奖的散文集《藏地兵书》，由解放军文艺出版社出版。这本散文集是当时素不相识的年轻编辑丁晓平找上门主动向我组稿的。他在书的封面上赫然写着这样的导读语："比小说更精彩，比传说更感人。一个上百次穿越世界屋脊的军人，一个把生命化作青藏高原一部分的作家，他写了四十多年高原军营生活，有数百名藏地的军人从他笔下走过。大家称他'昆仑之子'。"这本散文集中的作品，有一半以上是经过《解放军文艺》的编辑王瑛精心指点发表的。她告诉我：写青藏高原军营的题材，是你独有的文学资源，但是你不能只凭简单的经历和经验写作。当然，这样写也容易打动读者，却也容易失去个性，往往淹没在共性的洪流之中。她对我说，"你不仅要站在自然的海拔高度写高原军人的苦乐、死亡和爱情，还要站在人性的海拔高度去写。"她打了一个比喻："如果你拿个碗在瀑布前接水，能接到水吗？"

　　我理解并践行王瑛的这番点拨，直到今天。优秀作品的产生不仅需要时间，更重要的是要改变对生活的思维模式，以及如何取舍生活，把原味生活酿制为文学作品。之后，我在探索摸索中创作了一批散文，不但取材有突破，写作也有了与过往不同。以发表在《解放军文艺》上的三篇作品为例：

　　《传说格尔木》，写了一位藏族老阿爸为了保护埋葬在戈壁滩女军人的遗体，赤手空拳与毁坟的野狼进行搏斗。他硬是用青筋暴起的拳头砸死了张牙舞爪的野狼。女军人是因为缺氧毙命的，老阿爸也是因缺氧献出了生命。女兵墓旁又立起一座新坟。《情断无人区》，展示了平息西藏叛乱中，发生在藏北无人区一桩离奇、悲凉、却引人深思的爱情故事。追歼叛匪头目的战士和匪首女儿，在无人区邂逅，碰撞出爱情火花，成婚、生子。后又各奔东西，女人进了尼姑庵，遗落在无人区的丈夫仍在等待、寻找藏女。《唐古拉山和一个女人》，反映了青藏线上第一个汉族女人给军营带来的满园春色，而她自己却付出了生命的代价。

后来，王瑛随我走了一趟青藏高原。她在和我的一次对话中说："我上一次青藏高原，看见的青藏高原是一种样子，您年年上青藏线，写出的高原故事又是一种样子。生活和文学的这两种样子在记忆里重叠在一起，您对青藏线上官兵生活的感受，变为对生命在极限状态中所呈现的光辉的一种认知。而这正是文学不可替代的价值。"

也许，今生我再不可能上青藏高原了。但是，我还会写高原生活。因为文学，让我站在了比青藏高原更高的精神高原上！

2019年春节于望柳庄

CONTENTS

目录

自序：总会有一颗星在我头顶闪烁

五道梁落雪　五道梁天晴

　　清晨，唐古拉山的冷风拉开了沉睡的夜幕，把江河源头的山水清清楚楚地显露出来。他几乎每天都在太阳刚爬上山冈的时候就已经坐在兵站门口的石头上，望着坟包呆呆地发愣。一个不容置疑的高原军人，一个无法抗拒的血性男儿！

　　他的身后是兵站一排压着薄薄积雪的兵屋。那兵屋很低很低，好像贴在了地上。兵站里升起的细细的炊烟分明是在招他回去，但他仍然静坐不动。

　　更远处的山腰有一座寺庙，静悄悄的，好像还没睡醒。

　　望坟人叫陈二位，兵站站长。藏族，本名"洛桑赤烈"，改名"陈二位"是入伍以后的事。这阵子他从石头上站起来，裹了裹披着的大衣——他裹紧的是西北风，走到一直等待着他的我的面前，说："我讲一个兵在五道梁的故事给你听，他的名字叫'莫大平'。"

　　我忙说："我是冲着你来的。"

　　他说："长江源头不缺水，所以我关心的不是河流的去向，而是它的终点。你应该承认，包括我在内，这里的每个兵都是并不快活的人，但是既然当初选择了五道梁，我们就得咬着牙使出吃奶的那股劲，走下去。"

　　他抬起头，又凝望那个坟包。阳光把坟包照得很亮，坟上有枯草在摆动。

五道梁这个地方是山上的一块平坝，海拔四千八百一十八米的平坝。冬天来到青藏高原，五道梁走进了一望无际的酷寒。春天也在这一刻开始孕育。

五道梁的兵们生活在许多人不想居住的地方。兵站上一共十五个兵，那个坟包里埋的却不是兵，是个鲜嫩鲜嫩的藏族姑娘……

沈从文的老乡小莫

莫大平，土家族，一九九一年入伍，很老很老的兵了。在五道梁兵站，凡是兵龄过了三年的兵，不管是不是班长大家一概都称"班长"。但是对于莫大平这位老兵中的老兵，却没有人叫他"班长"，所有人都无一例外地喊他"小莫"。这里面除了亲昵的成分外，更重要的是他好像永远也长不大。当然这不仅仅是指他那瘦小的个头，而是说他做起事来总像个不听招呼的淘气娃儿，任性多于服从。兵站的人都知道小莫是个特殊的兵，特殊在两方面：第一，他是带着家眷上山的，老婆和孩子都住在五道梁；第二，他是湘西凤凰县人，作家沈从文的老乡。为此他常常自豪得眉毛都要立起来了，对任何一个到五道梁来的人，总是以"天大地大不如他莫大平大"的口气说："知道沈从文吗？世界级的作家，我俩是乡党呢，我见过他！"其实他漏掉了一句话，是在照片上见过。在他这番添油加醋的炫耀之后，如果对方还不知道沈从文为何人，他挖苦的话就噼里啪啦地扔过来了："遗憾，遗憾，实在遗憾！我不能说别的了，只好说你学识浅薄，怎么会不知道沈从文呢？"你还别说，在青藏线上，沈从文有了小莫这个老乡后，知名度大为提高。因为不少兵的床铺下都压着一本有小莫签名的《边城》。

小莫带家属为什么算特殊?

部队有规定,战士是不能带家属的,即使像小莫这样的老兵也不例外。那么,莫大平为什么要破例呢?他爱人童月是河南扶沟人,他俩在高原上举行的婚礼,后来童月几次回到凤凰县,都不习惯土家族的生活。于是,她只好重返五道梁。就这样名不正言不顺地住下了,一住就是六七年,如今小女已经五岁了,叫"莎莎",地地道道的五道梁人,整天在兵站的院子里独来独往地跑着。没有小伙伴,只好与站上的那只小狗为友,只要她喊一声"狗狗",小狗就跟上来了,她走,小狗也走,她跑,小狗也跑。莎莎很孤独,但是她给寂寞荒凉的高原增添了几分难得的生气。每当小莎莎迈开脚步在站上跑起来的时候,兵们都觉得整个青藏高原都在绕着她的脚板旋转。

莫大平是汽车司机,天天跑车,每次回到站上累得浑身酸疼,就冲着正在院里跟小狗藏猫猫的莎莎喊道:"闺女,过来给老爸捶捶背!"喊过女儿之后,他便伏卧在院子中央的一块大石头上,等着女儿抡起两只小拳头在他的背上欢欢地捶开来。

只有在这时候,他莫大平才有一种回到家里的感觉。五道梁的苦算得了什么,只要有自己的家,他莫大平是什么样的苦都咽得下的!

莎莎不停地用双拳捶着老爸的背。小莫说:"闺女,再狠劲一点敲,越狠越好!"

小莫并不知道这时童月一直站在门口,用极不满的目光望着他。久了,她自言自语地说:"这个死鬼哟,就知道自己舒服,莎莎才五岁呀!"

小莫显然听到了,回敬了她一句:"多嘴!"

他说话的声音很大,双眼却仍舒心地闭着。

莎莎看见了妈妈,便扔下老爸扑向妈妈,泪声泪气地诉苦:"妈,我手疼！"

莫大平起身，冲着女儿的背影喊道："你给我回来捶背！"

童月护着女儿，斥责丈夫："你的疯病又犯了？你有胃口就吃了我吧！"

陈二位没再往下讲了，藏家人特有的那两片厚嘴唇在颤抖着。我也不便问了。

在我等待了足足有十分钟后，他才告诉我，是童月那句"你的疯病又犯了"的话，戳痛了他的心。他接着说，谁要说莫大平得了"疯病"我跟他急。但是，小莫确实有病，什么病？我说不清，谁也说不清……

陈二位不言声了。

二位跟我再次提起小莫，是在两天后，不过他绕了个弯子，说，我给你讲另一个兵的故事，当然这个兵的事与小莫有关。至于怎么"有关"，那就要你费心琢磨去了。

五道梁的水土养出了什么人

陈二位讲的这个与小莫有关的战士叫"朱志军"，他比莫大平的兵龄还多一年。十二年漫长的兵营生活间，他没挪窝地在五道梁兵站发电机房工作。不足三十平米的空间就是他的天地，他所有喜、怒、哀、乐的故事，都毫不例外地浓缩在了这个狭小的空间里。

在几千里青藏线上，五道梁自然条件之恶劣尽人皆知。然而，对老兵朱志军来说，氧气缺一半他可以忍耐，被人形容成能把鼻尖冻裂的严寒他也能坚持，唯独这刀刃也戳不透的寂寞把他的心咬得伤痕累累。一年三百六十五天，他除了吃饭去食堂，睡觉回宿舍，其余的时间都在发电机房泡着。一个人成天孤独地守着一台喧嚣不止的发电机，耳朵是聋的，眼睛是涩的，鼻孔是黑的，脑子是木的。他就想冲出这三十平米的空间，找个人聊聊天，或到草滩上跑几步，吸几口新鲜空气，他还特别想蹲在公路边看一看南来北往的汽车，那些车上肯定有来高原旅游的女人，要知道他已经有三年多没有认真地看一眼女人了……

终于，有一天，他小心翼翼地跟领导提出，希望能给他换一个工作，他没敢说出从此就离开发电机房，只是说暂时挪个位他先干一段时间别的工作，然后他还会再回到发电机房的。领导似乎一眼就看透了他朱志军的心思，便说明叫响地给他把事情挑明了："小朱呀，咱站上就屁股大的这么一块地方，换到哪里都是苦差事，走来走去都是五道梁。你想甩开手脚痛痛快快地潇洒一番，咱没那个条件！" 随后，领导又掏心里话地告诉他："小朱呀，这台发电机是咱全站的'心脏'，如果它出了故障，站上就没有光明和动力了。你是管发电机的技术能手，站里一分一秒都离不开你。"朱志军再也不吭声了，他知道自己是个兵，就得忠心耿耿地尽兵的职责。

朱志军又倾心尽力地坚守在发电机房了。时间一天天地过去了，他忘了外面的世界，也不记得自己曾经有过想离开发电机房的想法。一切都顺其自然，一切都为了那个"心脏"的正常运转。他已经把自己的身子和心与那台发电机融为一体了。后来战友们都说，朱志军已经变成一台发电机了。

同志们最先发现他性格上的变化是从与他的对话开始的。无论你多么激动或多么冷静地给他讲什么事，他总是爱理不理的样子，讲完了，他也不表态，跟没你这个人也跟没他这个人一样。你被他冷落了，便不得不带着捍卫自己尊严的口气问他："小朱，我说的话你听见了吗？"他开了口："我又不是聋子。"你再问话，他就不搭理你了。

一方水土养一方人。五道梁养出了什么人？

有一点五道梁兵站的同志们谁也不会否认：朱志军对自己的本职工作如痴如醉地热爱着，对给战友带来光明、给过往人员送去动力的那台发电机竭尽心力地守护着。

他把苦闷、孤独和向往，都倾注在那支从格尔木买来的圆珠笔端，写呀写呀，谁也不知道他写了多少，写了些什么。他的笔记本锁在床下面自己钉成的小木箱里。

他不担心有没有人记着他。

他也不在意有没有人忘记他。

孤冷的阳光从窗户射进来，给满屋子洒下水波一样的柔光。

陈二位慢慢地抬起头来，我能看得出，他在梳理着纷乱的思绪。他说："下面，该给你讲莫大平的故事了！"

"不，你已经开始讲他的故事了！"

太阳又升高了些，洒在屋里的光线更美丽了……

捉摸不透的小莫

陈二位上任站长后第一次和莫大平见面，就落了个很尴尬的局面。时间是1998年夏天。这时小莫已经当了八年兵，站上的同志都称他是"老一辈无产阶级革命家"。他从不否认，眉宇间还透着一种自豪感。

二位家访小莫完全是出于一颗善良的心。他想，小莫在五道梁有妻室儿女，在那间既不是家属院又算不上招待所的小屋里，应该溢满组织上的同情和关爱，更何况小莫还是个性格古怪的老兵呢！谁知，二位来得不是时候，正遇上莎莎发着高烧。小莫的爱人童月抱着哭声不止的女儿摇呀晃呀地哄着，嘴里还哼着不知是催眠曲还是进行曲之类的小调。站长来了，童月不知所措地赶紧让座："站长，快，请坐。真不好意思，屋里太小又乱。"

小莫忙站起来挡在妻子和二位中间，对妻子说："有我这个当家的在，还轮不到你迎客。"他又转向二位："站长大人，你串门也不问问主人欢迎不欢迎你？"

说完，他举起手臂指着门，二位这才看见那个一块块木条钉的门板上贴着一张字条，上面写着："家有病人，概不会客。"

二位："小莫，叫医生来给孩子瞧瞧病，这个地方得了感冒可轻看不得！"

小莫："谁轻看来着？给孩子看病，我比你还急。你就直说吧，你今天到我家里来，难道就是为了催我找医生给女儿看病，有别的藏着掖着的什么任务吗？"

"小莫，你这话说到哪里去了，我初来乍到，今后咱们就要在一起相处了，我是老哥你是小弟，为哥的来认认门总不会有什么吧！"

"实话实说，你今天上门来是不是要强按牛头给我灌输大道理，教我如何做一个优秀士兵？"

"小莫，我诚心诚意地让你做一个优秀士兵有什么不好？"

"可惜，别人已经种上青稞了你才来送种子，晚了。你到站里角角落落打听去，我姓莫的比优秀士兵还要优秀一大截呢，咱完成领导交给的任务从来不含糊，你不信？"

"我信，站上其他几位领导已经给我介绍过你的情况了……"

小莫打断了二位的话，追问："介绍？他们是怎么给你介经我的情况的？"

"你不是已经说了吗？比优秀士兵还优秀一大截呢，他们其实也是这么介绍的。不过，人无完人，在你身上也不是没有无可挑剔的毛病……"

"挑剔? 你们就知道挑剔, 挑剔! 你们到底给过我多少关心, 跟我跑过几次车? ……你们知道我在那个小小的驾驶室里是熬过了这么多年的吗? "

小莫说着, 竟泪声涟涟地哭了起来, 哭得好伤心。二位一时慌了手脚, 真不知怎么办才好。

就在这时候, 门外有人喊道: "小莫, 赶快出车, 有一辆地方的汽车在楚玛尔河畔翻车伤人, 你拉上军医去抢救! "

喊话的是站上的教导员。

"站长, 我要出车了, 咱们的论战到此结束。"

说罢, 他就顺手拽上放在床沿的大衣, 看了一眼抱在童月臂弯里的莎莎通红的小脸, 跨出了门槛。

陈二位望着渐渐远去的小莫的背影, 陷入了沉思……

当晚, 莫大平出车后回到站上就躺倒了。据说他回来走到兵站门口的小饭店吃饭时, 一个人抱着大碗喝闷酒, 醉了……

荒原饭店的女老板

在兵站门口那块石头上陈二位已经呆坐很久了。

晨曦渐渐退去。

二位对我说: 我不想说的话才是最重要的。好啦, 我接着给你讲下去吧——

陈二位敲开了青藏公路边一家名为 "荒原" 的小饭店的门。

店老板是个藏族尕妹子, 二十五六岁, 叫 "尼罗"。她显然刚睡醒, 脸上散乱着缕缕头发, 脚上的藏靴也没有穿周正。二位肯定是她今天接待的第一个顾客了。

"大哥，这么早就来用餐，想吃点啥？"

"不，我不是来吃饭的。想跟你聊聊天。"

"跟我聊天？"

"我是兵站的站长，是正儿八经想跟你了解一些我们同志的情况。"

"你是站长？不认识！"

"你说的是老站长，他已经调走了，我是刚到任的陈站长，今天我到你这儿来串串门，今后我们就是邻居了。"

"原来是陈站长。"

陈二位笑了笑，把话题一转："我们站上的小莫昨晚到你这里来喝过酒吧？"

女老板一听脸唰地红了，不过，她很快就恢复了平静，坦然地说："我这小饭店，上拉萨的人刚起程，到格尔木去的人又落脚，从早到晚接待四方来客，有的见一面就成了熟人，有的就是登门十几次仍然很陌生，他们掏钱我做饭，来了就是客，出了门谁也不知道谁。"

尼罗的这番话使陈二位马上想起了《沙家浜》里的那个阿庆嫂，他说："你真会说话，可我并不想知道这么多，只是问你小莫昨晚是不是来这里喝过酒？"

"小莫，没听说过。我只知道有个莫大平，开汽车的司机。"

"对，就是他！"

"五道梁的地面上也就三四家小饭店，过往的客人多，家家的生意都红火，我这儿比别家更热闹，因为我的饭菜实惠价钱又低，所以莫大平常来这儿垫垫肠子洗洗胃完全是情理之中的事。"

"你这饭店开张几年了？"

"有八九年了吧！"

"那就是说,小莫从一当兵就是你这儿的常客了。"

"也可以这么说吧。"

"以后小莫来喝酒时,你应该劝劝他,不要喝闷酒,给他做些可口的饭菜,他会感谢你的。喝酒对一个有心事的人来说当时也许是一种解脱,长期下去却埋下了痛苦的种子。"

陈二位第一次到荒原饭店与尼罗的谈话就到此结束。他虽然未得到什么情况,但证实了莫大平爱人童月跟他说的话:小莫和荒原饭店的女老板关系很密切⋯⋯

那一天,陈二位从小莫家串门出来一回到办公室,童月跟脚就来了,她开门见山地说:"站长,你一定要管管小莫,不要让他再往那个饭店跑了。"

陈二位让童月坐下,有话慢慢说。

童月不坐,气呼呼地说:"我也不知道大平是什么时候认识那个女老板的,我们结婚后他还是断不了常去那里。"

二位问:"据你的观察,小莫到那个饭店去是做什么?"

"做什么,我不知道、也不想知道。反正每次回来都是醉醺醺的。你想想,男人和女人在一起还能有什么好事吗?"

"不要总把事情往坏处想嘛,世上除了男人就是女人,如果男女之间不来往,这个世界就僵死了。"

"我不是这个意思,只是说对有的人就是要限制一下他们的来往。"

陈二位不愿就这样的话题再扯下去,便另找了个话头,问道:"你和小莫是哪一年结婚的?"

童月回答:"一九九五年八月二十一日我们在兵站会议室里举行的婚礼。这是五道梁有史以来第一次举行这样的婚礼,当时可热闹了,会议室里人挤得满满的。本来只安排三个人讲话,没想到好多人都主动发了言。

婚礼结束后已是深夜了, 大家还不愿离去, 拥在新房里。"

"你是第一个在五道梁落户的女人!"

"荒原饭店的那个女老板也参加了婚礼, 她还跟我握了手, 祝福我和大平好好过日子。"

"后来你和她还有过来往吗?"

"很少。有时大平出车回来我见他不回家, 就跑到饭店找人, 他准在那儿喝酒。我去后看到那女老板总是在忙着收拾碗筷、端饭, 开始她还招呼我坐下, 问我吃什么喝什么, 后来就什么也不说了, 只是忙她的事, 顶多对我笑笑。再后来连这点笑也不给我了。"

"小莫都和一些什么人在一起喝酒?"

"就他自己一个人窝在小角落里扎着脑袋闷喝。"

"女老板对小莫说些什么话?"

"她跟小莫基本上没话, 只是在我拽着小莫离开饭店时, 她一直望着我们。"

"噢, 我知道了!"

后来, 二位又见到了尼罗两次, 仍然一无所获。

一只白鸟斜着翅膀飞过。

所有的山脊上都顶着很厚的云层。

陈二位继续讲着五道梁的故事……

老爸老妈点燃了爱的火

莫大平当兵的第三年, 高山反应折磨得他死去活来, 不得不下山住进了格尔木二十二医院。实事求是地讲, 小莫是不愿意进医院门的, 他说他的身体结实得像牦牛, 什么病都能扛过去。医生严肃地告诉他, 也许你能扛过去别的病，唯这高山病是扛不过去的。一个月后他从医院出来又回到了五道梁，虽然身体很快就恢复了，但从此落下了一个治不好的病：头疼。

小莫继续干他的司机行当。也怪，平时不管头疼得多么唬人，只要握上方向盘，疼就消失了。还有，犯头疼时抿上几口酒，也就安然无恙了。自然，开车上路他是不喝酒的，头再疼也得忍着。

这次住院后，莫大平的性格发生了出乎大家意料的变化，整天沉默寡言，锁着双眉。然而一旦遇到不顺心的事，他便打破沉默，暴跳如雷，声嘶力竭地吼叫起来。这种变化无常的脾气使大家对他有些惧怕，连平时很亲近他的人也不得不避让三分。

莫大平的变化还与他工作的环境有关。他终年都是一个人出车，回到站上多是深夜，有时甚至是飞着大雪的凌晨，来来往往均为单身孤影（当时他未成家），时间久了，便形成了这种孤僻的性格。高山反应症的无情折磨又给他这种性格来了个火上浇油，本来很内向的他就越发变得不近人情，与众不同了。

令人欣慰的是，不管莫大平的性格多么古怪难缠，他仍然一成不变地忠于职守，兢兢业业地开着他的汽车，每一次任务都完成得十分出色。然而任何事情都有其两面性，正因为莫大平是个干活让领导放心的好兵，领导就不用匀出更多的精力和时间去做他的工作了，这样对他的关爱相对地也就少了。

其实，莫大平的痛苦在这时候已经达到了难以忍受的地步，只不过他一如既往地仍然把痛苦压在心底。

点燃心头痛苦之火的是他的老爸老妈。他们要儿子成家，快给他们抱孙子。

两位老人千里迢迢来到五道梁，两头算在内住了三天，对儿子具体说了些什么，别人无从知道。但是，他们此次高原之行的效果很快就从莫大平的身上体现出来了：他给站上递了一份要求退伍的报告。理由很直接也颇简单：二十三岁了，该回家娶老婆了！

这是意料之中的事。领导没同意他的要求，把报告退了回去。理由也很简单：培养一个好司机不容易，目前站上需要他这样的让兵站放心的司机。莫大平毕竟穿了好几年军装，明白一个常识，服从命令是军人的天职。退伍的事他暂时不提了。

但是，小莫并没有忘记回家成亲的念头。想女人，爱女人，这就是性爱。"性爱"是个不中听的词儿，但谁都会有这种天性。如果说当初他还是朦朦胧胧知道这种爱的话，那么，老爸老妈的五道梁之行使他逐渐明白了它。从此，他脑海里就装上了一个固定的女人的形象，那便是他未来的媳妇。

他在藏家姑娘怀里得救

傍晚，兵站营门一侧的坡上照例落下一群黑压压的乌鸦。乌鸦扑棱着翅膀，整个山坡仿佛都在颤动着。奇怪，这里没有树没有房，乌鸦根本无法做窠，怎么栖身？

一个藏家孬娃朝坡上扔去一块石头，乌鸦群不动，只是展开了翅膀，头高仰着。他再扔去一块石头，乌鸦"哗"一下全飞走了，满天空零散着数不清的黑点。

傍晚看黑鸟归窠，成了五道梁一道独特的风景。

陈二位告诉我，乌鸦坡上有故事……

那个暴风雪席卷可可西里草原的夜晚，莫大平是怎样被卷进风雪中，后来又被什么人抢救出来，他一概不知道。至今记忆犹新的是，次日黎明他醒过来后躺在一个藏家姑娘的怀里，旁边是飘着蓝色丝绢样火苗的地火龙，他感到很温暖。姑娘见他睁开了双眼，惊喜地呼叫了一声："兵哥！"然而，他很快又陷入了昏迷。

他本来是给被暴风雪围困的牧民送救灾物资的，没想到倒叫别人救了自己。他再次醒过来时，已经躺在兵站的卫生所里了。

军医如释重负地说："小莫，你总算醒过来了！"他对军医说："昨晚是不是几乎要了我的命？"军医说："昨晚，你已经在卫生所躺了整整三天了。"一直守着他的一个战友告诉他，他的汽车已经被同志们从雪沟里拖回了兵站，没有大的损坏，稍加修理就可以跑了。

"那个藏族姑娘呢？"

"姑娘？哪里有姑娘？"

在场的人都对小莫的问话感到莫名其妙……

小莫身体恢复健康是二十天以后，冻伤了的手、脸、脚留下了块块疤痕。

他再没跟任何人提起过那个藏族姑娘，只是默默地把她牢记在心里。他知道，如果不是她那天夜里救他，说不定他已不在人世了。

从那以后，莫大平常常在出车的间隙，独坐在兵站对面的山坡上，眺望遥远的长江源头。那夜他就是在那儿被暴风雪吞没的，也是在那儿得到了一个陌生姑娘的温暖。具体的地点他说不上来，但他知道大体的方向就在唐古拉山下，当时他是开着车向那儿奔驰的。然而，他什么也没望到，满眼是苍茫的荒原……

奇怪的事情发生在一个飘着六月雪的傍晚，当时小莫正痴情地向远方眺望，猛不丁地飞来一只乌鸦落在他身边，那黑鸟一点也不怯生，偏着脑袋望着他，好像要和他对话。他一下子仿佛领悟到了什么，便对乌鸦说起了话："鸟儿，你找我吗？有事在求我吗？那你就快说吧！"那只乌鸦似乎听懂了他的话，呱呱地叫了几声，随着这叫声，许多乌鸦便飞落到了坡上。

西藏的牧民视乌鸦为吉祥鸟。

这满坡的乌鸦是莫大平引来的。从此这儿就成了乌鸦坡。

他一厢情愿地眺望着，眺望着。当然不全是坐在山坡眺望，躺在床上也眺望，开着汽车也眺望，有时做梦也眺望……直到有一天兵站门前开张了一个叫作"荒原"的饭店……

姑娘什么也不告诉他……

莫大平在双脚迈进荒原饭店之前，无论如何没有想到几分钟后甚至几秒钟后，在他的生活中会出现一件先是令他惊喜继而到来的却是痛苦的事情。出车刚回来，肚子饿了，他只是想随便吃一顿饭，如此而已。

他实在没留意什么时候这儿突然冒出了这个荒原饭店，总之，是最近几天的事。他确实是无心无意地踏进了饭店的门。迎接他的是一位长得很得体皮肤很白净的藏族姑娘。他还没有落座，姑娘就柔情似水地叫了他一声"兵哥"。"兵哥"！好熟悉好亲切好挠心的声音，他不由得抬起头多望了姑娘一眼，问：你来五道梁前住在什么地方？姑娘诡秘地一笑：这个不能告诉你！莫大平脸一红，低下头不语了。他知道，藏族姑娘像汉家女一样不会轻易告诉别人她的住址。

这一天，他心神不定地吃了饭。

回到了兵站。不用说，是失眠的一夜。

难道她真的来到五道梁了？

后来,他又去了几次荒原饭店。姑娘再也不叫他"兵哥"了,但是,对他的服务比第一次还要热情,还要周到。

天上有云,雪酝酿多时,却一直没有落下来。

小莫又往荒原饭店奔去。

别人问他:怎么老到那儿吃饭,吃不腻吗?

莫大平不回答。

站长夫人彭翠来到五道梁

陈二位说:"荒原饭店女老板的出现,恰逢小莫的爹妈给他张罗娶媳妇的当儿。他递上去的那份退伍报告就是迎合老人这一如意算盘的行动。可现在,他再也不提退伍的事儿了。"

二位接着说:"大家都很同情小莫,站长刘三太多次和他谈心,他要么闭口一言不发,要么就吼着让站长走开。在这种情况下,站长想出了个绝招,把他的妻子彭翠从格尔木家属院叫上山,让她和小莫聊聊天。也许女人能跟他谈得拢?站长学过心理学,他懂这个。自然刘站长是我们的前任站长了,当时我还没上任呢!"

彭翠的嘴甜得像抹了蜜,她一见莫大平就说:"小莫,这回咱俩要好好拉拉家常。咱说悄悄话,不让三太听到,也不许你的其他战友知道。"小莫听了咧着嘴皮乐呵呵地光笑。可是,他仔细一想,不对,嫂子是人家的媳妇。于是就说:"嫂子,你不要用甜蜜蜜的泡泡糖哄我了,我是三岁娃吗?"

这时,站长三太在一旁给妻子帮腔:"你嫂子前天在电话里跟我说,快一年没上山了,怪想同志们的,她指名道姓地问我小莫生活得怎么样,需不需要她干点什么。"

小莫没有理由不相信嫂子的诚心，他立马就说："嫂子，今天晚饭到外面饭店为你接风，我做东。"彭翠也不推辞说："好，嫂子接受你这份心意。"

彭翠不推辞小莫这番盛情是有缘由的。头年她来过一趟五道梁，正遇上小莫生病，她便像大姐似的关照小莫，为他做可口的饭菜。小莫自然很感激，现在想尽地主之谊是可以理解的。

小莫为彭翠接风并没去荒原饭店，而是选了它斜对面的另一家饭店。五道梁这地方的饭店都是路边的一两间泥土平房里摆几张四条腿不一般齐的简易桌子，吃的多是牛羊肉，价钱昂贵。蔬菜的价贵得就更吓人了。当地不能种菜，三天两头要到格尔木、敦煌去拉菜。这顿饭虽然吃得很简单，但可口可心，用小莫的话说，这全是因为嫂子在场。尤其让小莫感到心满意足的是，嫂子让他喝了三杯酒。彭翠是这样讲的："我知道你们站长在全站军人大会上宣布平时要大家戒酒，特别是司机一律不得喝酒。我理解，可遇上高兴的事，大家在一块儿碰几杯，也是人之常情。嫂子大老远地上了山，小莫有这么一片盛情，如果不喝喝酒，就显得太淡漠了。再说小莫今天也不出车了，三太，你说呢？"三太光笑不语，小莫抢着说："还是嫂子有人情味，戒酒不等于不喝酒。"他把头转向三太，说："站长，你知道我为啥尊敬你嘛？因为我尊敬嫂子。嫂子如果是个军人，官一定做得比你大！"彭翠冲着小莫说："你不要因为我允许你喝了几杯酒，就拼命地给我戴高帽。我的开戒是有限的，也就是说，我支持三太让你戒酒的禁令。"小莫说："看看看，嫂子你又退了，当不了老公的家。啤酒不算酒，我喝啤酒总可以吧！"

吃完饭，小莫找饭店老板结账，老板说："站长已经付过款了。"小莫返回来问彭翠："嫂子，你小看人，为什么让站长买单？"彭翠笑笑，说：

"想掏钱请人吃饭还不容易？机会给你留着，下次一定让你破费！"

他们回到兵站天已经黑了，刘三太把全站人员集合起来进行晚点名。谁也没想到，就在这时候，捉摸不透的莫大平又惹了祸。

按规定，站长点到谁的名字，谁就答一声"到"。三太点到了司务长李海，李海利利索索地答了一声"到"，莫大平便扭过头推了李海一把："你怎么站在我的后面？"李海说："我为什么不能站在你后面？"就这样，两个人你一言我一语地吵了起来。

刘三太留下莫大平，批评道："人家李海碍着你什么了？"小莫说："我一看见他心里就犯气。"三太说："今天你必须写出书面检查来，向全站人员检讨自己的错误。"小莫说："我有什么错？我就不写！"

彭翠很快得知了小莫惹是生非的事。她觉得是自己犯了错误，让小莫喝了点酒。她把他叫到了自己的住处。

"小莫，你这娃的心眼好，嫂子今天刚一到站上，你就提出给嫂子接风，从饭馆回来的路上我还跟三太一个劲地夸你呢。"

莫大平原以为嫂子会眉毛胡子一把抓地狠批自己一顿，没想到嫂子一上来就摆他的好，说他心眼好。莫大平反倒有点受不了啦，说："嫂子，你打我骂我吧，我姓莫的太混了，我对不住嫂子！"

彭翠仍不慌不忙地说："听说你和李海吵架，弄得嫂子很不高兴。也怪嫂子今天让你喝了点酒，我现在看出来了，三太让你戒酒是对的。"

小莫："嫂子，今后我连啤酒也不喝了！"

彭翠："一是不要喝酒，二是要改改你这娃娃脾气。你还年轻。今后的路长着呢，在部队上大家都了解你，能原谅。退伍到了地方，人生地不熟，你再耍这娃娃脾气，要吃大亏的！"

莫大平听到这里，胸口憋出一口气来，说："站上有些小子仗着自己是军官,就瞧不起我们这些兵。大家好不容易盼到一次吃排骨,他给当官的吃肉,让当兵的啃骨头。对这样的司务长,我对他就不客气,李海他盛气凌人……"

彭翠打断小莫的话:"嫂子来五道梁看你,是因为听说你进步了。如果你再闹事,我明天就下山去了。"

"嫂子,你千万别走,我惹你生气下了山,刘站长和大家都不会饶我的。你不知道,你来山上,这是看得起我们这些兵光棍。刘站长需要你,全站的同志都需要你。嫂子的话我听进去了。"

当晚,莫大平回到宿舍里,对战友们说:"我今后再也不喝酒了,你们大家监督我!"

防不胜防的结婚报告

一年一度的老兵退伍工作开始了。

刘三太找到莫大平,想同他聊聊天。虽然小莫许久都没有提退伍的事了,但摸摸他的心脉,掌握一下他的真实想法是很有必要的。当然,三太听到的关于小莫与荒原饭店女老板的传闻也是他此次谈话的一个内容,传闻终归是传闻,如果小莫能站出来说个明白那就再好不过了。

三太进屋后,小莫并没有让座,只是抬头望了他一眼。

三太:"小莫,关于退伍的事,近来有没有什么新的考虑?"

小莫:"我为什么一定要告诉你我的想法?"

"小莫,我是把你当成亲兄弟看待,才来跟你拉家常的。我哪儿做得不合适,你可以大胆地提出批评,我会诚恳接受你的意见。"

"站长,你既然允许我提意见,那我就不客气了。我很烦你们这些当官的动不动就吹牛皮唱高调,什么把我们看成阶级兄弟呀要大家扎根高原呀, 你们像走马灯似的, 三年两载在五道梁的被窝还没焐热就走了, 却要我们在这儿搭窝下蛋孵鸡娃! "

"小莫, 你这话说得离谱, 我当了十九年兵, 在四千米以上的山上待了十八年! "

小莫却是不屑一顾地说: "好, 就算你是英雄, 你是模范, 又能怎么样? 你还想让我这个小兵也在青藏线上待十八年吗? 你有老婆有孩子, 在格尔木有舒舒服服的家, 我能跟你比吗? "

刘三太立马接上去说: "我希望你早成家, 早……"

小莫立刻打断了三太的话: "我现在就申请结婚! "

他说着, 就从床铺下拿出一张纸, 放到站长面前的桌子上。

刘三太一看, 一份申请结婚报告。他脑子里马上闪出一个疑问: 他要跟谁结婚?

为什么走不出尼罗的影子

陈二位顿住了与我的交谈。他的眼里含着泪花。

他被谁感动? 我不禁问: "小莫到底要跟谁结婚? "

他并不回答我, 只是说: "从来就没有哪个男人永远不倒下。五道梁这个地方真折磨人, 把一个好端端的小伙子弄成像丢了魂的人, 没有了魂还得背着沉重的高原, 每天每月每年都要跑着干活。这就叫灵魂的奉献, 叫看不见的奉献! "

人都是为他所爱的人活着的。

莫大平鼓起勇气与荒原饭店女老板谈话是在半年以后。那天, 他坐在女老板面前, 单刀直入地说: "你告诉我, 在今年入冬的第一场暴风雪中, 你是不是救了一个解放军司机, 地点就在兵站前面长江源头一个放牧点上？"

尼罗的双眼瞪得像小铜铃："暴风雪？救金珠玛米？长江源头？我真不明白你在讲什么！"

"告诉你吧，那天夜里躺在你怀里的那个兵就是我，你叫着'兵哥'把我唤醒。这样的事我是不会忘的。"

"忘记不忘记那是你的事。可是，我从来没有把一个素不相识的兵抱在自己的怀里，怎么可能发生这样的事呢？在我还很小的时候阿妈就教我看见大路上走来尕男人要低下头。至于叫'兵哥'嘛，那是做生意人的习惯称呼，也是出于我对金珠玛米的尊敬。"

这个叫"尼罗"的藏家姑娘真的拿他没任何办法。在以后的日子里，当莫大平又来到饭店时，他不再和姑娘纠缠什么"怀抱""兵哥"之类的了，只是闷着头吃饭，偶尔也抿一口酒。

莫大平很失望。他失望的不是自己没有找到救自己的姑娘，而是失望尼罗为什么总是羞羞答答地不敢承认救过他的这个事实。

五道梁本来就很少见到女性，现在好不容易遇到救了自己命的姑娘，可她为什么就是不承认？莫大平想着，百思不得其解。

不久，他的老爸再次来到五道梁，还带来了一个姑娘，逼着他成亲。他不从。他脑子里已经装上了这一个"她"，就不容许另一个"她"进来。

后来，隆冬来到可可西里，大雪飘飘。荒原饭店在青藏公路上断了来往行人的日子里关了门，女主人也不知消失到哪里了。这时，一位战友帮助他认识了一位在格尔木打工的河南姑娘童月……

他和童月结了婚。

随着格桑花在草原上铺开，荒原饭店的店门也像花瓣一样展开了，尼罗又出现在五道梁……

小莫没有忘记尼罗。

陈二位讲了另外一个故事

我在五道梁兵站住了半个月。自然是为了采访到莫大平的故事，为此我还跟着他跑了两次车。

有没有收获呢? 许多人都这样问我，陈二位站长问得最多。

我不知道该怎么回答，只好答非所问地说：我总觉得莫大平既不把我当外人看又不把我当知己待。他确实很少开口说话，跑一趟车短则半天长则三天，也许他只说两句话："上车"，"下车"。

其他人我也采访过不少，倒对我蛮热情，话脚也密，但是没有人能把莫大平的行为，尤其是心事点透。留给我的印象是，谁对他的了解好像都是似是而非。

不管怎么说，我不会就这样离开五道梁，陈二位站长答应还要和我谈谈情况。于是我找到他做告别前的最后一次采访。我给他提出了三个问题，请他回答，都是向他要答案，如果他图省事，三言两语就可以打发我。这三个问题是：第一，他常常眺望的那个坟里安葬的是什么人；第二，站上到底打算怎么解决莫大平的问题；第三，以他站长的视角看问题，莫大平为什么总是不忘尼罗。陈二位听罢我的提问，脸上显得很深沉，说，你是作家，尽管可以提问题，别说三个，三十个也可以提。不过，我很可能连一个问题也回答不上来。这样吧，我给你讲讲自己的故事，我相信它会帮助你解开脑子里有关对小莫的疑团。

我看出来了，即将开始的这是一个很沉重的话题。

"你看见了吗，兵站对面山坡上的那个土堆里，掩埋的就是我的阿姐，她叫‘桑吉卓玛’。阿姐长得很美，能干得简直使我们每一个弟弟妹妹都对她望尘莫及。她离开这个世界时只有二十五岁。她的死是我们一家人，包括认识她的所有的人都没有想到的……"

二位就这样开始讲他自己的故事了。

遇到暴风雪对桑吉卓玛来说，完全是意料之外的事。午后她从唐古拉乡政府所在地沱沱河动身时，还是朗日当空，柔风拂人。没想到她骑马走出不到五里地，暴风雪就铺天盖地地漫了过来，仿佛只是一眨眼的工夫，她就被呛得晕头转向、不分东西南北了。后来她是经过怎么样的周折爬到了一家牧人的帐篷里，连她自己也说不大清楚。

桑吉卓玛是民族学院的学生，在即将毕业的前夕，她主动要求来到长江源头的牧村做社会调查，她调查的题目是《游牧转场的现状及展望》。毫无疑问这个题目的选择就意味着向困难挑战，更何况她在定下这个题目的同时还寄托了这样一个愿望：最好能使自己置身于转场的实践中去。转场的实践绝非一个模式，有风和日丽中的转场和狂风暴雪中的转场之分，不用说她企盼的是后者。现在，暴风雪真的来了，桑吉卓玛却有点措手不及，甚至惊慌起来。她永生都记着将她从飞卷的大雪背到帐篷里的这位名叫"多吉"的老阿爸，他是经过怎样艰难的跋涉把自己救出来，这已经不重要了，关键的问题是她活下来，可以完成书写游牧的牧民在暴风雪中转场的调查文章了。的确，当她在阿爸的暖和的帐篷里醒过来后，就是这么想的，要完成社会调查任务。

后来，阿爸告诉她外面的风雪里有汽车发动机的轰鸣以及隐隐约约的呼救，老人根本没有征求意见的意思，说罢就出了帐篷扑进风雪之中。她跟脚而去，却没有追上老人。这时，不知从何处传来的阿爸说的那个呼救声牵着她的心，她不由自主地跟着那时断时续的声音走去……

阿爸的帐篷不知被她的脚步甩在了什么地方，她只凭感觉摸索着前行，呼救声离她越来越近了，汽车的发动机声已经听不见了。她由走动变为爬，其实爬比走还要艰难。她觉得那声音明明好像就在很近的什么地方，为什么总是靠不近它呢？噢，她被雪埋住了，身下似乎是一个不大不小的坑，她也不明白自己是怎么掉进去的。爬，往外爬！用劲，再用劲……

在她摸索着走到那已经微弱的声音跟前时，声音突然戛然而止，只有狂呼乱叫的暴风雪灌满两耳。她东摸西刨才从冰冻的积雪中找到一个浑身都是冻雪的人，那人显然还活着；不过已经没有力气说话了，嘴里塞满了雪。也许是他想用雪填充饥饿的胃囊，也许是他刚才呼叫时雪团随风卷进了嘴里。桑吉卓玛费了很大劲掏出了他嘴里的雪，之后便背起他往阿爸的帐篷爬。雪不是冰，雪是火。她已经不觉得冷了。

帐篷在哪里？她不知道。

她像背着一座山前进着。大约只爬了十步远，她就再也背不动这个被风雪冻得失去知觉的人了。于是，她便拖着他慢慢移动。她已经预感到自己很难把这个人救出今夜的暴风雪了，一是她的力量有限，二是她根本不知道哪儿是她和他得救的家。不得已，她便使尽所有力气喊起来，喊些什么，不知道。她想，只要有人能听到她的声音，她和他就有可能得救……

陈二位那藏家人特有的厚厚的嘴唇在剧烈地颤抖着。他对我说："阿姐去世已经八年了，我每天打开窗户或走出门槛，就能看到阿姐。"

我知道他指的是对面山坡上的坟。任何一个失去亲人的人都会触景生情，故去的亲人生前的每一件遗物也会勾起痛苦的回忆，更何况那山坡上躺的就是阿姐的真身呢！

我想知道那夜桑吉卓玛更多的情况，就问二位：你阿姐后来的事情你可一点也没有讲呀，告诉我，她是怎么死去的？

看得出二位极不愿意提及这些往事，他很随意地说道："你一定会想到我阿姐救出的那个冻得失去知觉的人就是莫大平。他如何获救的过程我想我没必要细说，但阿姐是怎样走向死亡的我倒要多说几句。后来，也就是莫大平安静地躺在阿爸帐篷里之后。阿姐想到多吉阿爸还没回来，她便又出去找阿爸去了。自然阿爸是找到了，不，更确切地讲，是阿爸找到了她。但是她已经冻得昏迷过去了，这一昏迷就一直没有醒过来！我见到阿姐是在第三天的早晨，暴风雪早已停了。我本来是去接小莫的，没想到小莫已经被救灾的军车送进了医院。多吉阿爸领我到了他的帐篷，就是在他的帐篷里，我看到了阿姐的遗体。她被一块并不十分干净的白布包裹着。阿爸含着泪给我讲了那天夜里发生在他帐篷里的一切，当时他还不知道我就是桑吉卓玛的阿弟。一直到今天，我都没有告诉任何人献身在暴风雪转场中的那个女大学生是我的阿姐。她是个默默无闻的藏家姑娘，我也应该做一个默默无闻的阿弟。"

二位终于把话题转到莫大平身上，他说：我完全理解小莫，他对救了自己生命的藏家姑娘的那种诚心的感情是非常可贵的，我很受感动。我更同情他，五道梁这个自然条件十分恶劣的环境使他的性格变得异常了，使他的情感世界变得复杂了。这不能怪他……不，我要纠正我的话，五道梁是个好地方，我们都深深地爱着这个地方……

这时候，我突然产生了一个想法：莫大平最好永远不要知道这件事的真相……

我就要离开五道梁了，心里有一种难以形容的感情涌动着。有对莫大平的期待，有对尼罗的同情，也有对守卫五道梁每一个兵的苦涩的崇敬。

使我没有想到的是，这时莫大平神不知鬼不觉地从五道梁消失了，我找了好几个角落都没见到他的人影。陈二位告诉我，小莫出车了，给拉萨驻军运一批日用品。二位还说，小莫是有意躲开不见我的。我纳闷：这是为什么？二位说，他说你这次来高原是采访他的，可他呢很不争气，没有什么事情值得你写，觉得对不起你。我听了心里酸楚楚的。

黑暗照亮了星星，身处黑暗中的人常常看不见自己。

明天，我将怀着难分难舍的心情离开五道梁。当晚，陈二位邀我出去走走。我马上意识到，他是要同我一起去"望坟"。一问，果然是。我问：你不是每天清晨去"望坟"吗？今天怎么改了时辰？他说："今晚月亮很亮很明，阿姐肯定会出来赏月的，我想见见她。"我不敢再问下去了，我知道再问他会伤心流泪的。

一钩月牙挂在唐古拉山的山脊上。它像兵们思念的眼睛，今夜瘦成一弯镰刀，收割着军营里的乡愁。大地上是一片灰蒙蒙的暗影。我和二位站在兵站门前的土包上，静静地望着对面山坡上那个影影绰绰的土堆，还有远处的喇嘛庙。

此刻，我感到那墓是在动，或者说是在走。

二位肃立，平视远方。那墓里的人什么也不说，唯听二位在自言自语地说着："阿姐，你走了八年了，我没有见到你，可是你一直把一颗跳动的心留在了五道梁。阿弟我的心也跟着你的心一起跳动……阿姐，你回来吧，你回来吧……"

野草没有故乡。但是可可西里正源源不断地向世界输送着野草。

二位仍然在动情地与阿姐对话。

这时，我觉得身后有响动，回转身一看，莫大平不知什么时候悄没声地站在五步开外的地方……

遥远的可可西里

积雷在流泪

唐古拉山远远地立在地平线上, 积雪皑皑。太阳很毒, 分明要把每粒沙子都蒸透、融化。

沙梁上走来一只沙狼, 接着又是一只, 两只, 三只……狼走着, 扫帚似的尾巴拖在地上。它们站住了, 竟然排列得那么整齐, 一共五只。狼在沙梁上蹲下, 两只前爪撑在地上, 像是要把自己的身子抬起来。那滴溜溜的贼眼悠闲地, 却是贪婪地瞅着不远处的一个地方。

那儿是戈壁滩, 有一簇不算大也不能说小的红柳, 旁边是一个孤零零凸起来的沙包, 如果沙尖上长一棵骆驼草, 肯定被野风早就拔掉了。一位藏族妇人坐在那簇红柳前, 她守着一个坟。但是, 远看或近瞧, 红柳前后左右都没有坟堆。

3小时前, 一个五天就夭折的婴儿, 在这儿找到了亡灵归宿地。是两个女人掩埋了孩子, 其中一位就是女军人, 另一位是她的同事。

她们太了解这里的情况了, 野狼会把戈壁滩每一个土包掘开, 寻找填充肚子的食物。给娃儿做一个平平的坟, 会平安无事地睡在这里。女军人找到美仁达娃阿妈守护儿子的魂地, "阿妈, 劳驾你了, 孩子刚离开我还不习惯一个人住在荒天野地里。你就陪他几天吧!"

"行! 我们一老一少在这儿聊天。"

当女军人拿出500元现金作为酬劳费递给阿妈时, 她双手推开了。她不会为钱给这个可怜的孩子做伴。她比谁都清楚这个出生才五天的男娃的故事, 愿意义务守坟。

沙梁上, 那群狼仍在贪婪地望着那簇红柳, 没有坟包, 它们也嗅到了气味······

深夜12点钟。坐落在青藏公路边的江源医疗站里, 还有一间房依然亮着灯, 这是军医胡明的家。他的妻子叶萍是医疗站的护士, 他们是出现在可可西里的第一个军人之家。

不过, 现在这个家里只剩下了叶萍, 丈夫胡明永远地走了!

疏星聚成的河流, 悄然流坠在空空的戈壁。

整个医疗站像可可西里一样, 被储藏着寂静的夜幕笼罩着。每一个置身于这个死寂的人都会感到今晚这儿蕴含着巨大的悲痛。

偶尔传来兽类的啼叫。

叶萍躺在床上, 嘴里不住地念叨着儿子。她很想呼唤儿子的名字, 可是他们还没有来得及给他起名字。

儿子永远地躺在戈壁滩不会回家了。叶萍伤心地哭了。

这时, 美仁达娃慌慌张张地跑进屋。惊呼:"不好了! 一群狼冲上来刨娃儿的坟, 我挡都挡不住!"

叶萍跟着阿妈疯了似的跑向戈壁滩······

就在那群狼贪馋地吊起血红的舌头正要扒坟的时候, 三个开车路过可可西里的拉萨某运输队的司机赶到了。他们操起撬棒、铁锹, 打跑了野狼。

后来，从美仁达娃嘴里知道了孩子的故事。他们心潮难以平静，自愿捐款，委托阿妈为娃儿修了水泥坟，立起了墓碑，上面刻着：雪山儿女之墓——这当然是后来的事了。

一个刚出生，还没有得到人间阳光的温暖，就夭折了的小生命！

雪山儿女连同她父母的故事，随着三个司机的车轮一传十、十传百地传遍了青藏高原。

故事，得从一个不算遥远，却恍如隔世的年代说起。

遥远的白房子

高高的唐古拉山，终年堆积着厚厚的冰雪，像个臃肿的老人，默默地站立在天边。漠原上，成群的藏羚羊、黄羊、野驴、野马……在悠闲地吃着草。汽车偶尔从青藏公路上驶过，飞哨似的车笛拖着余音久久不散，那些野生动物们受惊，撂蹄飞跑向远处。

车过，笛息。可可西里又恢复了宁静。这儿是青藏无人区的一部分。

常常有那些汽车兵们因为抵挡不了高山反应的袭击，把命丢在荒野。于是，荒草中耸起一个又一个坟堆。

很快坟堆上就长起了野草。

这里需要兵站，兵站上才有救命的医生！

20世纪60年代初兵站倒是建起来了，而且是三个。但是，每个兵站就编制一个医生或卫生员，根本无法与高山反应抗衡。

荒漠上的坟堆每年都在增加，增加……

有位上拉萨的过路人，望着荒滩上那些很不规则的满眼坟堆，建议在这儿修个烈士陵园。

在无人区修烈士陵园？笑话！

可可西里终于有了医疗站,取名"江河源医疗站",这已经是20世纪70年代中期了。胡明和叶萍就是这时候来到医疗站的,胡在前叶在后,都是医疗站第一代人。

江河源医疗站是个不大不小的、没有户口的"黑单位",在部队的编制序列上没有它。这,说起来话就长了。

20年前的某年夏天,军委总部的一位中将来青藏线视察。到了唐古拉山下的长江源头兵站。将军破例地在这个一般人都不过夜的地方住了一天一夜,找了不少于50名官兵和过往人员谈心。他了解到经常有人在这座"站在山顶双手能抓天"的地方望而却步,有严重的高山反应,有的甚至把命丢在了这里。将军还特地走看了那片戈壁坟地,他的眉头皱成了一团,问:"医院呢?"回答:"报告首长,这里没有医院,有了小病忍着,得了大病要跑800里路到格尔木去找医生。"将军的皱眉仍然没有松开,他骂人了:"什么手掌(首长),我还没有你们的脚掌高呢!不是吗?你们的脚下就是5000多米呀!我说这些搞编制的人真他妈的浑蛋,最需要医生的地方偏不建医院,白吃饭!我做主了,这儿必须有救战士命的医生。当然我没权批准你们建医院,但是设个只有十人八人的医疗站总可以吧!"

江河源医疗站便应运而生。

按照将军的指示,从全军抽调了一批优秀医务人员到医疗站。将军的侄女叶萍就是在这时候,从北京军医学院来到唐古拉山下。

医疗站是清一色的平房,在空中悬着。

悬空房?

可可西里虽然地处青藏高原永冻层区域内,但它不像唐古拉山巅的永冻层那样,终年都冻得硬邦邦永不开化。它是季节性永冻层,到了夏季最热的日子里,永冻层就会出现一定厚度的冰消雪融层,使地面变得软绵

绵。承重能力下降。又由于早晨、中午、下午太阳光的强度不同。季节性永
冻层融化程度也就呈现出深浅不一样的状况。这样在修建房屋时如果将
地基打在地面（即冻土层之上），房子就会随着不平坦的融化层而倾斜。
甚至坍陷。防止这种现象的唯一办法，是掘地三四米，穿过永冻层打地
基，之后再筑铸起一根根水泥桩基。这些桩基支撑着整座平房或楼房。

悬空房便由此而来。

江河源医疗站的两排悬空房，是最早出现于可可西里的建筑群。白
亮白亮的墙壁使它在这片荒原上格外惹眼，几里路外就能瞅得见。"医
疗站快到了，加把劲快走，那是咱们的家啊！"汽车兵们一瞅见白房子总
会这样兴高采烈地说，踩着油门的脚底狠劲一踏，车速快了许多。在青藏
线跑车的汽车兵们好像在与世隔绝的另一个世界颠簸，在这儿野生动物
举目可见，那些善跑耐寒的野驴、黄羊常常和汽车赛跑。但是想见个人，
尤其想见个女人，那是很难的。

汽车兵们从瞅见白房子那一刻起，心就热乎起来了。不过，他们并
不急于进医疗站，而是先在距医疗站5公里处的通天河里把车冲洗得干
干净净，然后，再把头埋进水里，扑噜扑噜地痛痛快快洗个脸。总之，人
和车不带征程上半丝的烟尘和油腻。因为医疗站上有穿戴整齐的白衣天
使，她们那压在眉梢的白帽就足以让人推想，如果世间的女人都像她们这
样洁净，人心肯定会变得没有一丝污垢。

进了医疗站，这些平日开玩笑开得不可收拾的兵们，这时候一个个
变得老实极了，没有一个人出声，连走路的脚步都是轻抬慢放。因为他们
把在医疗站的这段有限的时间看成难得的一种享受，而任何享受都应该
是悄无声息的。

的确是很有限的。医疗站最初只有两个女护士，其中就有中将的侄

女叶萍，另一个叫"阿袁"。

平平常常也快乐

医疗站的节奏紧张吗？确实紧张。抢救起病人来，一个人巴不得顶两个人忙，太阳拽着月亮，可可西里没有了昼夜之分。

医疗站的节奏松缓吗？确实松缓。有时候，门前的青藏公路上断了来往的汽车，没有人踏进医疗站的门槛，死寂沉重地笼罩着白衣战士的心。特别是夜晚，整个可可西里蜷缩在夜色里打盹。白房子已经在此时消失了自己的颜色……

熬死人的无人区的昼夜啊！

慢慢地，这些医务人员终于绞尽脑汁地琢磨出了找乐的办法：自己做饭吃。

把吃饭作为找乐的事这恐怕只有可可西里能见到。开初，医疗站一间简陋的小食堂包揽了全站男女的吃饭问题。上顿下顿毫不例外都是一成不变的老三样：白菜、萝卜、土豆丝。胡明、叶萍、阿袁是第一个向这种淡而无味的伙食宣战的先行者。二女一男，自由结社。

他们把这叫单身汉里的"临时家庭"。胡明是家庭主男，主妇呢？暂时空缺。

第一个"临时家庭"一亮相，接着，相继出现了第二个、第三个……

不用说，胡明是厨房的大师傅了，负责炒菜，做主食。叶萍专管淘米、洗菜。剩下的那位女士，什么活儿也不会干，专门负责吃——她从小就很少干家务活，来到可可西里，高山反应比别人严重，但无心"补课"。胡明很大度，用能包容一切的口吻说："阿袁，你也别不好意思，任何事情都是两个方面，红与白，闲和忙，合理合法。就拿我们这个家庭来说吧，总得有人剥削别人,也得有人被人剥削。我和叶萍就心甘情愿地受你剥削一次吧。你就放开肚皮吃,吃多少我们都保障供应。"阿袁受之有愧,说:"胡哥,你这是损你的傻妹子吧!等着瞧吧,总有一天我要让你对我刮目相看,阿袁也有两只手,绝不坐着吃闲饭!"这是"文革"中的语言,她也学会了。

胡明的突出长处不仅是菜炒得好,而且会幽默,逗你玩。你看,他把锅端起,抖了一下,菜便从锅底腾起在空中翻了个跟斗,又落到锅里,一丁点也不外撒。他说:"别看这一手,我是拜了三个师傅,磕了三七二十一个响头。又练了七七四十九天,才算马马虎虎地能让菜在锅里翻身了。对啦,这叫翻身,不叫翻跟斗,孙悟空才叫翻跟斗。"

叶萍哪里信他这一套话,便打破砂锅问到底:"姓胡的,你能不能告诉我,你师从的是哪三个师傅?"

他十分严肃地回答:"我妈算一个,我奶奶也算一个,外加我们隔壁的二大爷,这不是三个师傅吗?"

阿袁听了像被针尖戳了一下尖叫起来:"我的妈呀,这都是些什么角色,大老娘们,老少爷们!这样的厨师用火车皮都拉不完。"

叶萍哭笑不得,从胡明手里夺过炒菜铲:"就你这两下。谁还不会?"说着她便端起锅撂菜,第一下没成功,又撂第二下,没想,连锅带菜一起扣在了炉子上,"扑哧"一下。满屋都像着了火,喷散着油烟味。

胡明赶紧收拾残局。阿袁在一旁抱怨:肚子早饿得咕咕叫了,这一来又得拖延开饭时间了。这阵子她不知从哪儿来了一股勇气加智慧,索性动手做起了饭菜。

完全可以想象得出,阿袁做成的饭菜是什么样!菜是半生不熟,又咸又辣。米饭是不稀不稠一锅糊糊……也完全能想象得出。这一顿饭三个人吃得很开心，很充实，有滋有味。毕竟是第一次掌勺做饭，阿袁得意地还喝了几杯，叶萍跟着乐，与阿袁对饮。两人都醉了。

"临时家庭"好快乐！正是从那一次起。阿袁有了变化，她不再专门负责吃了，而是接过了叶萍手中的活儿：淘米洗菜，做主食。她对叶萍说："萍姐，让我干活吧，你歇着，胡明心疼你呢！"嘴里虽然这么说，她的眼睛却一直望着胡明。她希望能换来胡明几句话，胡明却没哼声，光是笑。

后来，外面有一种说法："临时家庭"有主妇了，她就是叶萍。

叶萍听了没表态，连胡明也像没事似的不说话，只是那么淡淡地笑着。

平平常常的日子继续平平常常着……

阿袁掌勺炒菜是绝对有先决条件的。只是胡明在场时她才愿意露一手。"为一个男人而活着"——这是她的人生格言。

遗憾的是，胡明太忙了。作为医疗站的业务骨干，许多病人都离不开他，尤其是上手术台，没有他几乎不行。这样，胡明就经常难以按时下班。做饭的事很多时候是由叶萍和阿袁去完成。这样的事经常发生：叶萍把饭做好了，仍然不见胡明回来。她受阿袁之托，站在"悬空房"前朝病区方向眺望。当她老远看见胡明从远远的另一栋"悬空房"走来时，便大喊一声："阿袁。人回来啦，开饭！"

这时候阿袁才手忙脚乱地围起围裙忙起来，给人的感觉她真的是这个"临时家庭"里的主妇，家里的一切活路都是她一手操办的。这不叫演戏，这是阿袁真情的自然流露。

没有人去计较或追究这里面的奥妙，叶萍也好，胡明也罢，包括阿袁自己，都抱着各自做了记号的专用碗，用筷头不停地往嘴里刨着饭菜。他们吃得好香！为什么不言语？

阿衰的饭量在明显地减少……

高原军营单身汉的生活，就是这样无拘无束，充满乐趣而又谨小慎微地流逝着。谁都会觉察到这里面有一种显而易见的，却又是谁也不愿挑明的难言之痛。

有人欢乐有人愁。欢乐的人有愁，愁的人也有欢乐。生活原本就该这样。

那是叶萍20岁生日那天，早晨起床后，她还记着今天是她的生日。可是等上班忙忙乎乎地在病房工作了一天，她又累又饿，傍晚下班回到宿舍竟然把生日的事忘得一干二净。吃罢晚饭，她又没精打采地坐在了电视机前，荧屏上花花绿绿地放映什么，她全然不知。胡明进屋问她："晚上有什么安排吗？"

叶萍不假思索地回答："这不是已经有事干了吗？看完电视就睡觉。"

"就这么过生日？"胡明问得很诡秘。

叶萍这才想起生日的事，很不好意思地说："你看我忙得晕头转向，亏你还记着。谢谢！"

说话时叶萍脸颊飞上两朵红云，这是她第一次在胡明面前有这种极不自然的表情。难道女孩的心里装上一个男人就是这样的表情吗？

胡明为她解围，说："忘了没关系，再拣起来。改变一下你原先安排的不合人情味的计划，今晚放松放松，散步去。"

"去哪里？"

"戈壁滩。无边无际，一直走进昆仑山的怀抱。"

"你真会浪漫！"

深夜，在戈壁滩……

蓝天拥抱着明亮的月儿。

极度的静谧使戈壁滩显得无限的空旷，今晚因了这一男一女两个军人的出现，更加寂寞。

胡明心旷神怡。他觉得这镶着明月的天空是属于自己的天空，这铺着一层银色月光的戈壁滩也是属于自己的戈壁滩。连他也奇怪，来到可可西里医疗站已经一年有余了，为什么今天才有这种甜蜜的感觉？

他看看身边与他踏着同一节拍走在戈壁滩石子路上的叶萍。叶萍低着头，不说话。

"变成哑巴了？"他问。

"你说话了吗？"她反问。

俩人笑了，开怀地笑着。笑声无遮拦地滚动在空旷的戈壁滩上。

叶萍深深地吸了口气，又长长地吐出。

"缺氧？"他问。

"不，今晚的空气真新鲜！"她认真地回答。

谁都知道，这里空气中的含氧量只有内地的一半，何谈空气新鲜？这是叶萍独到的发现。

月亮仿佛有意地下降了许多，要给这两个军人更多的月色。他们踏在碎石地上的脚步声传得很远，也很脆亮，有时不得不产生错觉：有人从远处向他们走来了。

"胡明。可可西里的夜真美！"

"是今晚才发现的吧？"

"我从来就没有在夜里走过戈壁。"

"这就叫不会享受生活。其实生活中到处都有美，包括这个人烟稀少的可可西里。"

"有这份闲心吗？再说即使有了闲心，也没有那个胆量。荒凉的戈壁滩狼虫虎豹多得是，不把人吃了才怪呢！"

"今晚不是来戈壁滩散步了吗？野狼在哪里，雪豹又在何处？"

"这不有你陪着嘛．把那些野虫虫都吓跑了，躲得远远的。"

"叶萍。实话说，是你陪着我，要不我也不敢一个人出来的。"

"真的？"

……

戈壁滩很静，静得使此刻走在这里的每个人觉得自己的五脏六腑都深深渗入了地心。

戈壁小路在朦胧的夜色中曲里拐弯地伸向远方。胡明和叶萍默默地走着，脚踏沙石的声音更脆了。他俩都有一个心愿揣在心里：小路，变得长一些，再长一些吧！

谁也不说话。

他们踏着无声的节拍走着。夜在他俩的脚步声中消失，变长。

突然，叶萍捅了捅胡明的胳膊，说："听，有声音？"

吱啦——吱啦——

声音由远而近，由小变大；时而清亮，时而模糊。

俩人站定。两颗心在加速跳荡。

夜里，戈壁滩除了动物还会有什么呢？可可西里是动物的乐园，他们首先想到的是狼，或者狐狸。狼，要伤人的。狐狸，这家伙卖骚。到底会是什么呢？

声音近了。一个黑影。更近了，好像是一个人影。越来越近了……

显然，对方也发现了胡明和叶萍。

双方相对而立。默默地望着。他们都已经知道对方是谁了，可谁也不开口。

戈壁滩无限地扩大它的空旷，寂静……

胡明转身给叶萍说了句什么，便朝前走了两步，说："阿袁，夜里一个人出来不要走得太远，戈壁滩太荒凉。"

"我非常感谢你的好意，不过我不需要接受你的关爱，难道你不认为自己心里已经装上了你需要装的人？"

"阿袁，你心里再有委屈也不能一个人出来乱走。你知道这是在什么地方吗？"

"什么地方。我当然知道，你也知道。我倒要问问你，你知道你是在对谁说话吗？她不是需要你关心的那个人。"

"可是她是我的战友，我的同志，我的好朋友，我有权利不让她在这荒山野岭乱走。因为夜里这个地方什么样的事都可能发生！"

胡明真的急了，阿袁倒显得平静了许多。她说："你就不要为我操心了，有它给我做伴，给我壮胆，不会发生什么事的。"

这时，胡明和叶萍才发现阿袁怀里抱着一团黑乎乎的、还在蠕动着的活物。

胡明问道："那是什么？"

"藏羚羊。"

"国家一级保护动物，你……"

"我并不打算伤害它，只是让它陪陪我，解解闷。"

胡明和叶萍一时不知该说些什么才好……

原来，楚玛尔河畔有一户藏族牧民，祖辈放牧，经年累月和野生动物打交道，但从来不伤生。头些年总有那么些为数不少的黑了心肠的人白天黑夜地在可可西里猎取藏羚羊。老牧民一家看着倒在枪口下的藏羚羊，多次对天祈祷，让苍天保护大地上的生灵。善良牧人在草滩上也总会遇到一些受伤的藏羚羊和丢失的藏羚羊小崽子。另外，还有秃鹫，它们常常一连扑到几只，可是吃掉一只就填饱了胃，就把其他咬伤的藏羚羊扔在草滩上。牧人心疼万分地抱起这些没有家园、生命脆弱的动物。专门腾出一顶帐篷做它们的生息地，等它们的伤好了或可以独立生活了，就放回草原……

阿袁说，她怀里的这只藏羚羊崽子，就是从老牧人那里借来的。

胡明不相信这个"借"字，因为他非常清楚老牧人爱羊如子的性格，他绝不会轻易给别人"借"他这个心肝宝贝的。

"阿袁，说老实话，你是怎么拿到这只藏羚羊的？"

胡明的口气非常严肃，显然他要发威了。

阿袁也生气了，吼道："你不要逼我了，我把它送回去还不行吗？"

说罢，她就转身慢慢地走向夜幕笼罩的远方……

胡明跟了上去。

叶萍原地站着没动，眼里噙着泪水。

两个男人和一个女人

仿佛一切都没有发生。"临时家庭"又像过去那样运转着。变化自然还是有的，只是外面的人谁也没有心思去留意它。唯胡明、叶萍、阿袁他们自知。

应该说阿袁的变化被胡明和叶萍看得越来越清楚了。她好像要弥补什么缺憾，又好像要摆脱什么苦恼似的在改变自己的形象。三个人的吃饭问题，从采购到把饭做熟、盛到碗里，她全包了。下班后她总是火三急四地赶在大家前面回到宿舍。等胡明、叶萍进屋，她已经把饭菜做好了。她很少说话，却把饭做得很可口。她眼里闪烁着亮亮的东西，莫不是泪花？可她却笑了。

　　阿袁，你为什么要变得这样？各人都在默不作声地吃着饭，谁也不说话，筷子往嘴里扒拉饭菜的声音，牙齿咀嚼的声音，好像比平时放大了好几倍，很清脆，又显得很孤独。

　　胡明再也不愿让这种刺人心疼的局面无限拖延下去了。一个周日，他趁叶萍值班时，屋里只剩下他和阿袁，他和她又坐在了窗前。自然是胡明主动找阿袁的，她并没拒绝。

　　"阿袁，近来你忙得够累，该休息休息了。总是你给咱们做饭，我们的劳动权都让你夺去了。我们很过意不去。"

　　"我情愿干的事，从来不觉得累。你也不必在意。"

　　"能不在意吗？你也像大家一样，天天忙着上班，日班、夜班，连着干。又是在这个缺氧的地方，再这样下去身体总有一天会垮的！"

　　他的这份关心，阿袁突然有些承受不了，问："胡明，你是真的关心我吗？"

　　"那还有假吗？"

　　"我看你是假惺惺地说些漂亮话罢了。你心里有谁，我能看不出来吗？"

　　"这是两码事，我是以咱们临时家庭成员的身份关心你的，你是我的好同志！"

　　"留着你的关心吧，会有人接受它的。"

　　阿袁说毕，一甩手，出了门。

这年年底，阿袁随部队一年一度的复退大潮转业到了地方。具体是什么地方，说法不一，多数人说她在拉萨开了个饭馆，当起了小老板。

"临时家庭"只剩下胡明和叶萍了。按说这一下，他俩该有充足的时间敞开胸怀说说心里话了。谁料，又一个人的出现使事情又趋于复杂化……

叶萍的男朋友从京城来到了可可西里。他是抱着最后的一线希望来的，要叶萍调离可可西里，跟他回京城。

叶萍不会服从他，当然他也不会为难她。她似乎没有怎么犹豫就把男朋友交给了胡明。

"这不合适吧？"

"没什么不合适的，你会知道怎么办。"

叶萍这样做原因有三。第一，他是"临时家庭"的户主，找他是顺理成章的事。第二，男朋友在哪里住着实叫她做了难，医疗站没空房子，可可西里更无招待所，索性让他和胡明滚在一个床上得了。第三，也是最主要的一条，她心里已经越来越没有男朋友的位置了，把他交给胡明既可以表白自己这个心迹，又可以让男朋友从中明白点他应该明白的事情。

胡明不会狭隘到让叶萍的男朋友觉得高原这个鬼地方的人都像鬼一样不近人情，他的接待是满腔热情的。第一次见面，是在叶萍在场的情况下，两个男人的手紧紧握在了一起。男朋友马上就有感觉了：好人！他把心和劲都用在手上了。夜里，两个大男人睡在一张单人床上，挨得很紧，谈得蛮投机，本来两人睡在床两头，后来鼻尖对着鼻尖侃起来。

"胡大哥——请允许我这样称呼你，你说说，女人即使美丽得像一朵花，待在这个叫'可可西里'的地方，也等于插在牛粪上了，还有什么价值？"

"老弟——也允许我这样叫你吧,我不想就你这个话题说下去,我只告诉你一个事实,雪莲花只有西北的雪山上才有,除此而外的任何地方都见不着,可是几乎人们都喜爱这种美丽的高原花。"

"噢,我明白了,你是说一个人的价值大小。并不完全决定在什么地方,是金子总会发光的。"

"你扩大了我话题的内涵,我只是指女人而言。"

"有情人所见略同,咱们想到一块去了。我就是只想谈女人,我此次来高原就是为女人而来,也要为女人而归。"

"原来你是身负重任上高原。如果我没猜错的话,你是要把叶萍背下山的!"

"这只是一厢情愿。恕我直言,可可西里一直被人称为'无人区',别的不说了,单就说水吧,缺得要命。我来的这两天一盆水用一天,清早洗脸,全天用它洗手,晚上洗完脚才倒掉,又苦又涩的生活!可是我纳闷,你们竟然有滋有味地活着,为什么?"

"因为这里需要我们,还因为这里生活着一群男男女女,大家互相牵着,互相挂着,生活就不单调,也不寂寞。你也不是被叶萍牵来了么?"

"我不是被她牵来的,而是要把她牵下山。"

"但愿你心想事成,可是我看也难。"

"我真不明白,像叶萍这样才貌双全的女军人。到哪儿不能施展本事,偏要在这个遥远的可可西里来耗费年华?"

"你在这里用'耗费'二字显得那么欠思量。"

"何以见得?"

"她是个军人,军人服从命令的意识任何时候都是第一位的。否则,就别穿这身军装,肩上就别扛着几杠几星的,这是其一;其二,她是个女人，女人就应该选择男人最需要她的地方去工作。可可西里不缺羊不缺狼，缺的恰恰是姑娘。叶萍和她的一伙同伴来了，可可西里的山乐了，水笑了。"

"听了你这番真言，我的感慨有二：第一，我真庆幸自己没有穿一身军装；第二，你对叶萍了解得这么深，这是我无论如何没有想到的。"

"你没有穿上这身军装，我也为你老弟庆幸，因为每个人的选择都应该受到别人的理解和尊重。至于你提到我对叶萍了解得深，实在过奖了。她是我们'临时家庭'里的一员，我想我应该做的还没有做好。"

"'临时家庭'？哼，据我所知，这个'临时家庭'就剩下两个人了，一男一女，马上就会变成正式家庭了！"

"我非常佩服你调查研究得细密而又快捷。如果真有你所预言的那一天，我会给你留一杯喜酒。不过，我想这酒你是不会喝上的，因为这是一杯带醋味的酒。"

两个男人的对话中止了。满屋子都是臭脚丫子味。

他们又回到各人原先睡的地方，一边一个人头。

没有呼噜声。

但可可西里的夜并不宁静。

乌鸦也能报喜

也许是男朋友没有铆足劲，也许是叶萍脚跟扎得太深，她终于没有被他拉走。当然，他此次高原之行还是有功劳的，起了催熟剂的作用：胡明和叶萍的终身大事在他离开可可西里的那天夜里，就正儿八经地摆在了日程上。

他们的结婚几乎是在一夜之间完成的。转瞬间，全医疗站都被新婚的喜悦染得温暖了; 转瞬间, 这气氛又消失得无踪无影。一切又恢复了常态, 可可西里寂寞得仿佛什么也没有发生过。

这是为什么? 大概因为他们的结婚是那么的简单, 简单到几乎没有什么先例可寻。

举行婚礼的当天上午, 胡明还在手术台上忙着抢救一个在车祸中受伤的司机。司机的伤势很重, 救活的希望仅有百分之十左右, 这大概是胡明能忘记自己喜日的足够原因。叶萍倒是请假在家——是家吗? 仍然是单身楼里胡明住的那个房间, 只是和他住在同屋的另一个医生搬走了。屋里男人的臭脚丫味, 任叶萍把窗户开得再大, 仍然不能完全消散。就在她不知道要做些什么时, 忽然觉得结婚得有一张双人床, 可可西里是买不到双人床的, 去格尔木买又赶不上了。她只得把屋里的两张单人床一拼, 得了。然后她才开始布置新房, 打扫地面, 给墙上刷报纸, 贴窗花……

窗花? 那是阿袁从拉萨特地捎来的。没有信, 只是一幅喜鹊登枝的剪纸窗花。捎窗花的人说, 阿袁讲了, 她衷心祝贺他俩永远幸福。

窗花贴在正中的窗玻璃上, 阳光洒满窗棂, 那只喜鹊好像活了, 正喳喳地叫着, 尾巴一撅一撅的。

这使叶萍很自然地思念起了同屋女友阿袁, 心中涌上一股怜悯之情, 愧疚之情。她便情不自禁地自语道:"阿袁, 你回来吧, 咱姐儿俩好好聊聊天, 我心里有许多话要给你说!"为什么会有这样的念头呢? 她也说不清。

不想那么多了, 过去的一切都让它过去吧! 生活要从头开始了——叶萍这么想。那夜, 她就是以这样的心情, 扑进胡明怀抱的。

次日早晨, 睁开眼来, 满屋通亮。打开窗户一看, 昨晚落雪了。

这时, 那幅窗花跳进了两人的眼里。叶萍心里依然像昨天贴窗花一样美滋滋的，胡明却似乎发现了什么问题。他瞅着窗花不换眼地望了好久，眉头渐渐皱起……

"叶萍，你细细看一下，那是只喜鹊吗？"

叶萍好像被提醒了似的，急忙细瞧起来……不由得"呀"了一声，低下了头。那只在枝头鸣啼的鸟儿原来是一只乌鸦……

叶萍要伸手去捣碎窗花，被胡明拦住了："不必生这么大的气。被人称作'生命禁区'的可可西里，能飞来一只乌鸦也是可喜的事情。她阿袁就不懂得这一点！"

月亮、太阳悄悄地在可可西里轮回升落，逝去的日子把医疗站的白房子镀成了斑驳的硬壳。

贴在窗棂上的那只乌鸦也变成了白色的，如不仔细辨认，很难看出是乌鸦了。

胡明说，它还是乌鸦，一只报喜的乌鸦！

沿着医疗站门前的那条伸入戈壁的路走下去，就会抵达远方。

远方的天空，会是什么样呢？

叶萍凸起的肚子，渐大，渐长，直到体内渗出光芒为止。

母腹中的"孤儿"

人们一直在等待春天，可是收获偏偏在秋季。

在叶萍怀孕7个半月时，胡明改变了原准备回西安让她生孩子的打算。严格讲这并非他的本意，而是领导派他进格拉丹冬随一个科考队执行一次医疗保障任务。领导在强调了"任务特殊，组织信任"之类的话后，拐了个弯，说了颇有人情味的话："关于叶萍生孩子的问题我们不是没有考虑到，那怎么可能呢？最后之所以下狠心让你去执行这趟任务，又是去那么艰苦的地方，确实认为只有你才能让领导放心地做好这个工作。胡明同志，你就委屈一点吧，按时保质保量地完成这次医疗保障任务。到时我们给你戴红花庆功！只有两个月的任务，你回来后我们护送你和叶萍回西安。"

胡明不是那种被儿女情长能缠绕手脚的男人，可是，此次格拉丹冬之行对他确有点勉为其难。再有两个多月就有人叫他"爸爸"了，他怎能不心花怒放？这两个月他会舍弃自己的一切应酬，好好陪着叶萍，让小宝宝平平安安在可可西里降生。他要偎在妻子身边，听婴儿的第一声啼哭！

他就是这时候踏上了奔赴格拉丹冬的征途。应该说他心里有许多话憋着，但是他只能默默地为自己祈祷：早点回到妻子身边，让她忧虑的脸上换上笑容。

胡明再也回不了可可西里了……

科考队执行完任务返回可可西里途中，头车翻车，车上除司机外其他三人全部遇难，其中就有胡明。

为了早日赶回医疗站，胡明等着坐第一辆车。科考队一共5辆车，走在前面的车实际上就是探路车。进出格拉丹冬根本没有路，司机的感觉就是路，汽车轮子碾到哪里，哪里就是路。其实，轮印并不都是路，那一条条轮印里隐藏着探路时留下的多少"陷阱"！

一次，车子在驶过一层泛浆地时，陷进了深深的泥潭里，司机本想挣扎着把车开出去，谁料弄巧成拙。越陷越深，泥浆几乎没了车顶……

三天后，驻在山中的解放军赶到，从泥浆中拖出汽车，还有三具糨糊成了泥棒的尸体……

胡明的尸体是在深夜两点钟运回医疗站的。从一定意义上讲，这个时间是个掩耳盗铃式的好时辰。夜幕可能暂时地遮掩住这具鲜活而多情的尸体,起码在天亮之前这段时间不会让叶萍发觉丈夫已经不在人世了。

事实是当天夜里,叶萍就趴在丈夫冰冷而泥泞的尸体上哭号了起来。那哭声像锯齿拉在钢板上,又像有人踩踏着碎玻璃碴,整个可可西里都被叶萍的哭声惹得淌起了眼泪。

哭声一直延续到次日中午。

没有人去劝这位要多可怜有多可怜的女军人。医疗站的人几乎都赶来了,他们默不作声地站在叶萍身后,悄悄地流眼泪。

严格地讲,叶萍新婚的新鲜滋味还没尝够,丈夫就永远地离她而去了。她是在她最需要也最能接纳丈夫柔情爱抚的时候失去了丈夫。即将出世的孩子还没承受到人间阳光就成了孤儿。

当她明白撕肝裂肺的哭叫再也不能唤醒已经长眠了的丈夫时,终于止住哭。她开始用大家早就准备好的水为丈夫擦洗身上的泥尘和冰雪。这是他一生中的最后一次洗澡了,从此刻起他就在另一个世界生活,那儿能不能洗上澡还很难说,她一定要把他洗得干干净净。对,要把脚好好洗洗。他一直有个好习惯,每晚都用热水烫脚。洗着洗着,他常常会情不自禁地呼喊她:"媳妇,来帮我揉揉脚心,今天的手术站了整整6个小时,脚心有些疼。"于是,她会放下手头的活儿,给他揉脚……

想到这里,叶萍忽然停下了擦洗。丈夫此次格拉丹冬之行,一个月有余,跋涉了多山道水路,他的脚能不疼吗? 对,一定给他揉揉脚心,他又要走远路了,而且这一回是他一生中走得最远最远的路,要让他轻脚轻心地上路。她开始给丈夫揉脚心了,揉呀,揉呀……她还是无法控制自己的感情,趴在丈夫身上又哭号起来了……

仍然无人劝阻她。

叶萍,哭吧! 要哭就哭得彻彻底底,哭得痛痛快快,哭得轰轰烈烈,把心中的苦水和委屈，全部地、干净地哭出来！

夜在流动，梦在流动，整个青藏高原都在流动，都因了一个女军人这撕肝裂肺的哭号！

这哭号是一片易碎的薄冰，谁听了都会陷进冰下的深潭里……

黑色的黎明

戈壁滩骆驼草上挂着莹莹露珠的那个黎明，可可西里响起了有史以来第一声婴儿的啼哭。它划破寥廓寂寞的夜空，久不消失地回荡着，仿佛要告诉全世界每一个人，这儿终于有了新生的第一代婴孩。

胡明的意外遇难，出其不意地打乱了他们夫妻俩原先回西安迎接孩子出生的安排。叶萍无可奈何地只有在可可西里坐月子。

可可西里什么时候听到过雄鸡打鸣？从来没有。今天这声声婴儿的啼哭比雄鸡的鸣叫更能唤起高原人对黎明的向往，多少人从睡梦中醒来伸长脖子，耳朵贴着窗纸倾听这比音乐还要动听的啼哭。

产房里，护士将婴儿抱到叶萍面前，满脸挂笑地说："叶姐，是个男娃。"叶萍听了，眼泪刷一下就流了出来。儿子的出生使她更容易想起丈夫。胡明多次对她炫耀过，在可可西里这块宝地上，我不种出个男娃来，还算男子汉吗？叶萍很快擦干了眼泪。她想，这一刻更多的应该是喜悦，起码要暂时地忘掉悲痛。她望着儿子粉嘟嘟的脸，足足"欣赏"了半个小时，才把目光收回。随即，眼里不由得又涌出了泪花。

她怎能不想起胡明呢？胡明在感情上的所有付出和美好愿望，不就是有一天能听见儿子叫他一声"爸爸"吗？可是，儿子倒是来到了人世间，他却听不到独生子的声音了，也听不到妻子的呼唤了！

此时，叶萍心中不灭的灯盏便是儿子那双一出生仿佛就能分辨出亲人的眼睛。她要活下去,为了独生子要活下去! 为了长眠的丈夫能够合上不甘心的双眼要活下去!

但是很快,命运又一次扼住了她的咽喉,使她又一次绝望。

儿子出生后的第五天黎明,大祸就降临在这个刚刚睁开眼睛却还不认识世界的婴儿头上。

又一个黑色的黎明。医生和护士同时被叶萍的惊叫声唤到了病室: "快来看看,孩子怎么啦,他到底怎么啦?"

医护们看到,孩子脸色青紫,呼吸急促,身子不时地抽搐着。

叶萍一边哭着一边诉说:"昨晚孩子还好好的,到了今天清晨他开始躁动,啼哭,后来就发烧。我很焦急。但总觉得他不会有什么大不了的,心里总是念叨着让他快快地好起来。谁能想到,他成了这个样子……"

医生给孩子做了检查后说,孩子是因为高山缺氧而得的病。

叶萍忙问:"那现在该怎么办?"医生不语,轻轻地摇摇头。

叶萍又问:"快讲呀,我到底该怎么救我的儿子?"

上午8点钟多点,出生才5天的孩子就停止了呼吸。他走时没有名字,爸爸先他一步走了,无法给他起名字,妈妈还没有来得及给他起名字。一个没有名字的男孩,一个没有户口的男孩,一个没有得到父爱母爱的男孩,就这样不声不响地走了!

长江之源的楚玛尔河,还是那么细细地、浅浅地流着,越流越瘦……可可西里出生的第一个婴儿,也成了这块荒原上夭折的第一个婴儿……

红柳作墓碑

叶萍怀抱儿子,在产房里呆坐了整整一天一夜,没吃没喝,也不讲话。你会有这样的错觉:孩子没有死,可她却坐得入神了。

死亡在活着的母体中埋着。

直到次日清晨，当红红的太阳跃出雪山之巅时。她才抱起孩子，吻了吻他的额头，还有鼻尖。她走出医疗站的大门，径直向遥远的唐古拉山走去。具体到哪儿去？她不知道。去干什么？她也似乎不明白。她只是走着，走着，毫无目的地走着。

她好像听到胡明的呼唤声，胡明对她说："叶萍，这么冷的天气，你把孩子抱到哪儿去？"她止步，那声音又消失了。当她再次走动时，那声音又响起了。她自言自语地说："胡明，我明明听见你对我说话，怎么看不到你人？你别跟我捉迷藏了。快出来！"　"

胡明不回答。

叶萍坐在了冰冷的沙石地上，怀里仍然抱着儿子。

她又听见胡明的呼唤声了。起身，继续朝前走。初升的太阳把她的影子拖得很长很长，那影子也抱着一个孩子。

对影成四人，她不寂寞。

有一个人悄悄地跟在叶萍后面，始终与她保持着一定的距离，跟随她向唐古拉山方向走去。

连叶萍也不知道走了多长时间，当一簇红柳出现在眼前挡住了去路时，她才停下了脚步。好像她走这么远就是为了找到这簇红柳。

整个可可西里见不到一棵树，红柳、骆驼草是这里唯一的绿荫。

那个一直尾随她的人也停下了。

叶萍回转身，发现阿袁站在身后。

"是你？！"

"怕你想不开，出什么事，我来陪你。"

"你是怎么知道我遭遇到如此难以预料的人生大难？你一定觉得自

己是个胜者！"

"不，萍姐，你完全说错了。不要把阿袁想得那么低下，我当初要求复员到拉萨去开饭店，从本质上讲不就是为了给你和胡明让路吗？当然我当时心里的痛苦是难以忍耐的，因为我太爱胡明了。我这次来可可西里是专门为胡明送别的，说心里话，我从来没有像爱胡明那样去爱一个男人……"

"阿袁，你不用说了，我们都是好姐妹，苦姐妹！"

"我来给胡明送别，没想到你们的儿子……"

"阿袁，别说了，我们一起为孩子送别吧。他出生后就没有爸爸，现在有你这么个好阿姨，孩子在九泉下也会高兴的。"

姐妹俩紧紧拥抱在一起。

她俩将孩子埋在了戈壁滩。红柳簇旁隆起一个小小的土包。许久，叶萍和阿袁又将小坟包平掉了，不留坟包、不留标志。红柳就是娃的坟，娃的碑。

叶萍从衣袋里摸出一盒纸烟，抽出一支，点燃，双腿坐在坟前，吸起来。

阿袁用惊愕的目光看着。叶萍嘴里叨念道："孩子，妈是在生下你这几天才学会抽烟的，心里太闷太憋，吸口烟解解愁。没有人跟妈说话，你爸爸走了，现在你也走了，就剩下妈妈一个人，才学起了抽烟。孩子，你为什么出生5天就要走呢？肯定是爸爸妈妈在什么地方做了对不起你的事，伤了你的心。对啦，生你的时候你爸爸不在我身边，他到一个很远很远的地方，完成领导交给的重要任务去了。他这一去，到现在也没回家。孩子，你是会见到他的，他已经告诉妈妈了，他在格拉丹冬雪山等你。爸爸说他永远也不回家，就是为了和你团圆。孩子，见了爸爸替妈妈问个好，就说妈妈很想他。可是要记住一点，千万不要给爸爸说妈妈抽烟的事，他最反对别人抽烟。如果他知道妈妈成了烟鬼，他会伤心的……"

听到这里，阿袁再也无法控制自己的感情了。她扑上去，抱住叶萍，声泪俱下地说："萍姐，你为什么这么苦命，你不要再说了，我的心都被你撕碎了！"

俩人又紧紧地相抱在一起……

将军来信了

下班后，叶萍急步回到了家。她拆开了叔叔写来的那封信——

叶萍吾侄：

我不知道此刻你在做什么。哭呢还是蒙着头睡大觉，或像以往一样在工作岗位上忙碌着。你做什么，叔叔我都能理解，甚至包括理解你对我的怨恨。你知道吗？这时我正躺在医院里给你写这封信。叔叔今年75岁了，老了！三天两头住院。这些年，我自个提笔写信，这还是第一回。

我心里很矛盾，也无奈。真不知道该说些什么。叔叔对不起你，欠了你还不清的"债"。

想当年，我也是个脚一跺，周围地面上的不少人都会跟着动起来的风云人物，要不是我说了一句话，可可西里怎么就会出现个医疗站呢？我始终为自己说的这句话而自豪，这是为群众说话！这个医疗站建立后解决了高原官兵看病难的大问题。这一点我至今不悔。令我深感不安的是你今天遭遇的巨大不幸（你对自己的不幸，至今没有给我说过一个字，我还是从青藏兵站部一位退休老同志的电话里得知的）。

这些日子我一直在想，如果当初我不让你去医疗站，今天的所有的不幸不就可以避免了吗？谁的心都是肉长的，不可能不考虑自己的利益。叔叔也一样。我当初是不是有点太自私了？你恨我吗？你就恨吧！

这些日子，我半夜里常常从噩梦中惊醒。我没见过你的爱人，更没见过你的儿子，可是我在梦里都和他们见了面。他们对我怒目以视，好像仇敌一般。我不明白这是为什么。

孩子，叔叔无能为力帮你一把了，你们医疗站站长能办到的事，我也不一定能办成。你有什么委屈可以找叔叔倾诉，有什么要求需要兑现，还得找你的领导。人一走茶就凉，这句话也许我已经体会到它的真味了。叔叔希望你能坚强地挺立下去。可可西里有你的两个亲人长眠着，你是不会轻易离开的。你好好活着，在西部大开发中，可可西里会有美好的明天！

好啦，打住，不写了。等着你的回信。

你的叔叔

叶萍不打算给叔叔回信，回信又能说什么呢？

但是，她准备回一趟北京，和叔叔好好谈谈。谈什么呢？她不知道。真的，一点儿也不知道！

可可西里有无数条腿在移动。一片踢踏声。

踢踏出了流水的声音。

一年一度，藏羚羊从卓乃湖、太阳湖产仔后，成群结队地返回栖息地。少者数十只，多者几百只乃至上千只。

藏羚羊的世界！生命躁动的季节。

这时候，叶萍照例会穿着合身而整洁的军装。佩戴肩章，以一个标准的中校军官妈妈的英姿站在儿子墓前，远远地瞭望着那一群又一群欢奔而过的藏羚羊。她的心里溢满欣慰。她知道长眠在地下的儿子也一定很高兴。有这么多的藏羚羊，儿子就不会寂寞了。它们是儿子的伙伴，也是儿子的卫士。

算起来，儿子才10岁，他需要这些活泼可爱的藏羚羊。

还有，胡明在这个季节能闲着吗? 他肯定带着儿子一起跟着藏羚羊奔跑!

叶萍静静地站着、看着那些藏羚羊，祈祷它们平安回家!

现在，她特别珍惜生命。

不过，她还是过早地老了。才30岁出头的人，怎么鬓角就渗出了缕缕银丝?

壮哉！格尔木……

一

每次到昆仑山，我必须要去一个地方：格尔木北郊旷野上的烈士陵园。

这里埋葬着青藏兵站近700名官兵的遗骸。他们在4000里青藏运输线上，走完了人生之旅后，归宿于此。

这片覆盖着一层白花花盐碱地的茫茫戈壁滩，南接昆仑山，北邻祁连山。我敢肯定地说，这是世界上海拔最高也是面积最大的陵园了。没有围墙，远处的昆仑雪峰就是它的围墙；也很少有墓碑，那一簇簇红柳就是墓碑；没有人管理墓地，只是风沙日夜不停地吼叫着。我的许多相识的和不相识的战友为了征服这块高地把遗骸永久地留在了昆仑山。我们曾经共同分享过戈壁明月给予的欢乐，也一起分担过大雪封山带来的忧伤。他们一生中吞咽了那么多的冰雪，直到最后闭上眼睛时，身上还盖着厚厚的雪被。今天我如果轻而易举地抛弃他们去寻找自己的乐园，良心会受到深深的谴责。

当初是谁把陵园的地址选在了这片旷野上？

留在我回忆屏幕上的最早埋葬在这里的仿佛是一位军人的遗体，也许这就是这戈壁滩上的第一位"永住户"。记得好像是20世纪50年代末，一个刮着干烈沙尘的周日午后，我邀了几个战友在格尔木散步。街上行人很少，偶尔有一峰骆驼站在路边，慢慢吞吞地咀嚼着食物，风沙也像疲惫了似的懒洋洋地从路上吹过。给人的感觉这个白天世界的一半还在沉睡着。我们边走边聊，快走到万丈盐桥时，猛然间我发现路旁的荒滩凸起了一堆新土，插在上面的一个花圈告诉我们这是一座墓，花圈上有数的几朵白花在干风里抖抖嗦嗦，显得几分悲凉，凄然。

这儿埋葬的是谁？

我和战友们围着墓包转了几圈，没有发现任何痕迹可以告诉我们这儿埋的是一个什么人。就在我抬起头向四周搜寻的一瞬间，忽然发现百米外的垅坎上站着一个小战士，他正打量着我们，显然对我们的行迹感到可疑。我看见他的衣袖上戴着黑纱，他很可能是刚离开墓地。我由此联想到，这里埋葬的大概是个兵。

好些日子，我的心一直无法平静下来，眼前总是浮动着荒原上那座孤零零的墓包，心里涌动着一种难言的酸楚。格尔木是个刚刚诞生的新城，执勤的部队和驻地群众加在一起也就是两三千人，为什么城市和墓地几乎是同时诞生？

他是青藏公路通车后我看到的第一个献出生命的战士，是昆仑山的第一个先人啊！

现在回想起来，似乎只是过了几天，也许一场雪落地还没有化完，当我再次来到那片荒滩时，就有了第二座、第三座坟墓，几年不见，墓包就是一片；又是几年不见，成了一大片……现在这里已经是近700名官兵的归宿地了！

后来，渐渐地人们便把这片墓地称作"格尔木烈士陵园"了。

二

　　相当长一段时间，我对格尔木烈士陵园的一个现象百思不得其解，这就是：这里的坟头没有墓碑。我曾和一些高原人就这个问题探讨过，他们的答复是：这些亡人都是他乡外地人，他们没有亲人在身边，有的甚至连个朋友都没有，谁去立碑！我又问：单位呢，难道领导不应该给他们立碑？答：单位的人就是有这片心，也只能是个愿望而已。因为那个年代格尔木是个帐篷小镇，后来虽然从帐篷镇脱胎成一个戈壁小城，远天远地的，一切供应都从内地运来，买根火柴也不容易，到哪儿去买做碑的材料，即使弄到石料，匠人呢？所以绝大部分亡人的坟头插个木牌就不错了。那些木牌经不住风吹日晒，不出一个月就没有了！

　　时光似乎被镀上了沉重的铅块，慢悠悠地流泻在每一天我们走的岁月里。格尔木烈士陵园没有墓碑的荒凉日子，一直继续到"文革"后期。大概从20世纪80年代初开始，好像是一夜之间的事，许多墓前忽然长起了青石做的墓碑。原来这阵子驻格尔木各部队对烈士陵园进行了一次清理。凡是可以确认的墓堆都逐一地进行了修建，立了碑；另外，这时也有一些死者的亲属从内地赶来高原，寻找亲人的归宿地。他们在千方百计确认了亲人的墓包后，便在坟头立起了碑。也是从这个时候开始，格尔木烈士陵园发生了另外一种出乎人们意料的变化。这个变化发端于一位从陕北来昆仑山探望儿子遗体的老乡身上——

　　那是一个朝霞染红戈壁的早晨，当这个头上扎着白羊肚毛巾的陕北农人扯着粗壮而悲凄的腔调在格尔木大街上边走边哭的时候，整个一条街的人都跟着他哭起来了。他自始至终哭诉着一句话："娃呀，你怎么不让大看上你一眼，你就不吭声地走了呢！"这句揪人心的话是随着哭声颤出来的，久久地回荡在大街的上空，每一个听到这哭诉的人，都掩面而不敢望老农人一眼。

白发人哭黑发人，好叫人伤心！

大约一周前，正在田里收割麦子的老人接到了部队的电报，说儿子病重，望他速来高原探望。老人似乎已经从这份电报上预感到了什么不幸，便卖掉老犍牛和一头母猪做盘缠，匆匆地上了路。60多岁的人了，他不顾年大体弱，几乎是一路跑着上了高原。

可是，晚了！他到格尔木的当天，患高山病的儿子已经病故，且安葬完毕。他打听到安埋儿子的墓地后，连肩上的褡裢都没顾得放下，就直奔陵园而去。

他一路长哭，一路诉说，还是那个哭腔，还是那句话。那佝偻的身子拖扯着扯不断的哀忧和怨恨。

来到墓地，当他站在儿子的墓前时，突然中止了哭诉，只见他抓起坟上一把土，放在手心里碾着，反复用指头碾着……

霎时间，墓地寂静得如午后的谷底。

老农人在儿子的坟头就这样整整地站了一个上午，无语无泪无声。

老人回到了儿子生前的连队。

连里领导和儿子的战友们围着老人，他们不知道该用什么话安慰他，大家知道老人心里一定很难过。

没想到，老人的话一出口，倒安慰起了大家。他说："人已经死了，就是把眼泪哭干也没有用了。他是我的儿子，是你们的战友，我们为失去他都很难过，这一点我们互相都理解。现在大家该擦干眼泪，往前看。活着的人还有许多事情要做。"

大家都睁大眼睛望着老人，总觉得他还应该说说儿子的事。果然，他掏出一块粗布手绢，粘了粘眼角，提了个要求："我看到坟地里有一个死去的战士是我的老乡,我想把我儿子的坟和他的坟移到一起,请领导答应我的要求吧!"

连长听罢,沉思良久,问道:"你为什么要这样做?"

老人回答:"孩子离开人世时没有一个亲人在身边,我紧追慢赶地来了,也没有最后看上他一眼,他太可怜了。现在走了,也是一个人孤孤单单地躺在荒滩上,想说句话、商量个事也没有人做伴,想想吧,哪一个人的心里能没有想说的话呢?"

连里领导答应了老人的要求。

次日,老人就和几个战士一起来到烈士陵园,把儿子的坟与那个老乡的坟挪到了一起。

早出晚落的太阳,每天与昨天都不一样。当又一次朝霞四射的早晨降临格尔木时,烈士陵园里那座战友合葬的坟墓显得格外的美丽、壮观。

三

在这里,我要特别提起一座群葬的坟墓。安葬在里边的人为了修建格尔木至拉萨地下输油管线而献出了年轻的生命。

这几簇红柳,年年都是这样富有顽强生命力地蓬勃在戈壁滩上。它不衰不败,春来发芽,夏到开花,即使在严冬里那枝条仍像硬骨铮铮的铁汉一样裸露在寒风中。就在这几簇红柳中间,耸立着一座2米高的水泥墓碑——当时它是格尔木烈士陵园里唯一的墓碑。疯长的红柳,已经遮掩了墓碑的顶端,但是扒开红柳可以看到墓碑上30位烈士的名字。描着红色底漆的饱经雪霜侵蚀的英烈的名字,永不褪色,彪炳日月。

墓碑的后面,是一座比这里任何墓堆都大的坟包。不能说30位烈士都合葬于此,只能说这个坟包是30位烈士归宿的象征。因为有这样的情况:他们当中有一些人在献身后没有来得及运到格尔木烈士陵园里来,就地安葬了。比如,用冻雪掩埋在唐古拉山,用那绣着草根的黑黏土掩埋在藏北草原,用肥沃的土质掩埋在拉萨河畔;另外,有一些英烈献身后根本没有留下尸体,比如,被滔滔洪水卷走了,被炸山的沙石深埋了,在雪山探路或寻找水源时迷失了方向……所以说,这座合葬墓是30位烈士的"家",家里却不一定有30个人,有的人出征远去还未归来。但是,人们相信,他们一定会寻到这个家的。

我反反复复地看了墓碑上烈士的英名,发现漏掉了一个不该漏掉的名字。谁?

章恩佑。

章恩佑是总后勤部营房设计院的工程师,应该说他在单位所从事的工作是令人羡慕的。可是,忽然有一天他对自己总是待在北京不满意了——那是他听到部队要在青藏高原修建地下输油管线的消息以后,他决心要在那广袤的大地上用自己的心血去铸造这项举世闻名的工程。于是,他主动要求来到高原,担任了工程的总工程师。

章总上高原那年已经53岁了。他是一个在沸腾的工地上寻找自己生命归宿的创业者。

身先士卒的章恩佑任何时候都出现在艰险的地方,组织技术攻关,解决施工难题。这是个很奇怪的现象:他的高山反应比一般人都要严重,有时头疼得整夜难以入睡。但是他工作起来那股火辣辣的干劲就是年轻人也望尘莫及。有一次,他拿着仪器,攀着晃晃悠悠的梯子,登上10多米高的油罐鉴定安装质量。年大体弱,再加上高山反应的袭击,使他脚下一滑,摔了下来。要知道这是在海拔4700米的昆仑山上,这是氧气缺乏的高原,他怎能经得住这样的摔打?当下他的右小腿骨跌伤,同志们要送他到格尔木22医院去治疗。他指着工地上的帐篷很幽默地说："人为什么要那么娇气呢,有点小毛病就住医院,还不把医院都挤破了? 我就在这帐篷里躺几天,一切都会好的! "

半个月过去了,他的腿痛倒是减轻了好多,不料身上又添了新的疾病——他突然感到肝区在隐隐作痛,先是轻微的,很快就急转直下,疼得他有点支撑不住了。随着工程的不断进展,他的肝疼也在不断加重,犯病的周期在缩短。章总心里明白,肝区有了病绝对不是轻而易举就能治好的。他已经预感到自己的生命也许要和这项举世无双的工程同时完成。但是,他只是在心里这么想,没有对任何人讲,包括给家里人写信也只字未提。

当他把一切都交给输油管线工程的时候,同时也把生命交给了死亡。

章总继续在高原工地上奔忙着。所不同的是,从此他总是挂着一根拐杖,迈步艰难地行走在每一个他认为需要去的地方。

一年过去了,拐杖戳戳点点地迎送了365次日出日落;

两年过去了,拐杖着地的一端日日磨短,在手心的一头天天变光;

三年过去了,拐杖在格尔木至拉萨河谷的地段上走出了一条闪光的小路。

他的肝病已经十分严重了。

同志们和领导都劝他下山休息,他的回答总是这么一句话:"等到输油管线建成之后,我要给自己立一座纪念碑,那时候我就躺在这座碑下长期休息! "

大家的眼睛湿了,因为谁都明白,他所说的纪念碑就是墓碑。

三年间,减去坐车,他步行的路加起来超过了2000公里。

1978年夏日的一天午后,昆仑山被低低的阴云盖住了面目,飘飘扬扬的雪花在天空中旋转。章总要离开高原回内地了——医生说，他在高原连一分钟也不能再待了。他的肝病已经发展到了最后阶段。

大家还清楚地记得他恋恋不舍地把那根伴了他三年的拐杖留在高原上的情景：上飞机前，他拿起拐杖，掂了掂，摸一摸；摸一摸，又掂一掂……

他含泪下了高原。

从此，拐杖就孤孤单单地留在了高原上，靠着墙角寂寞地站着，仿佛向人们诉说章总的故事。

他住进了医院。从住院那天起，就是他生命的最后时刻的开始。他每天靠输液维系着生命。

此刻，在青藏高原上，地下输油管线正在进行着收尾工程，体力已经消耗得差不多的指战员们忍受着极大的疲劳和高山反应的痛苦，做最后的奋力一搏。

躺在病床已经失去生活自理能力的章总，仍在苦思冥想地考虑着自己没有来得及做的有关输油管线的一些技术上的问题，提出了一个又一个方案，画出了一张又一张图纸……

别人告诉他，管线的所有事情都有了圆满的结局，让他放心。

突然有一天，他提出要再上一次高原，说是管道某个地方焊接上还有点疏漏，他要去看看。同志们告诉他，所有的问题都得到妥善解决，他也不相信，仍然固执地提出要上高原。

部队领导理解他，特地派人拿着管线工程正常运行的照片来看望他，让他亲眼看看，他所挂心的一切都已经如愿实现。

可他呢，这时视力严重衰退，什么也看不见了。他只能让同志们给他指点着，他用手摸着照片……

他很放心地走了。

临终前，他说过一句话："我很遗憾，我没有在昆仑山下给自己做个纪念碑，我应该躺在那里休息……"

他仍然记着当初打算为自己做墓碑的事。

据说，后来有人特地在格尔木烈士陵园里为章总堆起了一个墓堆，里面埋的便是那根拐杖……

四

当然，并不是每一个死者都无亲人在身边陪伴。也不是每一个活着的人都有为故去的人立碑的愿望。也许是悲凄到了极处，也许是情爱到了顶点，有那么一些人他们在送亲爱的人远去时，让其离开喧闹，在偏僻、荒凉的地方"落户"。

有一对夫妻临终前留下遗言：绝不埋葬在陵园里，而要独葬一处。

他俩刚举行完婚礼就走了。死得好惨……

男的叫"李育田"，和我一起在汽车团政治处当助理员。他长得英俊、帅气，一副金丝眼镜给他增添了几分文雅。他是属于很有文化的那一类军人。李育田的女朋友在他家乡冀中平原上的一所小学当教师，我从李育田那里见过她的照片，长得少有的漂亮，那双会说话的大眼睛格外抓人。李育田是那种不可貌相的人，外表看文文弱弱，蛮书生气，却特别能吃苦。当时，跑青藏线的汽车部运输任务相当重，我们这些机关工作人员，下基层的机会特多。李育田几乎终年都随车队在线上跑。不论冬夏他总是穿一件皮大衣，蹬一双毡靴子，典型的高原汽车兵的形象。李助理出发后什么脏活累活都下得了手，和战士们相处得很融洽。正因为部队运输任务繁重，出发频繁，李育田几次推迟婚期，直到快30岁那年才从格尔木回家去完婚。

那是他假期将满的一天，我们收到了他从家乡拍来的电报，说是要和新婚妻子一起来格尔木。我们都理解他的心情，休假的时间一共30天，他回家半个月才办的婚事，小两口的新婚被窝还没暖热，就该归队了，难分难舍呀！带着新娘返队，不仅使他们可以相亲相爱，延长新婚蜜月的日子，也给这女性罕见的男子汉世界里添一片诱人的色彩，带来一份欢乐。

我们政治处的全体人员一齐动手，在那排泥土坯垒成的干打垒式的机关干部宿舍里，布置了一间舒适的新房，等候李育田夫妻的到来。每个人的心情都毫不例外地又激动又亢奋，好像期待的不是别人的喜事，而是自个儿的幸福生活。

日子在渴盼中总是很熬人心的。

就在我们估摸着李育田两口该到格尔木的那天早上，突然有人捎来口信（当时青藏线没有电话、电报之类的通信设备），说他们乘坐的汽车在祁连山下翻车，四轮朝天，女的当场死亡，男的压成重伤。

我们政治处立即派人到了祁连山。事故现场仍然保留着：李育田已经送到附近的花海子兵站抢救。女的翻车时被摔出汽车大厢，她的面部正好挤在一块巨石上，半边脸被挤掉了，剩下的半边脸也完全变了形，血肉模糊，惨不忍睹。

李育田的生命只延长了几个小时便停止了呼吸。他临死前，用尽浑身力气，断断续续地讲了下面一段话，也算是他的遗嘱吧："我有罪！不该带她来格尔木，我对不起她。她本来希望我继续在家里度完蜜月再归队，是我一再说服她上了高原。你们不要把翻车出事的消息告诉家里人，老人们承受不了这样的打击。也不要把我们埋在陵园里，随便在昆仑山找块地方，偏僻一点的地方，埋了就行。也不必立碑，让大家很快忘掉我们。"

我们没有理由不尊重李育田的遗愿，便在离陵园较远的地方找了一座小山包，把他们夫妻俩安葬了。但是，我们也没有完全按照他的遗愿去办，最后还是把他俩翻车遇难的事通知了他的家人。使我们没有料到的是，始终没有人来高原探询，料理他们的后事。细一想，也是，那年月，整个青海都没有一条铁路，更无航线可言，对人们来说，上一趟高原肯定像去一次外国一样遥远，迷茫。

那是我已经调离高原，来到北京的事了，据说李育田的父亲到了格尔木。可是，时过境迁，他儿子和儿媳的墓堆已经与陵园里的墓堆连成了一片，且早被岁月荡平，他根本无法辨认，无法找到了。

奇怪的是，次年，李育田夫妻的坟头猛乍乍地长出了一棵胡杨树。那棵树孤零零，细条条的，很不壮实，随着戈壁风摇来摆去。但是，它给这座荒坟以至戈壁滩带来了令人振奋的生机。

昆仑山未增高。

那棵胡杨树很快就干死了。秃光光的树干依然挺着腰肢高高地站在坟头……

我沉思着走在格尔木烈士陵园里。

我看见格尔木河在夕阳下踱着方步，在阿尔顿曲克草原上留下鹰翅膀一般的影子……

拉萨黎明前的篝火

　　人的心情不会也不可能每时每刻都绿着, 开满鲜花。很难预料也许在一个良辰美景的早晨, 有一片枯叶不期而至地飘进生命, 使你丰盈的日子突然变得瘦弱。于是你的心投宿一根寒枝, 想到风, 风吹你身, 想到枝, 枝摇你心。其实, 别认为这是煞风景, 那是让你咀嚼生活, 关注人性。我相信此时的你, 会从人的内心最柔软的部分发出信息。

　　我不能不想到那年在拉萨的遭遇。它带给我戳肝裂肺的不愉快, 主要不是伤害了身体, 而是感情。当时我极不情愿地忍耐了心头的怨恨, 才没有发泄。后来是阿尔顿曲克的一场大雪唤醒了我其实并没完全泯灭的拉萨往事。沉默之前我不曾燃烧, 燃烧之后留下终生不愈的心头的伤痕。

　　那个还没有走出饥寒交迫的藏家少女啊, 你是带着疑惑的目光看你不完全懂得的当时的世界。你此刻在哪里? 几十年过去了, 跨了一个世纪, 你也该是靠60岁的老人了, 还仇视那天所经历的意外伤害吗? 后来我虽有多次去拉萨的机会, 却再也没有遇到过你。你的生活无时不在牵着我的心肋。什么是生活? 就是生下来, 活下去。可是藏族姑娘呀, 你的生与死, 我当时无法未卜先知, 现在也不能确知。

　　在这个静静的京城的早晨, 我隔窗西望, 天蓝得无边无际, 一支笔犹如洞箫，哀哀地横在纸上，遥写着关于你的没有任何情节却让人痛心疾首的故事。我在拉萨留下的不死之痛，只能让爱去叙述。

时间：1959年残冬；地点：拉萨西郊一个杂乱无章的临时军用停车场。

我军正在平息那场西藏的叛乱。硝烟刚断，枪声才息。这是战斗间隙中的平静，山头上哨兵正举着望远镜搜寻。一排排满载着战争物资的军用汽车很不安静地在小憩，几乎每条轮胎上都粘满泥浆。寂静的灿烂，静静的喧哗。

那天黎明，西藏的寒冷继续在旷野上疯长着。我们这些准备把物资运往西藏各地的汽车兵，照例早早地爬出并不热乎的被窝，重复每天必须做却不觉得腻烦的工作：烤车。一堆堆篝火喷着看似冰冷的火苗，摇摇荡荡地燃烧起来了，舔着黑沉沉的夜空无力地吹着。冻着一层冰霜的大地依然不动声色地僵在原处。冰碴儿地面落下几粒火星，慢慢地灭去。我的忙碌是全方位的，一会儿钻到车底下拧紧每一颗松了口的螺丝钉，一会儿爬到发动机旁测油量水，一会儿又攀上大厢检查承运物资。出车前的准备工作，我必须做到丝毫的误差都不能存在。寒风亮着刺人耳膜的噪音狂吹着，袭击得我的双手失窍，浑身打哆嗦。车下由我亲手生起来的篝火，似乎与我无任何关联，我虽然围着篝火忙这忙那，却没有任何温热的感觉。我知道，这个时候的寒风并不是西藏冬天的尾巴，而是它冬季的开头。天气确实出奇的冷，我只要把篝火送给汽车就心满意足了。烤车，好像在雪地里刨个坑，给汽车埋点温暖。

"烤车"这个名词肯定在辞海里查不到。不必说今天的中青年人对它十分茫然，就是相当多的汽车司机也未必能说清"烤车"是如何的艰辛。在还没有喷灯可以给汽车输送温暖的年代，"烤车"是另一种必不可少的存在，无人去怀疑或可以撼动它。那是在"文革"前尤其是50年代，高原汽车兵把"烤车"当成家常便饭，每天必须重复去做。当时国产汽车还不知在哪位工程师构思的图纸上"怀胎"，中国的每条由马路改制的公路上稀稀落落跑着的都是破旧的进口汽车。驻扎在青藏公路沿线的几个汽车团，都是驾驶着二战期间淘汰下来的德国"大依发"载重汽车，执行进藏运输任务。这种车进来时大都没有电瓶，我们自己一时又不会制造，所以相当多的车的启动机形同虚设，每天出车都靠拖车发动车。"烤车"便是拖车前一项必不可少的程序。

深冬，青藏高原的气候酷冷时可到零下40摄氏度，我们在这种环境里承受的奇寒袭击，不亲临其寒的人是很难以想象得出的。有人形容说小解的尿未落地就冻成了冰条，这也许有些夸张，但是每个人的鼻尖吊着一个或两个结成冰的鼻涕倒是千真万确的事实。汽车停驶一夜，发动机内各部位的润滑油都结结实实地冻凝成硬块了。只有把润滑油烤软变稀，车子才可以发动起来。"烤车"便应运而生。

风中的篝火，远远看去犹如站在崖上的鹰，呼呼啦啦，欲振翅腾飞，却飞不起来。它的翅膀被寒气凝冻了。篝火咬破了夜幕，亮亮地灿燃。仅一个连队就45台车，每台车的油底壳、变速箱和后押宝下面都生着火，可以想象得出燃在静静夜里的一百多堆篝火，是何等壮观！火与风的较量一直不会中断：寒风总想杀灭篝火，拼命地吹着，狂吹。适得其反的是寒风越是扑腾得欢实，到后来篝火竟然越来越旺了起来。给人的感觉整个黑夜都集中到拉萨西郊燃烧起来了。冬夜的精灵！

每天，在风雪路上，颠簸得身子和神经近乎麻木的我们这些汽车兵，只有此刻，当篝火烤热了高原黎明的这一刻，我们仿佛才慢慢地苏醒了过来。偌大西藏的这个小小的临时停车场，因了这一堆堆陡然生起的篝火，出人意料地变成暖融融的世界，好似母亲的怀抱。无数的蝴蝶扑着春天飞来了。我们暂时忘掉肩头的使命，闭起双眼醉醉地让流动的暖气抚摸自己。

真的，我们在忙里偷闲地享受一种纯洁的温馨。尽管这种享受稍纵即逝，之后我们又要没完没了地在青藏公路上奔驰，但是我们知足了。怎能不感谢篝火，怎能不感谢红柳根！

红柳根是生火烤车的木柴。一根红柳，一支会唱歌的篝火。

红柳根是我们从柴达木盆地阿尔顿曲克草原掘地三尺刨挖来的。缺煤少油的年代，那一大片无边无际的红柳滩便无法逃脱地成为我们开发"电、火、暖"的资源。贫穷把人逼向愚昧。只能等待时机忏悔这种蛮性破坏环境生态的行径了。

篝火燃烧得最美丽的时刻，也是我们汽车兵身心最轻松的时候。人和车都在积蓄力量，只等连长宣布出车的哨声清亮地一响，一条长龙就立马缠绕着青藏公路奔腾蠕动起来。

就在大家等待连长的哨音响起的短暂空隙，我们的班长"篓子"（我始终没弄明白为什么送他这么个雅号？）把全班5台车的驾驶员招呼到他的车前，开了个短会，三言两语，不敢啰唆。他的哨子一响，全连45台车的轮子都得转动起来。班长说，今天烤车剩下的柴火就不要收拾了，留给这些藏族同胞去捡吧！他们实在栖栖惶惶地让人可怜。班长说这番话时，伸手指点着车场的周围。

我们这才看到朦胧的天光下，挤满了一堆堆藏胞，那是准备捡柴火的穷人。刚才夜色太重，我们又是在燃烧着篝火的亮处忙碌着，黑暗把他们藏在了夜的深处，很难被人发现。

我的心里涌起一阵刺痛。难得有班长这份怜悯受苦人的心肠。这些躲在夜色中的藏胞，祖祖辈辈用牦牛粪生火做饭取暖，牦牛粪就是他们的春天，就是他们生活的动力。他们已经很习惯用这种酷似"钻木取火"式的方法打发贫苦而单调的日子。我到过几个藏村，看到家家院里的墙壁上都贴满了牦牛粪，房前屋后的草滩上也晒着牦牛粪。我曾经喝过他们热情接待我的酥油茶，碗里浮动着点点牛粪沫。但我不能拒绝牧民们待客的诚意，咬着牙将酥油茶灌进肚里。这就是藏家人的生活，世代相传沿袭下来的靠牦牛粪做饭取暖的苦涩生活！我初到藏区的时候，西藏还没有实行民主改革，牧民们继续着苦难、愚昧和抗争。

现在，冷不丁地有一堆红柳火欢欢腾腾地点燃在他们的视线内，那种惊喜和向往是难以抑制的。新鲜的红柳火会把他们领进另一个他们从来没有见到的明媚、温暖的天地之中。他们捡拾甚至哄抢我们烤车后剩余的柴火，会得到大家的理解。"篓子班长"拱手让柴火是善解人意之举。

班长的短会开完了，许是出于一个业余作者观察生活的习惯，我特地沿着车场周围走了一圈。我看到那些穿着破旧藏袍的牧人，一个个瞪大眼睛盯着汽车下面的篝火。篝火像红牡丹似的燃烧着，还不时爆出劈劈啪啪的声响，牧民的脸却木讷得挤满忧郁而恐惧的皱纹。我不敢多看，忙忙走开……

之后，我又心事重重地在连队好些汽车前走走停停地"参观"了一下。战友们都忙着烤车，紧张繁忙，但不知为什么我总觉得有一种一触即发的气氛。每个兵的额头都闪着亮晶晶的汗珠。我想，正是寒夜里的这些热汗，凝固了整个拉萨黎明的奇寒和喧嚷。浑身披着破衣烂衫的拉萨城，疲惫不堪地坐在篝火边，从这些红柳火中取暖。那一刻，我竟然杞人忧天地产生了一个担心：这越燃越起劲的篝火会不会把这个遥远而伤痛着的边城毁掉？其实我真实的想法始终是：巴不得把地球都点燃起来，融化掉这个滴水成冰的寒冬,让天下受寒挨饿的人都过上温饱日子。

正是在"参观"的时候,我看到了一个藏族姑娘,往大处推想也不过十三四岁,她蓬乱的头发上落满草屑之类的杂物,双臂紧紧地抱在胸前,哆嗦着,不错眼珠地打量着我。那是一种战战兢兢的眼神,难道她怕我会把她赶走?我很想上前和她搭话,却不知该说些什么。我总觉得几句不痛不痒同情她的话是不会减少她满脸的恐惧。她肯定不是一失学的女孩,那时候像这样的孩子在西藏是无学可上的。她哆哆嗦嗦地站在拉萨早春之前的寒风里,只是想得到几枝柴火引来春天。我实在不愿意看到她这样可怜的情形,头扭向一旁,走开了。很不乐意却无可奈何地走开了。

在拉萨的这个黎明,我的心里蒙上了黄昏的颜色,脚步很沉心力更沉。

大约两小时后,东边的天空开始透出微亮,我们的烤车工作宣告完成。这时急于上路的兵们把残火余柴摔到四周的空地上。正在燃烧的柴火带着光焰在空中划出一道道弧线,在艺术家的眼里,这种摔的动作绝对是舞蹈姿势,可是我的感觉那是百分之百的一种抛弃什么的动作。剩余的柴火带着火与光的弧线刚一落地,那些早就等候的牧民便一拥而上,抢着捡还未烧透的木柴。木柴正冒着火苗,有的还是带着响声的火苗,他们用尽一切办法将火扑灭,有些牧民竟然脱下藏袍牢牢地捂在柴火上,这样既抢先占为己有又灭了火苗,一举两得。牧人们终年在荒郊野地过着游牧生活,这些奇特的新鲜无比的木柴将给祖辈千年的藏家人不曾有过的温暖。

突然我听到一声尖细的惨叫,那是切入肌肤的直刺我心肺的声音。只那么一声,很快就消失了。但是它像一粒不开花的种子永久地植进了我的骨髓里。当时车队马上就要上路了,我不知从哪儿生出一股倔劲,宁肯让连长批评我不能准时叫车轮转动,竟然走到少女跟前去探个究竟。我几乎用完了所学到的那几句藏语，也问不出她一句回答我的话。她只是双手捂着脸一个劲地哭，那哭声凄惨得叫人心碎。最后还是旁边一位同样也捡拾柴火的年轻小伙子，用半通不通的汉话比比画画地告诉了我一切。他说那女孩叫"拉木措"，是个一出生就没有父母的孤儿，一位好心的阿妈收养了她，把她抚养长大。现在阿妈病瘫在床上，还未长成大人的拉木措力不从心地担负起了养活阿妈的重担。刚才拉木措为了得到一根红柳柴火，还没等汽车底盘下的篝火熄灭，就去抢拾。有个大个兵满脸的不高兴，竟然飞脚照那篝火猛踢过去，燃着火苗的木棒不偏不倚地蹦在了少女脸上，她惨叫起来，火烧了她的脸……

我当然不可能不知道大个兵是谁。一个连队的锅里搅勺把，又在同一条路上跑车，谁不摸谁的底细！但是我还是给我的战友大个子保住了秘。当时他做那事就我了解的情况比较详细，别的人大都不知道。事后我也没给领导汇报。违心！人大概难免要做违心的事。但是我还是恨大个兵，不管他出于什么动机，有意还是无意，我都恨他。干吗要在可怜得只剩下求一根柴火的藏家少女面前抖威风，逞什么能呀你！我走到少女跟前，说，跟我走吧，让我们的军医看看你脸上烧的伤。她根本不领我的情，仍然双手捂着脸，摇着肩膀，坚决不肯。这时那个年轻小伙子误以为我要永远带走拉木措，便对我说，拉木措什么亲人也没有了，你想把她带走，除非和帮她的那个阿妈结婚……

听，这叫什么话。我无法跟他们说清楚，只好走了。我的心里不仅拥堵着同情，还有恨。这是真情实话。

谁不知道我们连长秦树刚是条汉子，粗细得当，什么事都做得可钉可铆。他是绝对不会允许那种横行霸道的兵在他的眼皮底下晃悠。当天我们投宿藏北的当雄兵站，他不知通过什么渠道已经把拉萨发生的事了解得一清二楚。他还亮起嗓门叫着我的名字说："你呀，守口如瓶，滴水不漏。这就叫愿为朋友两肋插刀。真佩服你！"我听不出连长是在损我还是夸我，反正我心里挺不是个味。随他去，我还是什么也不告诉他，既然他都知道了，我为啥去赶着拜晚佛！

那天晚点名时，秦连长声色俱厉地狠批了大个兵，当众宣布撤了他驾驶员资格，关了禁闭。我记得很清楚，他对大个兵说："你站到队前来，让大家瞧瞧你脸发红不发红。你他妈的枉穿了一身军装，欺侮藏族农奴，这算什么球本事！他们是受苦人呀，骑在受苦人头上撒尿你也做得出！你有能耐扛着一麻袋米面翻过唐古拉山，送到牧民家里，这叫军爱民，你懂不懂？"

不打人不骂人，这是"三大纪律八项注意"明文规定的。可是骂那些打人的人，没人说他错。秦连长是不轻易骂人的，更没打过人。但他那天发那么大的火，还说了些脏话，大家可以理解。

藏家少女拉木措那声凄惨的尖叫，终生都不会从我耳畔消失。它犹如刀刃从高处落下来割我心上的肉。执行完那趟任务，连队回到昆仑山下阿尔顿曲克草原的军营里，大雪没黑没明地吼了三天。我们无法出车，待命。这雪净化了我的心，静思了拉萨的事。良知发现，重新审视自己的作为。我闷着头憋在驾驶室里一气写了一篇"情况反映"，详细地记下了在拉萨发生的那件事，还列举了平时我在青藏地区所见所闻所悟军民关系中一些不尽人意的事件。出于一个高原军人的责任感，我强烈呼吁执勤的汽车部队和藏族同胞建立血肉关系。我写的这篇"内参"先在团政治处主编的"政工简报"上刊登出来了，没想到总后勤部青藏办事处政治部转发了。至今我仍记得转发时编者按语中的一段话（大意）："西藏上层少数反动分子，做梦都想把解放军和汉人赶出西藏。我们千万不要做亲者痛仇者快的事，可怕的是我们自己把自己赶走……"

高原上空的星

　　人常常自作多情地把一些原本简单的问题繁衍得异常复杂，比如什么是活着？你当然可以用很深奥很哲学的文字诠释。但是唐古拉山兵站一个叫"裕"的兵，一边擦拭着枪一边看似不经意地对我说："生活，就是生下来好好活着。每天吃好睡好，站好一班岗！"这话多像父母对服役的儿子离家前的嘱咐，又像退伍老兵告别军营时给新战士的留言。质朴得暖心暖肺，深情得刻骨铭心。

　　裕说毕这话，轻轻地一抬头，就将目光放在了高处。

　　真理总是亮亮的简明的。

　　生活中常常有人活得很累，他们拐着弯走路，绕着圈说话。或追求名利劳心伤神得夜里睡觉也睁着一只眼睛，琢磨着哪只喜鹊会落在自家屋顶；或谋图发财力不从心地给自己设定了许多遥远渺茫的目标；或想在仕途上再攀一个台阶四处烧香拜佛……

　　"我就不相信坠落了的叶子还能再长到树上！"裕这样说着，根本不用看就很轻巧地把一个精致的零件扣在枪栓上。

　　论年龄，裕起码小我两轮，隔代人。但我很钦佩他那种坦然、随遇而安的人生态度。普普通通一个士兵，活得明白，内心充实。我想读懂他，把我也变成他。有一次在从北京奔赴拉萨的途中，我特地在唐古拉兵站留宿一夜，和他有过一次长谈，打开了他的封面，读出了属于这位守望在边疆士兵的语言。他虽然只有年轻的经历，却保持着雪山的高度。他的爷爷献身于20世纪50年代末平息西藏叛乱的那场兵荒马乱的战争中，后来他的父亲又踏着父辈的血迹上了青藏高原。裕是他们家族中第三代高原军人了。

他用美好的心情对我说：一个人守着一个地方，他就一定能找到真理。不管天有多冷地有多凉，也不管海拔有多高氧气有多稀薄，只要坚守岗位，只要有一缕阳光，就应该枕着它走进明天的梦乡。

当裕知道我有一个战友长眠在藏北草原时，他很痛快地答应带我去寻找战友的墓。他说我一定会看到他的。他还告诉我，他的爷爷就是在藏北那块土地上献出了生命，爷爷的坟他一直都没找到。但是他几乎每年都要去祭坟。只要站在藏北土地上，他就听到了爷爷在地下的呼吸。

裕把我领到一个无名烈士墓前站定，我的灵魂在战栗。雪水河的水在昨夜又涨了一指。静静的荒原上不时地有汽车飞过，几里外就是长途汽车站，一张票可以把你送到西藏的许多地方，唯荒原深处这些烈士墓一直听不到车笛声，我和裕跋涉大半天才抵达。

这样的墓堆在青藏高原上随处可见。有的在雪山下，有的在冰河旁，有的在戈壁滩。大都是孤坟一座，偶尔有两座连在一起，也是墓里的主人活着时谁也不认识谁，那是好心的人为了不让亡人寂寞有意无意地做起了两个紧挨着的坟堆。多情的芨芨草有时会把两坟相牵在一起，祭坟的人心里就多了一份温暖。这份暖意也许会走到深处，让亡灵一起感受着人间的温馨！

坟里的亡人多为无名者，也少有人知道他们葬于何年何月。他们有一个共同的名字：兵。个别的也许并不是军人，人们依然很固执地称他们的归宿地为兵坟。这只能理解为高原民众对军人的敬重，他们把所有献身高原的人都尊贵地当成兵看待。

荒郊野地，祭坟的人肯定稀缺，却都是满怀虔诚而来。

祭坟人包括我。裕是我的引路人。

看坟时的感觉可以称作神圣亦可以称作沉重。那些坟——其实只是一个小土堆，它总是突然出现的，因为小而荒芜，起初你绝对不会认定是坟。野风扫过后留下的一堆沙粒，几堆风化得斑斑驳驳的石块压在枯萎的顶端。

裕指着一个土堆对我说，这很可能就是你那位战友归宿的家。坟上的土显然是新堆的。

我很能理解裕说这"可能"二字时的无奈和酸楚。50多年了。谁也难把每个坟的主人确认。虽然他这些年尽力尽心地调查、考究，也未必能做到。

我问裕，坟上的新土是你添的？

他没答话，只是默默地看着坟，目光把坟搂得很紧很紧。

当裕提醒这坟是我要祭奠的战友时，我马上就感到真的有一双忧郁的眼睛对视着我。他没有丝毫的抱怨迟来的我。我却自愧难当，跌跌撞撞，晕眩，跪倒在坟前。

裕已经先我一步跪下了。

此刻，2006年7月的一个中午，太阳以很强的辐射力照射着青藏高原。寂寥的藏北草原喧闹退尽，几只地鼠钻出钻进地嬉戏于几个洞穴之间。遥远的故事淌成一条深邃的河流，清澈，沉稳。同志，我的战友，我披一身昆仑风尘来到你身边，在坟前刚站稳，天空忽降六月雪，坟头马上湿漉漉的见水滴了。

裕说,那是战友的眼泪,他有话要跟远道而来的你说。

我自言自语地说,战友,你说吧,我听着。我也要说,你也听着。咱们都是兵,兵跟兵最亲,就讲掏心窝的话!

雪花落地就化成水,你的坟上淌着细细的流水。这里是远方的远方,没有你的亲人在身边为你撑起一把雨伞,任凭雨水滴打你的周身。我呢,手头也无防雨的寸布。同志,你一定身上冷心也冷。挨冻的人儿最寂寞。今天我陪你说说话。也许我的几句话能排除你心头的凄冷,也许它会更加让你怅惘地感到离开人世的孤单!

其实,我并不知道你准确的姓名,听发音好像叫"齐琛"。你准确的年龄我就更说不上来了,大概只有十八岁吧!陌生的战友,实话告诉你吧,我已经苦苦找了你好多年,这个心愿一直无法了却。我只记得,这么多年来只要去拉萨、去日喀则路过你长眠的这个地方,我都会停下车走近你。只是藏北的地面太大了,你当年就寝的具体地方我确实难以找到。我只能凭记忆站在可能是安埋你忠骨的地方,默默地悼念着。我还清楚地记得你是个很瘦小的个头,可是就在你英勇献身的那一刻,突然高大无比地闪烁在大家面前。那是你最后的飞翔。我知道,你是一部大书,我永远也读不懂你的全部。但是我执着地相信,默读你千遍万遍总会一步步向你靠近。

在这个世界上,恐怕包括你的家人在内,没有几个人知道你是在怎样的情况下以怎样的姿势走完你的人生的最后里程,永远长眠在这藏北的大漠上的。这让我感到骄傲,也使我每每想起那个你离开人世的时刻,心情就异常沉重,我的高原之旅就只剩下疲惫的怅惘。当然,我也有一种担当,一种责任。今天我再次跋涉来到藏北,在裕的指引下总算找到了可能是安葬你灵魂的地方,只能说是可能,这已经使我很满足了。我要和你对话,也是和关心你的所有人对话。我要翻开历史所遗忘的那个痛心疾首也是惊心动魄的时刻,我看见了太阳照在地上的金线是弯曲的,那是回忆你的角度,那是我想你的心态——

我说,亲爱的战友,你不会寂寞,也不应该寂寞,离你不远处就是一座喇嘛庙,它那飞檐那卷脊的金砖银瓦,把藏地涂染得金碧流彩你怎能不感到生活的丰盈!这座喇嘛庙经历过一场战争却能完整地走到今天,还不是因为有了你的勇敢献身!

喇嘛庙通体闪亮完整且完美地静静地站立着。我深信不疑它的下面隐藏着一张生动的脸庞。坟头的枯草春发秋枯,枯木又生。它压着坟里的兵,兵不会在枯萎中沉没,高原的永冻层坚定着他的身躯,灿烂着他的生命。

我说的这个兵就是齐琛。

其实他离开我们以后,一直在路上走着。只是走的是另一种路,没有计程器能记下他走的路程。他对我们的感动不也是在缩短了我们之间的距离?这不是路又是什么?

他是我入伍来到青藏高原的第二年,1959年深冬献身的。当时西藏上层少数反动分子肆无忌惮地发动了一场罪恶的叛乱,青藏高原的山河笼罩着一片慌乱迷茫的狼烟。我们汽车团从华北平原移防来到昆仑山下,脚跟还没站稳就全力投入到平叛运输的紧急任务中。可以用八个字来形容我们风风火火的跑车情形:日行千里,夜走八百。人们大概很难想象得出我们行车之艰难之险峻的程度了。哪里有叛匪的骚扰,我们就得把平叛部队送到哪里,同时运载的还有部队必需的弹药和食品。这样我们的车队就不得不常常驶出青藏公路开辟便道。那是真正的开辟呀!藏北无人区很少有人走过,更别说跑汽车了。泥沼、冰河、雪路,随时横在眼前,你就折腾吧！汽车实在开不动了，我们只好停下车把东西扛上去。遇到冰河，水深齐腰，河面漂着一块块浮冰，东碰西撞发出稀里哗啦的声音，那也得蹚过去。遇到雪山，直陡陡的，冰坚雪冷举步难，那也得攀上去。经历太多的艰难，目睹太多的险恶，我们的目光反而变得坚毅，自信。

那是我们的小分队来到藏北草原无人区的第四天。因为一座喇嘛庙，平叛的部队滞留在这里，我们车队也随之停驶。有一股被我军追歼得狼狈逃窜的叛匪，在走投无路时躲进了庙里。显然这些背叛祖国的恶人也知道解放军有铁的纪律，遵守宗教信仰自由，保护寺庙和僧人。他们顽守在庙内的大殿，被我军围困了三天，拒不言降，还毫无目标地不时朝山野放着冷枪。消灭叛匪与保护寺庙是两个矛盾着的又是同等重要的任务。

如何抉择？

"灭掉匪徒！"排长翻山而走的声音果断得斩钉截铁。他后面还有话："寺庙的一砖一瓦也不能耗损！"

站在寺庙门口的那个兵是在守卫佛堂还是监视叛匪的动向？

庙门牢牢地关闭着，它不在高处，也不在低处，它只是在叛匪的手里战栗着。夜深沉，天上无星无月，地上无光无灯。死气沉沉的喇嘛庙在这个晨曦即将诞生的时刻，实际上已经演绎成了离经叛道的废墟。那些诵读经书的活佛不知藏于何处。

半夜，匪徒又在躁动了，不知为什么只是僵冷地瘪叫了几声又没有了动静。也许虚弱的内心开始敞开，但这并不代表悔罪的复归。一切又死寂般沉入深夜。

藏北一片沉默。

夜鸟长长的有气无力地啼叫了一声，时间就弯了。斜月清冷。西藏大地应该是入睡得最甜畅的时候, 喇嘛庙恰恰烦躁得最不安宁。在临时构筑的前沿战壕里, 带队的排长和几个班长正商讨着两全其美的歼敌对策。他还是那句话:"必须拿下!"后面紧跟着一句话:"我说的不是寺庙, 而是窝在庙里的叛匪。"

说这话时他的眼里又要喷血了。士兵的血最圣洁。因为他们的血来自干净的内心。士兵们看到自己的统帅(不是统帅又是什么呢? 这里唯一的就他有发号施令的权威)仰望着并不高大甚至显得几分低矮的寺庙沉思着, 他的手指从扳机上慢慢地松开了。他的心事士兵都知道。心脏正在发慌, 统帅的心疼痛着。在战火燃烧的这片慌乱的乡野, 喇嘛庙的命运理所当然地压在了他的胸部, 伤肝撞肺地疼! 开枪还是不开枪? 叛匪和寺庙, 还有诵经的活佛们, 交织在一起, 使排长复杂的心情涌动着矛盾! 眼前的这喇嘛庙以及在佛殿诵经的活佛们, 那是祈祷西藏大地平安无事的圣殿, 是圣殿里的白度母。和平的象征。战争不能伤害和平! 是的, 不能。

但是, 必须除掉罪恶! 除掉是为了和平。

排长将目光从寺庙收回来, 扫了扫身边的兵, 他要点将了, 挑选冲锋陷阵的勇士!

他的手臂伸出来指向寺庙门前, 那里有个站岗的兵。齐琛, 目光始终盯着寺庙。端枪, 手指放在枪机上。

"齐琛, 上!"

排长终于下达了命令。

齐琛挺胸, 立正, 小跑来到统帅面前, 一个标准的军礼:"报告排长, 齐琛领受任务!"

与此同时, 一下子就有五个兵出列, 挺立在排长面前。五棵青松。

排长并没有左顾右盼, 还是给齐琛下达了战斗口令:"要攻下这个碉堡，必须做到不开枪不打炮！"

　　齐琛把枪交给排长，同时接过了排长递过来的话筒——其实只是一个用双层报纸卷成的圆筒，他不带一枪一弹，机警的双眼瞅了瞅前方暂时显现着死寂的寺庙，先是慢步走了一段路，然后匍匐而行。最后站在天然形成的土坎前，屏障。

　　朦胧的月色下，他一双穿透夜幕的目光，沿着一条被夜霜打蔫了的通往寺庙的小路，抵达屋檐下的一个窗口。那窗口黑洞洞的仿佛没有底。

　　夜虫爬过沙地干瘪的寂静。

　　齐琛抬头，目光到了高处，不能说他圆瞪的双眼寒气逼人，恰如其分地说是光芒四射。这些天叛匪模糊了神圣的佛光，他要用这刀刃一样敏锐的目光把圣洁与邪恶切开。他喊话：

　　"你们已经无路可走了，投降吧！解放军优待俘虏！"

　　翻译把喊话的内容传递过去。内容是部队统一拟定，官兵都会喊。

　　那窗口没有反应。僵持了一会儿，一声冷枪射出。枪声尖尖地划过夜空，先是凝聚，随之分岔散开。兵们听得出是杈子枪声。

　　又是无边无际的沉寂。能感觉出那窗口开得很小。

　　时间分分秒秒地过去。等待谁？

　　齐琛站在了一个沙包上，他完全把自己暴露在敌人面前。

　　怪事！他要干什么呢？

　　那窗口终于睡醒了，黑洞洞的地方射出火花，喷溅起枪声。冲着齐琛。

　　这一刻，除去得意忘形的叛匪，所有的人都明白齐琛的意图是在吸引敌人的火力。

　　枪声密集，继续响在齐琛的胸部、腰部……

　　这一刻，排长的心像刀剜一样剧疼。他庆幸自己的兵能按照他的意图去执行战令，那是不得不付出生命代价的命令。排长却不敢看齐琛一眼，又不得不看在战火中永生的自己的士兵。

敌人继续冲着齐琛射击……

时机到了！排长的眼里又喷火星了。那不是火星而是血！他快刀斩乱麻指挥部队分成三个小分队。悄然绕到两侧和后面包剿了守敌，夺下喇嘛庙。

齐琛壮烈牺牲！

战斗选择了齐琛，齐琛选择了死亡。

一切都是既定的，自然而然。

没有宣言，只有行动。排长决策的行动，齐琛献身的行动。

暗中的力量最有力量。因为那是觉悟。

战斗结束后，我们在喇嘛庙的红墙下找到了齐琛的遗体。他身上中弹20多处，整个胸部布满弹洞，网状。他的双眼圆睁，瞳仁里聚着一片月光，那是他最后的声音，留给这个世界最后的祝福。

战友们静立，默哀三分钟，三鞠躬。唯排长四鞠躬，多鞠一躬，为什么？那是给齐琛父母的。排长说："种了一辈子庄稼的父母费尽苦心养了这么个好儿子，我们没有给老人打一声招呼就让他去献身。鞠一躬代表着我们的歉意，还有敬意。"

18岁的齐琛，清清白白的一个人生！

前面还有追歼叛匪的战斗任务，身后说不定还紧跟着追击我们的匪徒。情况绝对不允许我们把齐琛的遗体运走，大家动手就地掩埋了他。浅浅的坑，小小的坟堆。没有利锹，遍地沙石，缺少土质。他18岁的灵魂就这样安放在广袤的藏北无人区了。

排长站在刚掩上新土的坟前，将一枝红柳插在坟端，哽咽着给齐琛的父母说了一番他们永生也听不到的揪人肝肠的话：

"爹，娘，你的儿子小琛从今天起就永远地不会回家了！你们再也见不着他了。藏北这块陌生的荒原就成了他另一个永久的家。孩儿我知道你们二老是不可能为他送别了，我们这些平时和他朝夕相处的兄弟们替二老为小琛送行。爹，娘，小琛他不会寂寞，我们都会永远把他放在我们心房里最暖和的那一间屋里，把你们二老也放在那里，父母和儿子住在一起，还能孤单吗？你们应该骄傲，要记住你们的好儿子是为西藏的彻底解放献出了宝贵的生命，藏族同胞也会记着他的，爹，娘，我们马上就得出发，不孝之子李生林愧对二老了！"

"李生林"是排长的名字。

我们站在排长身后和他一起流泪，他的哽咽就是我们的心声。这时月亮从云缝里露出鱼肚似的一点点光亮，还在继续地露着……

我突然生出一个想法，这阵子最好下一场雪，少见的大雪。齐琛躺在地下太冷，需要盖被子，雪被。

……

我把思绪从沉重的往事中拔出，回到现实。

一堆新土，坟。秃秃的，几根枯草在坟前摇曳。为什么还像50年前我们为他匆忙中建的归家？齐琛，你冷么？在这荒天野郊。

你为什么不说一句话，难道心里堵着什么委屈不成？

兵血染山河。现在谁都应该解开西藏历史那一缕狼烟演绎的恶作剧和后来发生的事情。今天的西藏处处有丰盈的阳光。阳光给这个世界带来了新的含义。

裕还静立坟前，双目微闭，一种完全不想理睬我的状态。仿佛这偌大的藏北就剩他一个人了。他是否忘记自己带着一个老兵踏尘踩雪来到西藏追寻老战友？

我看着这小堆新土却想起了大海，想起了大海涌波的胸怀。我摇了摇裕。

裕被我摇醒后，说："我们呼唤的人已经走远，我和你再也见不着了！"

我们当然是见不着了。不过我从唐古拉山动身来藏北之前，他还燃烧着感情对我说："你一定会见到你的战友。"为什么现在我们已经站在了战友的坟前他说出了相反的话？

我没有问他，不必问。

人所有的愿望都会在时间里消失。

齐琛是带着怨恨离开这个世界的。没有怨恨哪会有擒敌的力量？在他把自己暴露在敌人枪口下的那一刻，仇恨促使他做好了最坏的思想准备，粉身碎骨地献身！因为他最明白只有这样的准备才能保住喇嘛庙。齐琛死了，心满意足地死了，留下了喇嘛庙。谢掉的生命迟早要开花。他在漂浮中不会沉没。

后来，从藏家人所祈祷的诵经中得知，那个兵的灵魂超度变成了一块石头。这石头不会砸在人间，而是孵化为一颗星星，照在藏北草原上空。

这当然是裕告诉我的。

我对裕说："你看，喇嘛庙上空真的有一颗星，很亮很高很美的星。是我能看到的藏北最高的有生命的星。"

裕笑了："你真会说话，大白天哪会有最亮的星？"

我说："星星是太阳的孩子，星星怎么会离开太阳呢？"

裕抬头仰望天空，突然对我说，你看到你的战友了，我也看见我的爷爷了!

　　我若有所思……

　　此刻, 2006年7月的这个中午, 西藏大地上的阳光温馨、明丽、柔美!

　　藏地一个散射着光芒以及这光芒中弥漫着寺庙香火味的很普通的日子, 我千里跋涉来看望战友不死的亡灵!

歌的高度

今天是我重返青藏高原后的第一天，昆仑山下荒漠上的那片无遮无挡的陵园，我必去无疑。这座陵园，让我恍惚，让我心悸。有悲伤，有醒悔。仿佛沉没。又仿佛忘记。我今天来这里，往昔的一盏灯在幽暗的回忆里静静地亮着，那仍然是生命旺盛的你——一座坟茔掩埋了的一个没有留下姓名的女兵，像成百上千的把生命献给雪域疆土的军人一样，那儿也是你最后的归宿地。

我们都等着你回家。月光早已漏泄，夜幕降临。回家吧——你。难道注定你要用一生的路，归家。是的，不管多迷茫，我们都等着你。

我是赶着步子上高原的，可是现在就要见到你了，我却把脚步收得很慢很慢，不是怕见到你，是担心站在你面前后我不知该说些什么。我多么希望时间也随我心愿，躲在远处城市的一角荡着悠悠的秋千，慢些，慢些，再慢些，暂时不要让我走近你。

我还是心急腿慢地来到了昆仑墓地。这显然是我朝思暮想的事情，但我心里却空空的，你在哪里，我怎么看不到？带着寒意的夏风在我身边喧闹着，一切的飘飞都回到眼前这堆土丘。难道这就是你的归家吗？我站在早被无情岁月几乎荡平只留下一个墓碑的坟地前时，才发现在当年你生命消失的荒原上，至今也没有长出一枝一叶。也许我们应该说生活并没有荒芜50年，你的心却寂寞了半个世纪。我仍然要说，你的生命之水常绿，想起你的歌声，我的胸膛就汹涌澎湃！

这就是你的墓碑吗？一块显示着岁月皱纹的木板，上面的字迹已经成熟得肢体不全了。没有洋洋洒洒的颂词，人们却能触摸到你不平凡的一生。你生前大概很少听到人们对你的赞扬，你一死灵魂却变得完美起来。

我亲爱的同志，你这位没有留下姓名的女文工团员，你对生你养你的土地的爱和人们对你的爱，都已经在历史上生根。这爱太过于沉重，我才不断寻求了几十年，一直寻求到这遥远的地方。我今天是专门来看你的。没有给你带鲜花，也没有给你带醇酒。生活的甘美你早已无法品尝，人间的冷暖你却时时感受得到。今天阳光已经翻开盛大的旗帜，你仍然在铺满冻霜的山路上追风赶雪。天空碧蓝，白云透亮，秋水清澈了每一个角落，你的日子为什么永远不冷不热！同志，你不该再受凉了，我受托将这件崭新的红色大衣盖在你的墓碑上。昆仑山四季都在飘雪，你离去那年穿的那些大兵们的军大衣早就不保暖了。

我亲爱的朋友，你还记得吗？当时跪倒在你面前的一伙士兵向你赎罪，那种虔诚跪卧的姿势今天仍干干净净地浮现在我的眼前。可是，你还是走了。

每每回忆起你生命里最后那颤颤巍巍时断时续的歌声，就让我心碎如针刺。不要问丧钟为谁而鸣，你的永远离去，都是我们在场这些年轻的兵们的一部分生命在消失……

那年的初春，我没记错的话是50年代中期。青藏公路刚通车不久，我们这些跑车的汽车兵用人间最纯朴的感情给西藏运送着温暖，满脸的油腻都在欢笑。那天应该说是我们心情最轻松最欢畅的日子，来自首都的中央慰问团要为青藏公路沿线的军民演出，这是第一次，也是至今为止最隆重档次最高的一次慰问演出。慰问团的团长就是我们敬重的陈毅元帅！说是军和民，其实每到一地就是为两家人演出——一家是兵站，另一家是道班。那个年月，吃、住、行一切从简，两家人住的都是那种圆木结构的帐房，远看很像窑洞。从草滩上挖来一块块粘冻着草根的黑色土块垒成一圈院墙，中间隔一道篱笆墙，左邻右舍住着一军一民两家人。慰问团每到一地，总是把演出场地选在两家门前中间的空地上，天作幕地当台，多有气派！十几个演员，十来个观众，一对一的比例。人少吗？不。慰问团是代表6亿人民来演出的，看演出的观众是代表高原数万军民来接受慰问的。

江河源兵站那场演出最难忘呀。之所以难忘，是因为那歌声是演员肉体或灵魂的一部分，听歌人自觉地却不是自愿地惩罚了唱歌人。这需要慢慢地讲下去。

应该肯定地说那次演出是相当成功的。陈毅元帅在演出前有个简短而精彩的讲话，他说，江河源兵站，江是长江，河是黄河，我还要加一个，湖是青海湖。我们站在这样一个中国的源头，站在大江大河的交界处，怎能不骄傲！你们两家合起来就这么二十来个人，可是我们不能小看你们，你们顶着世界屋脊上半边天呀！怎能不演好这场戏。讲毕，元帅就坐在前排的一个小马扎上看演出。身为慰问团团长的陈毅元帅，从兰州出发以来看自己团员的演出，据说还是头一回。也许是有了这么一个特殊的观众和这位特殊的观众讲的这番很不寻常的开场白，那晚的演出很精彩。演员们的胸腔里收藏了多少风声、雷声，就释放出了多少激情、感情。我们的元帅感动了，演出结束后，他不由自主地站起来又讲了几句话。他说："我要接着刚才我的话讲，我们的这些演员也是很了不起的，听说他们来到青藏线后不少人都不同程度地有高山反应，可是你看他们刚才演的节目多么精彩。所以我今天来个王婆卖瓜，自卖自夸，我们的演员也是英雄，他们顶着世界屋脊上的另一半天。这样，咱们看到的就是一个完整的天了。我们今天在这蓝蓝的天底下很幸福地生活着。"

诗人就是诗人，善讲，能讲。瞧那浓浓的文学色彩溢满言词。

元帅的讲话和已往发生或正在发生的故事都凝固在了江河源头。如果后来变成冰凉的回忆，与元帅无关。只怪那些兵。

慰问团继续西行，他们的最终目的地是拉萨、日喀则，却不得不把一个女文工团员留在了江河源兵站。她的高山反应十分严重，无法再到海拔更高的地方去演出了，必须留在原地休息，治疗。休息，也许可以做到。可治疗呢？那个年代医疗条件的简陋是今天的人无论如何都想象不出来的。刚刚通车的青藏公路沿线的兵站和道班，绝对不会有专职的医务人员治疗女文工团员的病。如果有个老兵的衣袋里能有几片可以包治百病的止痛片分给她就很不错了。当然更没有条件用专车把她送到西宁或兰州去治疗。唯一的办法是让她在江河源兵站等待下山的顺路便车捎她下山。如果没有顺路车，那就只有等慰问团返回时再带上她回内地了。这是不知什么时间可以看到希望的漫长等待！

生活常常就是这样无奈。即使你是一个心比天高的人，面对这样的无奈也会变得束手无策。女文工团员就这样孤独无助地留在了江河源兵站。这原本是一件不幸的事情，可是在特殊的环境里它竟然变成了从天而降的好消息。我说的是那些原本应该惩罚却让谁也不忍心责怨他们一句的汽车兵。他们得知兵站来了女文工团员时，乐得屁眼里都颠出了花。千万别把士兵们这些美好的意愿涂鸦成邪念，他们一年四季都在荒凉的青藏公路上跑车，车轮把静悄悄的黎明碾成寂寞的黄昏，又把黄昏还原成黎明。除了单调就是清冷，雪山、冰河、戈壁是甩不掉的伴君。难得见到个女人。可是这个世界离开了女人那是不完整的呀！现在猛然间得知江河源兵站来了个女文工团员，而且是从他们日思夜想的神圣首都来的女文工团员！心花怒放，确实是心花怒放！更何况他们开始并不知道女文工团员是因病留下来的。那些不安分守己的分子便找出种种借口赶到江河源兵站来投宿。他们当中有些人本来这晚是投宿别的兵站的。为了要看女文工团员一眼，看看北京来的女军人那身合体整洁的演出军装，心里也会舒畅好些日子。

患病的女文工团员呀，也许你还没有意识到，在高原兵们的眼里你绝对是一位不凡的仙女！

所有的好心人都没有料到的问题，发生在女文工团员留在兵站的第二天晚上。亲爱的同志，亲爱的朋友，你可明白你可悔恨，在这个空洞无比的季节，除了兵们对你旷日持久的热爱，你什么也没留下就匆匆地离开了大家。是的，所有为难你的兵都是对你有着最纯粹的热爱！

那晚，站上住进了五个汽车连队，包括接待室、食堂在内的所有虽不是客房但只要可以住人的屋子，都做了临时宿舍。这种情况过去从来没有过，新兵招待员无可奈何地说，真是邪了门啦，挣死挣活地挤在这里有银子抢吗？新兵就是新兵，更深层的事情看不大懂。那晚青藏高原上的月亮只有一种颜色。从古到今人们总是对着月亮抒发自己非喜即悲的感情。再不要这样了，江河源兵站的这个夜晚不管月亮躲在云层还是裸露蓝天，它都是明媚无比的。真的，打开所有的窗子朝天上望，那晚的月亮只有一种颜色。纯白，干净。

晚饭后，兵们不约而同地、轻手轻脚地把女文工团员住的那顶帐篷围了个里三层外三层。他们不忍心打扰她，又不愿意远离她，就这样若即若离，远远地看着，只要能瞅见那灯光就满足了。是的，他们只是想看看她，因为这时不少兵已经知道她是个病人，并没有打算要她唱歌——尽管他们今晚赶到江河源兵站最初的本意是要听她唱歌的。当然，这绝对不是一般意义上的看"风景"，那样是不尊重女文工团员的人格的。当时，女文工团员的形象像神一样耸立在兵们的心里，他们热爱她、崇敬她，想看看她穿的那身与一般军人不同的他们从来没见过的演出服，还有那顶缀着金丝带的军帽。自然，谁也不排除他们要看看她因为那身独特的着装格外显得威武而漂亮的身段和脸庞。

女文工团员终于发现了帐篷外面有"情况"，她走出来，一看这阵势就什么也明白了。她笑盈盈地对大家说："外面太冷，里面有火炉，请大家到帐篷里坐。"

她满面春风，声音柔雅，很难看出有病在身。但是没有人进她的帐篷。这阵子天空飘起了雪花，帐外的雪地上留着战士们洁净的脚印。女文工团员再次恳切邀请大家进帐篷里暖和身子。小小帐篷当然容纳不了众多的兵，于是有一个胆大的战士竟然违背了大家原先只想看她一眼的初衷，提出了一个要求：我们想听你唱支歌！

没想，这个本该视为节外生枝的要求一提出来，众兵们竟然一时心血来潮地附和起来：对，我们想听你唱支歌！

女文工团员显然有些犹豫，张口想说什么却未出声。能看出她不是推辞，但有难处。可不是吗？其一，她正在患高山反应，浑身无力，还发着高烧，唱歌的原动力确实太少；其二，她是个舞蹈演员，唱歌绝非她的所长，担心让大家失望。然而，此时这些常理在这个特殊环境里显而易见已经无法说服真诚的听众了。这些兵们大都是十七八到二十岁的大孩子，像她的弟弟一样可亲可爱，自打来到高原，他们很可能谁也没听过、看过北京来的女文工团员唱歌。今天她面对这么多弟兄们热切渴望的眼神，怎么忍心让他们失望地离去？于是，她什么也顾不得多想了，对兵弟弟们说：

"好吧！我答应给大家唱歌。不过，我有个要求，既然唱就唱你们爱听的歌。由你们点歌，我来唱。"

她的话音刚落，一群战士就送来了大声呼号："冲呀——点歌开始！"

战士们纷纷点歌。你还别说，这些平日里只知道埋头干活的兵们，没想到每个人脑子里装了那么多的歌名，各人欣赏的歌儿各有不同，一箩筐一箩筐的歌名全端了出来。女文工团员这时完全消失了病态的神情，像一个等待出征的兵。

点的歌儿太多了，她只好说，我会唱的就满足大家，我不会唱的就过。大家拍手。她唱了《康定情歌》，唱了《敖包相会》，又唱了《十送红军》……她已经有点力不从心了，歌声时断时续，好比鸟儿已经飞上了天空，但飞得有些沉重。她坚持着让歌声飞。可以想象得出，一定是剧烈的头痛再加上高山缺氧使她痛苦万分。然而，那些热情却很粗心的兵们只是专心致志地听歌，竟然没有留意到唱歌人情绪的变化，他们继续一个接一个地点歌。粗心的兵娃娃们，你们才是真正的忘情的歌迷！

奇怪的是，后来女文工团员的高山反应奇迹般地消失了，她越唱越来情绪，越唱声音越洪亮。她仿佛从来都没有感到自己还有如此超拔的唱歌天赋。

唱一支歌，开一朵花，落一次雨；掌声四起，再唱一支歌，心为歌源，血是真的。

唱者不累，听者不厌。歌的高度可以摘取星辰。

毕竟她是个严重高山反应染身的病人，毕竟是在海拔近5000米的缺氧地区耗尽体力的唱歌。她不敢保证能在自己灵魂饥渴的时候不停止演艺,但她期待,如果那个时刻真的到来,观众的灵魂饥渴比她的生理状态更需要歌声时,她将唱歌唱到最后一刻。

真的,她做到了。鲜艳的歌声永生永世都不会凋败。她累倒了,病倒了!

她躺倒在江河源兵站临时为她腾出的帐篷里后就再也没起来。

在她的生命之泉干涸之前,夜的江源上空破例地飞过一只连当地牧民也没见过的夜鸟,掉下了一片光滑多彩的羽毛。那羽毛出其不意地偏离了向下飘落的方向,却一个劲地向上游去。自然,最后还是落到了草地上。有个兵有幸捡起了这片羽毛,它就是源头的一页沉重的历史。这个捡羽毛的兵就是当时的一个汽车兵,后来成为作家的我——王宗仁。

直到那歌声带着情感和思想陷入了沉默,一个鲜美的生命宣告结束时,那些只顾贪婪听歌的兵们似乎才清醒过来,责怪自己惹下了天大的祸事。他们轮流抱着女文工团员还透着微热的尸体嚎哭不止。江河源暴起一片哭叫声,山巅千年不化的冰峰也淌起了眼泪。兵们爱得死去活来的地方,现在他们恨自己恨得死去活来。

这一夜,一向宁静得使人近乎窒息的江河源兵站彻夜在忙忙乱乱的躁动中度过。兵们为他们并不熟悉却深深热爱着的女文工团员挖墓、做棺材、装殓尸体……在大家一板一眼地干这些谁也不愿干的事情时,每个人都带着刻骨的愧疚和自责。他们这时都毫不掩饰地把女文工团员称作自己的姐姐,说,姐姐呀你只是出一趟远门。可是他们都知道这一出去就再也不会回来了!

有十多个汽车兵纷纷脱下皮大衣,把姐姐的尸体包了一层又一层,轮流抱到山中一个避风处安葬了。他们说:“姐姐,你唱歌时穿的是演出服,太单薄,到那个世界去一定会挨冻的。我们给你穿上皮大衣,这样你就是十年、百年、千年也不再受冻!

黎明,一堆土丘静卧山野。它用一根细细的弧线牵住一方蓝天。兵们说:"姐姐,你不必苦苦忧忧地守望,你还是回到你的弟弟们中间来吧!"

何处寻觅呢?

兵们在坟前长跪不起,太阳把他们泪迹斑斑的脸照得那么灿烂。

她无名无姓,在遥远的江河源头孤孤单单地躺着。这一躺就是50多年……

我又一次把盖在墓碑上的红色绒大衣拿起,默诵了一遍上面的字:"女文工团员之墓"。然后,我用手绢擦拭着7个字的每一笔每一画。我是要擦掉死神吗?擦掉寂寞吗?擦掉悲凄吗?不,我要擦亮青藏高原的蓝天,把她叫醒,让她看看蓝天下的雪山,看看雪山映衬下的草原。她已经半个世纪没有呼吸一口新鲜空气了!

我又将红色绒大衣盖在墓碑上,对她说:

"我今天是专门来看望你的,马上就要入秋了,我来给你送换季的衣服。那一年,那些兵们盖在你身上的那10多件皮大衣,你穿的时间太久了,恐怕早就不保暖了。前不久,我在首都一所中学给同学们讲了你的故事,同学们都流泪了。孩子们吼天吼地地哭着,他们说你是世界上最好的大姐姐(我纠正了他们的话,说应该叫你"阿姨")。没承想,同学们都固执地说,不,她走的那年也就是20来岁吧,她是永远的20岁了,她就永远是我们的大姐姐。还有的同学说你不是从北京去的高原嘛,说不定你就是北京人,让我设法打听到你家的住址,他们要去看望你的亲人。同志,我真的无法满足孩子们的要求!你无名无姓地告别了我们,当年我们都是不大懂事的娃儿,竟然没有打听你的名字和籍贯,现在回想起来悔恨自己八辈子!最后我只能收下同学们凑份子为你买下的这件红色绒大衣。几个女孩悄悄告诉我，今年时装流行这种颜色，让姐姐穿着赶赶新潮。再说，红色也图个吉利!

　　天上没有太阳，云压得很低。我擦了擦眼泪，接着说:

　　"朋友，我亲爱的同志，你以后再也不会寂寞了，首都有这么多的孩子惦着你。还有，以后我也会常来看你的。江河源头是你永久的家，也是我们魂牵梦绕的家。咱们是一家人，用一根情链锁着我们一生!"

　　我停了诉说，远处有牧羊女的歌声传来。睡眼中的你耳朵醒着，听见歌声了吧! 几只蜜蜂也醒着，它们飞来正用蜜勾兑着咸涩的生活，我噙着泪水，和你一起享受生活!

情断无人区

风像鹰一样在藏北的上空旋转。

一轮仿佛没有任何光热的白太阳有气无力地低垂在缓缓行走的牦牛背上。

与世隔绝的羌塘无人区就这样经年累月地在寂寞中沉睡。

如果谁偶尔把这死沉沉的寂寞打破，你必然会感到更加寂寞、空寥。

突然有一天，在不知什么时候被汽车轮子压出来的，又踏下了片片动物蹄印的坑坑洼洼的简易马路旁，悄无声息地撑起了一顶帐篷。

无人区的帐篷里也没有人。

离帐篷不远处的野滩上，遗弃着几只饿死或冻死的黄羊、藏羚羊。暴尸荒野。

整个空荡荡的世界像一张白纸。

这是一顶可以说很旧但是绝对不能说破的帐篷。起码它那说黑不黑说灰不灰说绿不绿的颜色给人的感觉是经久耐用的。那肯定是风吹雪扑、雷打电击、烟熏火燎留下的岁月足迹。脏污、简陋到极点后事物反而变出不动声色的威严了。帐篷的门很奇特，是用一块看似木板实则是结了厚厚一层污秽的帆布堵在外面做门扇，之后牵一根牦牛绳拦着的。你也许难以想象的是在帐篷门一侧的木杆上挂吊着一只藏靴，女靴，靴筒和靴帮均有绣花。不是旧靴，但也不新，上面有斑斑锈迹。

为什么只有一只藏靴？避邪，还是别有说道？

当然，最叫人难以置信的是这顶帐篷的主人不知去向。从它出现在草滩的那天起，压根儿就没有人见过它的主人。

帐篷从早到晚飘散着一股重重的兽皮味和狗臭味。

人呢？

这是科学考察组提供的数据：在羌塘草原无人区，平均每平方公里地面上不到一个人。

所以，完全可以这样想象：更多的时候是几十公里甚至上百公里没有人。

无人区指的是羌塘草原（即藏北草原）的西北部。说无人区，其实并非绝对没有人烟，只是人烟极其稀少而已。它的地域包括那曲以北、阿里以东的部分地区，甚至囊括了长江、黄河源头大片的土地。由于那里极为特殊的地理位置和自然条件，确有许多地方没有地名，人也不分贫富贵贱。多少年来，无人区是政府直接管辖以外的"自由世界"，那里为数不多的群众享受着外界无法理解的"自由平等"。

在这样一个地方，出现那顶奇特的帐篷似乎一点也不奇怪。奇怪的倒是有一个喇嘛瞄上了它……

我与这位喇嘛的相识非常偶然。相识后的交谈随意、自然，没有任何的准备和提防，也没有刻意的追求和思考，一切都是顺其自然，他高兴谈，我乐意听。不知不觉我达到了一种目的，他也得到了渴求的收获。

直到20年后的今天，我仍然觉得我们的第一次见面仿佛是在小说里。

那是那年夏天的一天，我从无人区回到靠近青藏公路的谷露村，客居一户牧人家中，休息几天，准备再到无人区去生活。当时我正在帐篷里看书，突然闯进来一个身披袈裟的人，我十分惊愕，喇嘛会有什么事？我的心霎时提到了嗓子眼儿上。

"你到过那顶帐篷里？"他并不顺畅的汉话马上使我明白我闯祸了，我那天真不该掀开帐篷门。其实，里面什么也没有，空空荡荡。我不该多事。

喇嘛摇摇头，说："你不必介意，我不会责怪你的。我也是随便问问。"我悬空的心落到了地上。这才细细打量了一下这个不速之客——

他那件酱红色绒毯似的袈裟肯定穿了很久的年代，上面的绒毛已经所剩无几，卷成了一个个小绒球。分不清是尘埃还是油腻皱皱巴巴地绣着绒布面。他紫棠色的脸上涂着一层栈油闪着光亮，脸蛋上的两块紫痂高高地凸现着。我相信他曾经是一个身躯高大的汉子，但是眼下由于驼背，使他变得又矮又瘦。他的背驼得很厉害，腰弓得头都快挨着地面了。从他进屋站到我的对面起，身子一直就这么弓着。

我的心好酸楚。

不知为什么，我对他有了一种莫名其妙的同情。尽管我不晓得他的身份，也不了解他来找我的目的，甚至连他的名字也不知道。

那张弓冲着我点了一下，也许是一种虔诚吧。然后，他有点吞吞吐吐地说："其实，我来没有什么，只是想认识认识你。"

我不相信这是他的心里话。但是，我也没介意。我是个作家，在藏区常常碰到一些想跟我聊天的闲人。喇嘛找上门来却是头一次。

"你肯定有话对我说。没关系，什么时候想说了再张口，到了火候再揭锅嘛！"我很平静。

他又是一个鞠躬，我很受不了他这种虔诚，忙扶他站好。

他无语地望着我，忧郁的眼睛固执地闪耀着一种光芒，眉毛颤动着。给我的感觉他的脸上好像有一种找到了救星似的那种表情。

我把头扭向一旁。他的目光有点刺我。

终于，他说话了："我跟他是很要好的朋友，他的事我都知道，我的事他也晓得。"

我知道他是指那顶帐篷的主人，便问："你能不能告诉我他的姓名，我确实很想知道。"

没想，他给我通报了他自己的名字："我叫'次丹堆古'。"

我觉得这个名字很古怪，也绕口，就问："你的名字藏语是什么意思？"

他只是尴尬地笑了笑，摇摇头。

后来，我从别人嘴里知道了，"堆古"在藏语里就是"驼背"，他的名字叫"次丹"，把"堆古"加在名字后面，显然是突出了他的生理特征。

他用恳求的口气说："请你记着我，次丹堆古。咱们认识了就是朋友，跟他也是朋友了，三个朋友。"

我又看到了他鞠躬的那个情形……

忘掉一个人或一件事的最有效的办法是另外有一个人或一件事出其不意地占据你的心。

那顶帐篷和自称了解帐篷主人的那个喇嘛，很快就被我看到的一则报道从我的脑海里挤掉了。

在我看来那是一则非常重要但是却写得很笼统，因而令我深感遗憾的报道。

报道的内容梗概是：

在解放军平息西藏叛乱中（1959年），有一个农奴主的女儿，背离自己的家庭，只身走进羌塘无人区，过起了一般牧民的生活。摧毁西藏农奴制的枪炮声已经使这位贵族小姐醒悟到自己过去那种吮吸农奴血汗的生活是难以饶恕的罪过，到无人区后她变得异常善良、勤劳，平静地生活着，放牧、背水、打酥油茶。

一个十分偶然的日子，小姐遇到了闯进无人区的一个汉族青年。她竭尽全力救了汉族青年，两人产生了感情，由相识到相爱，最后结婚。

茫茫草原上多了一对年轻夫妻，就像夜空里添了或少了颗星星，谁也不会注意到这种变化的。没有人知道姑娘曾经是个贵族小姐，也不曾有谁知道她的丈夫是个汉人。汉族青年很快就从外表、语言到生活习惯，完全藏化了！一个人消失了，另一个复活，生命不会断章。

这两个特殊身份的人组成的家庭，就这样默默无闻地在无人区生活着。日出日落，日落日出。一年又一年。

不知不觉，20年过去了。

他俩曾经有过三个孩子，一男二女，但是都没养活……

这则报道刊登在全国很有影响的一家刊物上。我读了三遍，仍不解渴。文中许多该交代的关键地方没有交代，明明该详细展开的情节却一笔带过。例如，姑娘叫什么名字、她离开贵族之家的最初动因没有写；她初到无人区的日子是怎么度过的，也省略了；她和汉族青年是在什么情况下相识的，汉族青年为什么闯进了无人区，也写得十分简单；他们的三个孩子是怎么夭折的，一个字也没有提；甚至连她丈夫的名字都没有给读者留下……

为什么要制造这么多的未知数？我当时最真实也最直接的感觉是：

这么好的一个题材,硬让作者给糟践了!

话又说回来,正因为留下的未知数多,才能使人产生丰富的联想。后来,当我躺在谷露村的帐篷里顺着我列举的那些问号去寻找答案的时候,我的思绪伸得很长,很长……

于是,我"寻找"到了一个人——

1959年春天,我所在的汽车团参加了平息西藏叛乱的战勤运输。那是一段让人回忆起来心里发烫的日子,我们的轮胎咬着青藏公路上的石子,昼夜不息地奔驰,路面上从早到晚迸着火星儿。

那天,我刚把一车战备物资卸在拉萨西郊兵站,排长李黑子就通知我:

"待命。准备马上出车。"

一小时后,我的车运载着一车俘虏碾过了拉萨河上的木桥。出了拉萨80公里,便是羊八井兵站。按原计划我们要在此地检查车辆,因为有散匪骚扰,我没停车,继续挂上高速挡飞速赶路。就在这时,突然蹦出一个人,站在公路当中拦车。

我点了一脚刹车,停驶。拦车者是个藏族姑娘。我心里涌上几分火气,摇下了车门玻璃,谁知还没等我开口,她就说了话:

"对不起! 我要看看我的阿爸。"

她的汉话讲得如此顺畅、准确,令我吃惊。只是,她的阿爸是谁我并不知道呀!

她指了指车上面。我马上明白了,她的阿爸是个俘虏! 我的心不由得一抽搐,真不知该如何处理这件敏感而棘手的事情。

坐在我车上的副连长显得很沉着地下了车,一脸遇事不慌、胸有成竹的稳重。他和拦车人搭上了话：

"大姐，我是车队的负责人，你有什么事请跟我讲。"

藏族姑娘彬彬有礼地一手提了提藏袍，一手放在胸口，嘴里念了几句祈祷的话，然后对副连长说：

"我希望能看到你答应我提出的这么一点要求。"说罢，她再次指了指车厢里的俘虏。

副连长明显地为难了，但是他收起了准备摊开表示无可奈何的双手，只是望着对方。

姑娘又说："难道做女儿的看阿爸一眼也算苛刻的要求吗？"

副连长只能这样安慰她："请你放心，我们会按政策对待他们的。等一切有了妥善安置以后，你的阿爸会和家里通信的……"

她打断了副连长的话："不，你说的这些我都不怀疑，可是我不想那么远了。我现在只求你一件事，让我和他说最后一句话。我的阿爸犯下了佛祖不可饶恕的罪，我要和他讲我这一生说给他的最后一句话。"

"为什么要这样悲观呢？他如果改造好了，仍然可以回到你和家人身边的。"

"不，不是这个意思。你就让我和阿爸讲一句话吧！"

这时，车厢的俘虏群里突然有个人挣脱着绳索的羁绊，叫了一声："拉姆！"站在车厢后角处的哨兵立即制止了他，他又不敢动了。我看了那俘虏一眼，他穿着十分讲究的藏袍，狐皮大帽遮着方而大的脸庞，一双眉毛像炭素描出来似的特黑特粗。不用说他就是姑娘的阿爸了。

姑娘再次提出，她要和阿爸讲话。

事情已经到了这个份儿上，副连长便果断地对她说：

"我可以答应你的要求。可是，我必须知道你对你阿爸说的那句话是什么。"

姑娘稍稍沉思一下，答复道："不但你可以知道我要说的话，大家都可以知道。"

说着，她朝前迈一步，冲着车上刚才那个挣扎的俘虏说："阿爸，你再也见不到你的女儿了！"

说罢，她就离开公路，拼命地向路边跑去。那儿是一片覆盖着积雪的无际草原。

藏北无人区。

这时，早春的一阵风雪突然飞卷而来，遮没了她的身影，也遮没了我的汽车。

我的心里压上了一块重石。汽车重新开动后，我对副连长说：

"看来，那姑娘要寻短见了。也是，阿爸当了叛匪又成了俘虏，她哪有脸见人？"

副连长摇摇头："我看不像。"

"不像？那么你说她要干什么去？"

"不知道。反正，她不像寻短见。"

我没有再问。车轮碾在公路上沙沙的声音有节奏地反弹着。我的眼前又浮现出了那个拦车的藏族姑娘。当时和现在，我始终认为她是一位长得相当漂亮的藏家女孩。我曾多次对别人这样说过："天啊，我万万没有想到在拉萨河谷竟然还有这么一位相貌出众的美女……"

当她冷不丁地出现在我车前时，我只急于刹车，手忙脚乱，心不在焉，根本顾不上留意她。车停后，在副连长和她搭话的当儿，我这才细读了她。

她穿一件镶着黑边的深红色平绒夹藏袍，袍边上的提花字是藏文扎西德勒，意思是吉祥如意。披一块绿缎披肩，一条二指宽的黑带紧束腰间，这使她本来就修长的身段越发苗条。她的脸色白洁细腻，散放着淡淡的玉质光芒。丰满湿润的嘴唇缝隙间露着非常洁净的牙齿。那一对眼睛黑白两色格外分明。我永远记着的是她的那双合脚、美观的藏靴，给她平添了更多的美丽，使人觉得这双藏靴只能穿在她的脚上，才最能在男性面前显示出魅力。

像我遇到的其他藏胞一样，她的一只臂膀露在长袍外，那只臂膀轻柔如水……

我心里暗想：西藏的水土竟能滋养出这么一个活脱脱的美人！

世间有些事情的结局常常是出乎人们意料的离奇。你明明被严寒冻得浑身筛糠，但是最后你被送进医院的理由是中了暑；原本渺茫陌生的一个站在地平线上的人，一夜间成了与你朝夕相处的亲人。

这次相遇使我后来写出了散文《一只藏靴》，散文的主人公就是拉姆姑娘。

雪峰上盛开着一朵等待春天的雪莲花。

那天，我甩下贵族小姐拉姆后，好长一段时间心里总也忘不掉她。同情？担心？钦佩？都有。不过，日子一长，心里皱起的那点涟漪也就被岁月的风吹干了。生活中，每个人有每个人的活法，也许拉姆认为她走的是一条阳关道。别人无法理解那是因为你有你的人生轨迹。

不久的一天傍晚，当我的车在藏北的桃儿九山抛锚以后，我真的一下子没有认出站在我面前的会是拉姆。当然，她也没有预料到她是在向一个"熟人"求援——她压根儿就没有印象我曾经与她有过一次交往。我想，每一个人都会是这样的。当时她只想着与阿爸说最后一句话，至于有谁站在身边她不会留心。

是我先认出了她。我直呼其名。

"拉姆，是你呀？"

她的惊愕或者说惧怕是可想而知的。她问我："你是谁，怎么会知道我的名字？"

我给她讲了事情的原委。她听了，似乎连想也没想，就很平淡地说：

"不提它了。我今天来是向你打听个人，也是想请你帮忙找到这个人。"

"只要我知道这个人，就一定帮你的忙。"

她说："他像你一样，也是个金珠玛米……"

拉姆在给我讲述这个人时，给我的感觉她的脚坠着身子往下陷，她和我之间有了一段距离，由于我总是跟着她移动，我们的距离总也拉不开。于是，我和她一起走过了一段不堪回首的岁月……

拉姆在草滩的这个"小岛"上已经安家一个多月了。不言而喻，生活是异常艰难的。但是，对她来说，最难熬的不是生活这一关——经管着自己的一群羊，吃的穿的都有了，牧民们祖祖辈辈不就是这么过的吗——最难熬的是寂寞。每天从早到晚就她孤零零一人守着十多只羊，日子越嚼越寡淡。她常常觉得周围有许多无形的陌生眼睛在探究地盯着她。可是，等她睁大眼睛去搜寻时，什么也没有。"会习惯的！"她总是这样安慰自己。

一日，大约是吃罢早饭的时辰，冬草和她的帐篷像霜打了一样在寒风里呻吟着。她蜷缩在帐篷的一个角里大气也不敢出。半小时前，有一个人闯进了帐篷，那是在她没有任何提防的情况下闯进来的。身单力弱的她实在无法阻拦。就在那人临走抢掠拉姆那少得可怜的家当时，拉姆突然看见了他的脸，呀，好面熟！噢，想起来了，是她家府上的一个管家……

往日可以做她的上马蹬的家奴,转过脸去变成了恶狼。

一场残酷的躁动之后,帐篷内外鸦雀无声。

她把身躯和心都紧紧地收缩起来,不敢动,害怕又有狼来。她已经没有防御的能力了,浑身酸痛。

不知过了多久,她完全没有时间概念了。忽然,她听见帐篷外有响动,好像是脚步声。她屏住了呼吸。

一切又复于寂静。

许久,才传来轻轻的叩门声。接着是一个慢声细语的男声:"有人吗?"

她不敢应声。

世界变得出奇的宁静。

似乎过了很久很久,她又听见叩门声。她仍然不敢答应。

很长时间没了动静。她想,那人很可能走了。她很奇怪,他为什么不进来呢? 这已经歪歪斜斜的帐篷,一脚就能踹倒。还有那敲门的动作、那说话的声音,为什么那么小心翼翼? 对! 他不是坏人。不会有这么规矩的坏人。她决定看个究竟。

就在她撩开挂在帐篷门上的那块氆氇布时,她惊呆了,一个浑身疲乏、满脸挂着汗水的兵站在外面,他好像在期待什么。

噢! 她明白了,他是等着她来开门。

她开了门,是一个兵,他的第一句话便是:"大姐,让你受惊了,实在不好意思。"

"你……"

"大姐,给我一口水喝吧,我要去追一个叛匪!"

"叛匪? ……"

这一瞬间,兵军帽上的红五星把一切都告诉了她。她马上想起了刚才那个野兽, 是应该把那东西追上, 抓住。

拉姆忙转身拿起铜壶, 摇了摇, 里面还有一点水, 便送给那个兵。没想, 兵端起铜壶只抿了一口就不喝了, 说:

"你也过得很艰难, 留下自己喝吧!"

兵说着低头看了看脚, 对姑娘说:"谢谢大姐了, 我还要去赶路。"

拉姆这才发现兵的一双赤脚站在自己面前, 十个脚趾血肉模糊, 脚上沾满了沙土、草屑。她的心像被刀尖碰了一下, 轻轻地问道:

"你的鞋呢?"

兵尴尬地笑笑, 回答:"荒山野岭, 走的地方没有路, 鞋帮被折腾得飞了。只好光着脚丫追。"

拉姆什么也没说, 再次转身进了帐篷, 拿出了一只藏靴, 递给兵:

"很不好意思, 就剩下这一只靴子了。有一只脚不受苦总是好的。"停停, 她又说,"另一只靴子被刚才从这儿逃走的一个叛匪抢走了……"

兵打断了姑娘的话:"叛匪? 扎西巴朵?"

"正是他!"姑娘的口气十分肯定。因为他是她家的管家。

"大姐, 你的心意我领了, 但是藏靴我不能收。"

"你不要说了, 眼下最急人的事是抓住叛匪!"

说着, 她就把藏靴塞到兵的怀里, 自己进了帐篷, 撂下了那块氆氇布……少许, 只听见从里面传出一句话:"我叫'拉姆', 记下我的名字吧!"

兵说:"捉住了叛匪, 我会来看你, 还你藏靴。"

他走了, 大步流星地向前跑着。

拉姆从窗口望着, 兵没有穿靴子, 一直背着靴走向远方……

我很高兴有机会重见拉姆。但是, 对她提出找到那个兵的要求, 我却无法满足她。兵的去向及他后来是不是抓住了叛匪, 我一概不知, 也没法知道。我便如实地对她说，拉姆，请你原谅，我像你一样不能找到那个兵。

她的眉宇间闪出一缕失望的表情，说，照你这么说我再也见不着他了？

我没有点头，只在心里叹了口气。

本来我还想问问她现在的生活情况，可是，她走了，连头也没有回就走了。不知何故我很想大哭一场。没有时间的空间就是这么脆弱。

后来，那篇名为《一只藏靴》的散文发表在1982年第2期《白唇鹿》上。

《白唇鹿》是青海省果洛藏族自治州文联办的文学季刊。

……回忆的片段，支离破碎，像流星闪过似的，曲曲折折地穿过我杂乱无章的思路。

我从回忆中走出来，回到谷露村的小帐篷里时，手里仍然拿的是那本刊登着那则报道的刊物。这则报道与我在《一只藏靴》中写的那件事太相似了。

真的，太相似了！

往事很短，现实很长……

次丹堆古喇嘛又一次出现在我面前。还像上次一样，他是突然破门而入的。我真不明白，他为什么总要用这种方式见我。给我的感觉他像要急不可待地给我讲述什么事，可是，进门后他又是吞吞吐吐地不那么利索。

与上次不同的是，他这回没穿袈裟，换了一件洗得干干净净的藏袍，手里拿着一本书。

我一看,《白唇鹿》,啊!

我必然要问他一句:"你,怎么会有这本书?"

他的回答简直像天方夜谭:"是你送给我的呀! 你忘了,15年前?"

"我送的? 我什么时候送的? 你是说上次咱们见面的事吗?"

"你真是贵人多忘事,咱们是老朋友了! 那一年,《白唇鹿》刚印出来,你亲手把这本书送给我,让我转给你指名要送的那个人。很遗憾,我没有完成任务。现在只有把书退还给你。"他说得十分认真。

我越听越糊涂了。可是,他说得那么有板有眼,我有口也难辩呀! 他肯定是记错了人。不对呀! 他既然认定我们是老朋友,为什么上次他来找我只字不提《白唇鹿》的事?

我把我的这个疑点提出来,他置之一笑:

"要不怎么说我糊涂呢! 上回我眼看着你是我的朋友,可就是不敢认。再说,我把你的名字忘了,这样就更张不开口了。我回去看了看刊物,知道了你的名字,今天把证物拿来,你能不认我这个老朋友吗?"

我还是不敢认他。我确实没有给他送过这本刊物,在我几十年的人生经历中真的没有他这样一个朋友。他肯定是认错了人,记差了事。可是,这证物,《白唇鹿》……

好,索性不提这事了。我另找话题,免得走进死胡同,越走越出不来。我问他:"你两次来找我,我看出来了,你心里有话,但始终没说出来。"

"你是说我的那位朋友吧,也就是那顶帐篷的主人吗? 是的,我是要给你讲讲她了。她就是你这篇文章里写的那个藏族姑娘,贵族小姐……"

"你是说她是拉姆?"我脱口而问。

"没错! 就是她, 拉姆! "

好像漆黑沉重的夜里又下起了大暴雨, 我的身躯和灵魂都被憋得难以喘息。世界在有时候为什么变得如此狭小……

这时, 次丹堆古已经像上次见到我一样, 双膝跪地, 弓腰给我鞠躬。我看着眼前这个圆形的躯体, 心酸得快要滴血了。我知道他将要给我讲的肯定是一个十分沉重的故事。我扶他在卡垫上坐好, 他身体上的缺陷使他的任何行动都十分不便。

他把《白唇鹿》用拇指一页一页地捻着飞散开来, 让我看着。然后他又小心翼翼地把书放在手兜里——一个羊皮做的褡裢。他向我要开水, 说润润嗓子。

他喝水喝得好响声, 满帐篷里都是嘴唇挨在碗边吮吸的声音。

生命如一缕春草的根须, 随风吹到山北山南的任何一隅都会在春天的阳光里繁衍生息。然而, 它又随时会被风吹折, 枯萎。

飘游呀, 人也像小草的根须……

"你应该接着你的《一只藏靴》往下写了……"次丹堆古这样说。

半年后, 班长李湘终于找到了拉姆姑娘。或者说拉姆找到了李湘。半年中, 他们俩毫无目的地互相寻找着。不容易呀! 数千里的藏北无人区, 走进一个人还不是像大海里撂了根针!

感情总是储存在时间里。他们终于走到了一起。

对啦, 应该交代一句, 李湘就是追寻叛匪的那个兵。拉姆把自己被叛匪抢劫后剩下的一只藏靴送给他, 他舍不得穿, 也无法穿, 直到他再次见到拉姆时, 靴子还背在肩上。

这时的他已经让高原的寒风苦雪把脸镀成了赤红色, 很像当地的藏民。

李湘没有追上那个叛匪，尤其可怕的是他也找不到部队了。当时他身处无人区中心地带，分不清东西南北，只能是胡走乱撞，希望靠侥幸走出去。结果越走越没有方向感，越走双腿越软。他数着日落月出的轮回，计算着天数，过一天在手中的拐杖杆上刻一道印痕。一百多天过去了，他还在精疲力竭地转悠着。那些日子，他常常三天五日、有时是十天半月，才能碰上一户牧民，他向他们打听部队的方向，他们谁也不知道哪里有军营。他们跟李湘说话时总是站得远远的，满脸的惊恐。

李湘无法归队，只能孤苦地流浪着。草根、野果、小动物就是他的食品，任何一个沟坎、山洞就是他的家。

在无人区里遇到任何一个陌生人，包括那些仇视你的陌生牧民，你都会像见了亲爹亲娘一样亲切。尽管人家躲着你，你也会把撕不断的目光久久地贴在那远去了的人影上。直到人影在蓝天与草原相衔的地方消失，你才收回目光，说一句："他们还会回来吗？"

这天，他意外地遇到了拉姆。

"是你呀？！"他惊喜。

"是你呀？！"她也惊喜。

俩人紧紧地相抱在一起。他用粗壮的手指摸着她那落满沙尘的头发。她告诉他："我一个人再走下去非得疯了、垮了不行。碰见一只雪狐我都想抱起它亲一口。你来了就好！"

……

从此，他俩结伙流浪在茫茫草原上。拉姆会说汉话，这样他们的交流就十分方便。

流浪的日子里男女之间最容易建立感情、萌生爱情。他俩很快就结婚了。

新婚的日子苦也甜。

结婚的那天傍晚，他俩双双骑在一峰骆驼上，随心所欲地、漫无边际地在草滩上散步，他们说这是他俩的"结婚典礼"。

"喂！记得吗？咱俩认识有多长时间了。"

拉姆每叫李湘时都喊一声"喂"。喂——不是汉族人们习惯中的所谓非礼称呼，在拉姆心中这声"喂"有一种特殊的亲切感。她觉得，叫他名字显得生分，唤他阿哥也有些见外。就这个"喂"好，既含蓄又害羞，还带几分调皮。李湘说："这要看你指的是哪一次认识，不要忘了，我们的相识有两次。"

"你够傻了，当然要从第一次认识算起。就是你穿去我的藏靴那一次。"

"谁穿你的藏靴来着？一个大活男人穿着女人的靴子，怎么走路？嘻嘻，开个玩笑，实话说，我那次背着你那只靴子赶路，好有精神，身上好像安了一架马达。"

"嗨，回答我的问题，咱俩认识有多久了？"

"这，我得一点点算。半年，又一个半年，再加一个三个月……"

"你真笨，有那么算的吗？来，把手伸过来，数数我这里的宝贝疙瘩，就什么都知道了。"

"什么宝贝？在哪儿？"

李湘扭过头看一眼身后的拉姆，拉姆乘机把李湘的手抓住放在自己的藏袍里面。那里有一串疙疙瘩瘩的东西。他正要问个究竟，拉姆吆喝一声让骆驼收慢步子，她撩开藏袍让李湘看，那是一堆丝绒，上面挽了许多小蚂蚁似的小球球。"结绳记事？"李湘好惊奇。

"太阳出来一次我就挽一个球,挽够三十个球时,便结一个大的,它代表一个月。你数数这球,一共有多少,一个大球就是一个月……"

李湘笑了,说:"我开初也在拐杖杆上划道道记天数,后来道道划的多了,数不清了,只好作罢。"

"有这些球球,你那道道废了也就废了。来,数数看有多少日子!"

李湘根本不用数,只凭眼睛一望而知……"啊,五十个了!一年十二个月,四年就是四十八个月,噢,一共四年零两个月!"

"四年了,时间没拴缰绳,跑得溜快!"拉姆感叹。

"我自从放弃了划道道以后,确实就不知道过了多少年,我只能从自己穿衣服的薄厚上推知到了什么季节。多亏你有心,让我知道了我们在无人区已经流浪了四年多,这四年时间赛过外面的二十年,我都老了,你看,我头上的白发!"

拉姆顺从地把手指叉开,插进了丈夫的头发里。霎时,她觉得全身好温暖,丈夫头发里散发出来的男子汉那种汗腥混合着体温的味道,渗入了她的心里,她感到身子都快化了。

正是这种意味无穷的温暖伴随着她度过一个又一个寒冷的日子。冬天过去了,春天来了;又一个冬天过去了,又一个春天来了……

路边愣坎上的冻土浸出了一道道湿纹。

又一个春天来到无人区。又是一天傍晚。拉姆和李湘照例骑着骆驼走在草原上,不同的是他们已经是三口之家了。儿子小多吉的出生给这个清冷而寂寞的家庭增添了无限的欢乐。

每天,只有落日在天边燃烧的时候,他们才收牧,才外出骑着骆驼散步。不知为什么他们爱草原的晚霞,但是在落日的燃烧中,他们迎来的是一个又一个黎明。

三人骑着骆驼走着，拉姆抱着儿子，李湘抱着妻子。拉姆紧紧地依偎在他的怀里。

天完全黑了。骆驼仍在不知疲倦地颠簸着。

突然，李湘惊叫一声："看！那是什么？"

拉姆抬头一看，啊，一片闪闪烁烁的亮光。蓝莹莹，绿森森，不像空中流下来，也不像从地面平射出来，给人的感觉是从地层下钻出来的。噢，看久了，你会觉得那光其实不是蓝色，也不是绿色，总之，你很难确切地说出它是什么颜色。反正，有一点是肯定的，不可能是灯光。按说在这无人的旷野，看见任何一点亮光，哪怕是极微弱的一豆之光，都会使人十分亲切。可是，这一片荧光让李湘和拉姆有一种透骨刺心的恐惧之感。

他们让骆驼停下，静观前方。谁也不说话。

原来，前面是一片凹地。

忽然，骆驼大声吼叫着向前奔去。那蓝、绿难辨的光一动，像流星似的散窜而去。

啊！狼！狼眼！……

那次，他们意外地得到了一只狼崽。

如今狼崽已经三岁半了！

这朋友意义上的狼崽，亲人意义上的狼崽，卫士意义上的狼崽，三年中，活跃了这个孤独的三口之家，给了他们局外人难以想象的安全感。可以肯定地说，如果没有狼崽，他们是很难熬过这三年的。

那夜，多亏了心爱的骆驼一声怒吼，把聚集在凹地过夜的狼群吓跑了。但是，拉姆也被吓瘫了。她从骆驼上摔下来，坐在地上，一步也不敢挪了。李湘陪她坐了一会儿,她突然像遭咬了一样,大叫起来:"妈呀,有狼!"她像弹簧一样,从地上弹射而起。

李湘不知道发生了什么事,上前一看,蒙蒙月色下,地上蜷缩着一团毛茸茸的东西。

这就是那狼崽。它的父母受惊逃走时顾不得拖着它,它只好当了俘虏。

然而,事情没有那么便宜。就在拉姆和李湘带着狼崽走出没有半里地时,那群狼掉转头追回来了。很明显,它们要夺走狼崽。又是骆驼大声吼叫着吓跑了狼群。

从此,狼就成了他们三口之家的编外成员。家里添了一张吃饭的嘴,日子自然就过得紧巴了。本来就不富裕,肚里少一点油水并不觉得什么,完全是一种心甘情愿的、乐于为之的艰辛。一句话,有他们一家人吃的一口饭,就绝不会让狼崽饿着。

最初,狼崽夜里睡在他们脚下的一个专门为它做的小木板暖房里。后来,他们索性就让狼崽紧挨着他们的睡铺睡觉了。这样,他们夜里睡下后身上总有毛茸茸的透心暖。

从这时候起,狼崽就有了名字:甲巴。藏话是胖子的意思。狼崽确实很胖,名副其实。

甲巴极为聪明,或者说很通人性。

这几乎成了一个"定格"的图像:每天,夫妻俩赶着羊出牧后,在一面向阳坡上,要么李湘和拉姆并排坐着,懒洋洋地晒着阳光,甲巴蹲在面前,亲昵地看主人;要么李湘怀抱甲巴,呆望着在草滩上赶羊追羊或者一边看羊群一边捻毛线的拉姆。拉姆见他看自己看久了,就会很不好意思地喊一声:

"湘子，你倒来干活啊！"

说罢，她咯咯咯笑得好亮。

"干活"是藏家姑娘的"专门用语"。于是他们钻进出牧时临时搭的帐篷里亲热一番后，又出来照看羊群。

这时，太阳好红！

日子就这么酸酸苦苦、甜甜蜜蜜地过着。甲巴是一粒盐，给他们的日子增添着滋味。"可是，它太小，什么时候能长大呢？"拉姆呆望着天边的落山日头这么想。其实，她是嫌自己的生活太寂寞，盼着儿子和甲巴一起长大。

甲巴的变化很有意思，出乎人们的意料。它越长越不像狼了，尤其是尾巴的变化，很耐人寻味。开初，狼崽的尾巴像一般狼尾一样，长长地拖在地上，毛紧裹着尾骨。不久，那尾上的毛就渐渐地松散开来，一松再松，一散再散，呈出扇面状。小多吉特喜欢这"扇子"，便拽着狼崽的尾巴，那毛便立即收缩起来，他赖在地上，让狼崽拖着滑行。狼崽一点也不怒，任凭小主人戏耍它。

小多吉就这样拖着狼崽的尾巴玩着，玩着，狼崽被他拖长了，拖大了。狼崽变成了大狼，小多吉却……

小多吉死得真惨！

拉姆和李湘认定那是狼们的恶性报复。

当时，刚刚吃罢早饭，李湘到远地打冬草去了，拉姆上草滩时第一次没带小多吉同行。夜里他跟着阿妈打酥油茶熬过了夜，眼下睡得正酣，阿妈不忍心捅醒他。

后来，大约没过一个小时，甲巴就满身血迹地跑到草场，撕拽着拉姆的裙摆,让她回家。拉姆感觉到情况不妙,便跟着甲巴回到了帐篷。一看,小多吉不见了。帐篷里外都不见人影,她疯了一般哭喊着:"我的多吉呢,他哪里去了?"

甲巴引着她到了离帐篷约五百米的一个沟坎下,她看到一堆血淋淋的白骨……

她和李湘,还有甲巴,整整守了这堆白骨三天三夜。

藏家女人和汉家男人混在一起的二重哭声,震得坡地上的帐篷都在发颤。

后来,据他们分析判断,事情的经过很可能是这样:狼群趁主人外出放牧的空当,来到帐篷里抢夺狼崽。没想,狼崽不仅不认它的同类(包括它的父母),还与它们厮拼了一番。狼崽毕竟力小身弱,斗不过狼们,只好跑来"报案"。

小多吉死了,甲巴成了拉姆唯一的"儿子"。

她紧紧地搂抱着甲巴,甲巴舔着她的手。她觉得那是多吉在爱抚着她……

终于有一天,甲巴可以独当一面地在这个家庭里显示它的谁也不可替代的地位。那是在它的狼性完全消失而又绝对不像狗的情况下,一只羊被它赶着从险路回来,然后,拉姆跪倒在它面前不住地说"你真的长大了"那句话之后。

说起来,活该那只羊倒霉,谁让它在主人拉姆回帐篷喝水的空儿,一转眼就溜得无踪无影了呢?

其实,不是那只羊贪玩,而是它看见了一只狼才悄悄躲开的。这样,狼便追了上去。那狼已经在旁边寻谋好久了。离群的羊被狼紧追不放。羊走得慢,狼也走得慢。羊快走,狼也加速走着。一直走了大约一公里地的时候,羊才在一片开着格桑花的草地上站住,狼也在十步开外站住了。

直到后来这只羊安全地摆脱了狼的纠缠以后,拉姆才明白过来了,那只羊实在聪明过人,它很可能是为了把狼引开,才有意离开了羊群。

还有一个情况必须交代:当时甲巴看到了草场上发生的一切。从一开始它就一直监视着那只闯进来的狼。当狼尾随羊而去时,它便跟了上去。

羊在前面;狼随其后;甲巴在最后压阵。

将要发生什么事情,可以说它们三者都是心中有数的。羊是引火烧身。狼是寻找美餐。甲巴显然是为保卫羊而出动的。

当羊与狼对峙起来后,甲巴悄悄地隐身于一个草坎后面,竖起耳朵,瞪着双眼,等待着事态的发展。

狼终于按捺不住肉欲的诱惑了。它先是倒退了几步,然后一个凌空飞跃,冷不丁地向羊扑去。

大概狼做梦也没有想到,就在它快接近羊时,甲巴突然出现在羊身边。甲巴怒目瞪视着狼,两只前爪还不时地跃起来,完全是一副决斗且如不获胜绝不罢休的架势。一切都是始料不及的。狼还没弄清这只活物是什么,不像猎犬,也不像它的同类,只感到它高大、壮实,于是,它倒退几步,夹着长长的尾巴逃之夭夭了……

也就在这时候,寻找羊的拉姆气喘吁吁地赶了来。一切化险为夷!

次丹堆古喇嘛微闭双眼,不讲了。

我问:"狼崽的故事讲完了吗?"我这样问的意思非常明显,故事我还要听下去。谁知,他既不说完也不说没完。只是微闭着双眼。

我没有打搅他。他一定很累,因为我也听得很累。狼吃掉了人,狼又帮人救了羊，谁听了心里都会沉重。

这时，次丹堆古很可能为了改变沉闷的气氛，有意转了话题。他给我讲了一个听起来绝对与狼无关的故事。野兔、岩鸽、地鼠和雪鸡的故事。

他怎么知道那么多无人区的事情？

他是以亲身经历者的口吻给我绘声绘色地描绘这个奇特的故事的——

一个雪后天气晴朗的中午，次丹堆古在草滩上闲走着，他眼睁睁地看到一只岩鸽从空中落到一个洞穴前，伸着脑袋张望了一下，便钻进了洞里。那洞很小，刚刚能容纳岩鸽的身子。

鸟儿进洞？太稀罕了！

他在那个洞穴前站了好久，希望岩鸽能出来。可是洞口静悄悄的，很像一个遗弃了多年的死洞，没有丝毫的动感。他是眼瞅着飞进去了一只鸟呀！

他不由自主地伸手在洞上面拍了拍，他万万没有想到，这一拍，从洞里出来了一只野兔。那兔显然受了惊，一出洞就撒腿跑了。

他不甘心只见到这只兔子，也是担心那岩鸽的命运，便又拍了拍洞，扑棱一下飞出来了，不是岩鸽，而是一只雪鸡。接着又一只地鼠窜了出来……

他完全惊呆了。鸟进洞穴，奇事！鸟与兔、地鼠同住一起，更是奇事中的奇事。

听到这里，我问次丹堆古："你也是第一次见到鸟儿在洞穴？难道在你过去几十年的生涯中一次也没见过这种现象？"

这时候，我倒好像成了一个比次丹堆古还经得多见得广的高原通了，在这个喇嘛面前也摆起了老资格。他根本不理我这种盛气凌人的架势，只是说："是的，我确实是第一次见到。"

我告诉他，这叫鸟兽同穴。他惊疑地望着我，显然对"鸟兽同穴"这四个字感到很新鲜，希望我继续讲下去。我便对他解释说："由于高原上无树少崖，鸟儿无法筑巢，只好借兽们的洞穴为家了。说是借，其实是强占。强者为王嘛，鸟兽也如此。最初，鸟兽住在一起当然会发生争斗，这种争斗非常强烈、残酷，或一方败阵，或两败俱伤。时间长了，同居的生活习惯了，洞内无形中形成了各自的天地，谁也就不管谁了。直到和睦相处。"

次丹堆古点点头，表示他懂得我讲的道理。

这时，他反问了我一句："拉姆、李湘与狼共处，这回你也该明白了吧？"

我恍然大悟，原来他给我张开了一个网，套我进网了。

他真会讲故事！

我马上想到了拉姆的"三口之家"……

如果他们早知道这里是如此美丽而富饶的"野生动物王国"，当初的第一个定居点就会毫不犹豫地选在这里。

这夫妻俩不知不觉来到这儿"定居"已经两年有余了。

这里叫什么地名，属于哪州哪县管辖，他们一概不知。只有偶尔遇到零零落落的几个赶着牛羊在荒凉草原上跋涉的游牧人，会使他们意识到自己仍然还生活在人类生息繁衍的地球上。

结痂着岁月烟尘的帐篷撑在一个向阳的山坡上，一根木杆直直地竖立在地上，系于杆上的两条绳子分别牵着帐篷的两个角，一条绳上晾晒着准备贮存的已经风干了的牦牛肉，另一条绳上缀满了各种颜色的经幡。

帐篷前面一箭地之外，就是两个湖泊，一大一小，水面清澈，明镜一般，很像一副眼镜片。

这就是他们的家以及家附近的环境。

夏天，他们总是把帐篷搬到山顶上去，在山上放牧，把山下的草留给羊过冬天。在山上住的日子里，山下的帐篷地依然竖着木杆，依然有经幡和晾晒的衣物什么的，以示这里是有主的草场，免得别人占去。

两个无名湖里自生自灭着西藏特有的无鳞鱼。这些鱼耐寒冷，抗盐碱，生长期慢，寿命却很长。祖辈千年不吃鱼的藏家人是从来不捕鱼的，就连许多高原上的食肉动物看到鱼也是一副视而不见的漠然神态。这样，湖里的鱼就可以不受干扰的自由自在地长着，有的长到几十斤、上百斤，等到老死了那一天，不少鱼像一条小船滞留水底直至腐烂。

那是来到这儿安家后的第一个蚊虫、瞎虻乱飞的夏日的一个中午，正在草滩上看管羊羔的拉姆突然惊诧万分地对丈夫说：

"快来看，有人！"

李湘赶忙从帐篷里跑出来，一看，对面靠湖边的水面上露出了一大片西瓜似的好像人脑壳样的东西。他睁大眼睛盯了半天，也没有辨清是何物，便对拉姆说：

"不像是人。"

"那又会是什么呢？"

当然，他们最终还是弄清楚了，确实不是人，而是一群藏羚羊在"避热"哩！

这么多藏羚羊集中在一堆，还真是少见，拉姆和李湘贪婪地看着，心里好痒痒。

藏羚羊是珍稀动物,濒临灭绝。它十分善跑,每小时可以跑八十公里,汽车加足油门也不一定能追上它。它跑快的奥秘全在胯下的那个"风袋"里,牧人称之为"风翅膀"。它跑起来时"风袋"便鼓胀,产生张力、风力。藏羚羊最痛苦最难熬的日子是夏季。原来它身上的皮下寄生着一种虫,叫"背虫"。这种虫在隆冬寒天化为油脂,融入羊体内,营养着藏羚羊。春天就变成了虫子,在藏羚羊的皮层下频繁地活动。它很像冬虫夏草。背虫在毛皮下日夜不停地活动,使藏羚羊奇痒难耐。于是,藏羚羊在虫子活动的夏季便不由自主地寻找凉爽清冷的地方"避热",好使虫子处于"冬眠"状态,以减轻奇痒。

拉姆领着李湘来到了羊们"避热"的水边。这里的水中伏卧着上百只藏羚羊,它们很坦然,一点也不怯生,只是抬起头望望岸上的两个牧羊人,望望跟随主人身后的甲巴,又埋下头。

甲巴跑出去几步远,冲着天空噑叫了几声。它为什么这般噑叫,主人不得而知,藏羚羊却抬头望着甲巴,显然它们觉得这叫声很熟悉,先是表现得有几分惊恐,随后很快又泰然处之地卧于水中了。

拉姆夫妻俩就这样和这些"避热"的藏羚羊们做了邻居。生活平添了几分热闹,几分向往!

在这些藏羚羊面前,善良的拉姆变得更加善良。她把自己为羊儿准备的"食品"匀出一部分,撒到水面上,喂藏羚羊。藏羚羊开始总是用疑惑的目光打量这个藏家女人的殷勤,有些胆怯,不敢张嘴。可是,拉姆来湖边的次数多了,它们便打消了疑虑,很香甜地吃起了她送来的"食品"。

从此,拉姆就多了一项额外的任务:负责喂藏羚羊吃草,有时还从不算太远的清水泉里打来干净水给它们喝。

当然,藏羚羊也会设法回报它的主人的。

那是在藏羚羊发情交配的季节：春天。

这个季节，拉姆帐篷周围的草滩成了藏羚羊的决斗场所。公藏羚羊与母藏羚羊在拼斗，以决胜负。那些公羊们使出积蓄了大半年的所有锐气和精力，去占有母藏羚羊。这种占有是自私的，也是野蛮的。母藏羚羊则奋起反抗，绝不轻易把自己的青春"彩球"抛出去。但是，不管怎么说，频频防守的母藏羚羊是弱者，争强好斗的公藏羚羊是强者。然而，争斗的最终结局却出人意料，弱者战胜了强者。

你只要看看它们争斗时母藏羚羊机智灵活的表现，就足以证明它们取胜是理所当然的了。母藏羚羊知道凭力气斗不是它们之长，于是便改硬拼为斗智——好聪明的母藏羚羊，它们在公藏羚羊追着跑了好长一段的距离时，突然就势往地上一趴，这时它的那两只长而尖的刀般的角自然是伸向后方。乘胜而追的公藏羚羊则猝不及防，仍在猛扑向前，正好那两把利刀刺进了公藏羚羊的胸膛，公藏羚羊只有一命呜呼！

在这个藏羚羊交配的季节，草滩下满是公藏羚羊血淋淋的尸体。

这是藏羚羊家族的悲剧！

这么美味的鲜肉，拉姆从来不去捡拾。

这个季节她总是很少说话，差不多每天眼睛都红肿着。她夜里睡不好觉。

这天，当她看到又有几只公藏羚羊被母藏羚羊戳死在草滩后，终于控制不住自己的情绪，惊叫一声，双手掩面地跑回了帐篷。

甲巴也凄惨地叫着跟上拉姆回到家。

李湘不知道发生了什么事，追回去问道："拉姆，你为什么这样？"

拉姆双眼紧闭，一句话也不说。

甲巴仍在狂嗥着。

这时，一只人头盖骨做的碗，像飞碟一样在她眼前旋转……

那是拉姆终生都烙于心、刀子也刮不去的伤痕。

她的部落、她的家族，都会以发生这样的事而耻辱，它败坏了这个高楼深院的门风。她就是这么腐烂的，是她的良心和至高无上的佛祖教会她懂得了残忍无道是人世间最不能容忍的罪孽。

那天，她本来是无心也无兴趣跟着管家去催租的。在拉姆的意识里，谁家有牛有羊还会不给主人交租？可是她家族的贵人们几乎众口归一地说那个叫"玛钦次旦"的穷牧民就是有意与主人抗租，死催活催也不交租。"种主人的田，放主人的羊，有什么理由不交租？"拉姆当时确实就是这么想的。她觉得这个次旦好有胆量。可是，有胆量不交租算不得好汉。等她到了次旦的帐篷里一看，便马上改变了看法。她眼看着次旦一家人无遮无盖地畏缩在帐篷的一个角落，寒风里冻得抖抖瑟瑟，像一窝脱了毛的雪鸡。还不等她说句公正的话，管家就七手八脚地把次旦押到了庄园的刑场上。

据说，后来阿爸用来盛宝器的那个小碗就是次旦的头盖骨……

拉姆昏倒在刑场上，当她醒过来时是在第二天深夜。阿爸和阿妈站在她床头，他们整整守了她一天一夜。

她没有说一句话，她突然觉得她不认识阿爸了，也不认识阿妈了。她又闭上了疲劳的双眼。

等她再次醒来，已经没有了阿爸、阿妈的影子，她只听见外面接连不断地响着枪声。枪声就在庄园的四周响着。

这时，黎明的曙色刚刚爬上拉萨市布达拉宫的金顶……

已经三天了，拉姆基本上没吃一口饭，只是频繁地喝水。第三日，当李湘把一碗做熟的鲜嫩的藏羚羊肉端给拉姆时，她突然怒目瞪视着丈夫，几乎是吼似的说："湘子，你还让我活不活？快把这藏羚羊肉给我端走！"

之后，她很平静地说出了下面一席话。

"我，一个在名门贵族的小姐，放着幸福不享受，为的什么呀？在我从那个吃人肉喝人血的世界逃出来以后，我就想着找到一块净土，过清闲平静的日子。我总算满足了，遇到了你，我们住的地方水草丰盛，又是动物的天然王国。可是，我万没想到，没有好日子伴我到永远，无人区的草原上仍然是血溅牧草，哭叫连天……"

次日，拉姆便出门了。她第一次没有让李湘陪她，而是一个人沿着一条小溪去散心。这一去她就再没回来……

在无人区的几乎每个路口，都贴着一则寻人启事。它要寻找的正是那只藏靴的主人：拉姆。

拉姆出走时，只带走了那只藏靴。

很有意思，寻人启事是用汉文写的。在藏区，识汉字的有几人？李湘不会藏文，在这个关键的时刻，他不得不露出外来户的破绽。

所以，这则寻人启事等于一张白纸。

他孤孤单单地走在空寂少人烟的草原上，有目的却无目标地走着。他希望能在突然之间看见那张熟悉的面孔，那是他心爱的妻子！他真的离不开她。

闯进无人区这些年来，他在人生征途上遇到的困境、痛苦以至灾难，无一不是她伴着他走过来的。十五年了，很快，又很慢，慢得常常使他觉得过一日就像一年那么长，快得使他觉得和拉姆的生活刚开了个头她就走了!

十五年间，他没有见过一个汉人，没有见过一辆汽车，没有使用一块香皂，没有刷过一次牙，没有洗过一次澡……唯一可以慰藉他内心的是，几乎每天他都能看见飞机无声地从头顶掠过，这是连接他和外界的唯一寄托。那蓝天上的飞机把他的心提得高高的，直到飞机已经远去了，他的心还在空中旋转……

他忘了回家的路，也不曾记得家里还有什么人在等待他。他只知道有拉姆，有无人区。他不能离开这个地方，他的生活里不能没有拉姆!

还不到四十岁的人，脸上被岁月犁出的深沟和风雪镀成的赤黑色，使他看上去比实际年龄要苍老得多，说他六十岁，也有人信。

失去拉姆后，他就没有家了。他需要拉姆! 需要孩子! 他们的第一个孩子被恶狼糟践以后，拉姆又生过两个女儿，都没有活。拉姆! 你现在在哪里? 快回来吧! 李湘需要你，他需要孩子，需要家! ……

这一天，一件喜出望外的事使他那希望一直没泯灭的心里又燃起一把炽热的火。在一个路口，他意外地看到栽在地上的一根木棍挑着拉姆的那只藏靴。他立刻上前连棍子一起抱住了藏靴，嘴里连连地说着:

"没错，是拉姆的靴子。她一定是用这只我熟悉的靴子告诉我，她还活在世上，她也在寻我。拉姆，我的好拉姆，我一定要等到你!"

他蹲在那根木棍下，怀里抱着藏靴整整等了一天，没有拉姆的身影。

又等了一天，仍然没有见到拉姆。

第三天，他索性把家搬到了这个路口。

于是，这里便撑起了那顶只挂着藏靴，却没有人住的帐篷。

人呢?

李湘踏遍草原，找着拉姆……

他终于见到了一个牧人，一个脸上的沧桑很深的老阿爸。

他问："老人家，你见过一个女人吗？"

老人打量他，像打量一个拦路抢劫者一样不换眼地看着他。

他再问一句："阿爸，你见过一个放牧的女人吗？"

老人总算把目光从李湘身上拔出来，回答说："我除了看到你，再连一只狼也没见到！"

他不敢再问了，他相信老人说这话时的脸一定像喇嘛庙里的凶神一样怕人。

他告别老阿爸，走出好远了，听到老人大声对他说：

"你说的就是那位除了高贵的血统和贵族封号之外，就一无所有的小姐吗？到尼姑庙里去找吧！"

李湘的脑袋"轰"一下像被重炮击了一下。他回头去看时，老阿爸已经一颠一颠地走远了。

小河里，无鳞鱼逆流而上……

她那心爱的头发剪掉了，反而显得越发美丽。一套棕红的裙袍穿在她身上非常合身，仿佛这套衣服早就该她穿了，只是她穿得晚了。

拉姆在日斤寺里做了一名尼姑。

这是一座再小不过的小寺庙。一座两层楼的经堂是寺里的主要建筑，红瓦白墙，依山而立。整个寺庙很简陋，只有庙后面山坡上的大片废墟可以看出昔日的辉煌。经堂上的那些椽、木板都有些变形倒斜了，可是不知为什么总也不倒塌。小楼是棕、白、黑三色涂染的，肃穆庄严。那座佛塔白得雪亮，远看很像一朵蘑菇。寺庙的门上雕刻着各种表示吉祥如意的花纹。拉姆是这里的第十三个尼姑。她们都很坦然，每个人都是佛祖的仆人。

自从到尼姑庙后，拉姆很想把往事全部忘掉，包括在阿爸阿妈膝下她还不懂事的那些温暖的日子，以及后来长大所见所悟对她心灵重创的日子，还有和李湘在一起十多年那些虽苦涩却很开心的日子，她一律都想忘得干干净净。所有的痛苦和失落，在无与伦比的佛祖面前都是微不足道的。她跪在经堂里，不是赎罪，而是要将自己的肉体，还有她的信仰和心灵、精神，奉献给佛祖。

尼姑庙里的生活并不像外面的人想象的那么轻闲。但是，一个从坎坷中爬出来的人，是会咽下一切苦味的。

她是新来的尼姑，庙里几乎所有的苦差都理所当然地落于她肩上：到穿庙而过的河里打水，去庙后的山墙上晒牛粪，到草滩捡拾冬虫夏草……她不抱怨生活，相反，一切重压在她眼里都习惯了。人嘛，现世的幸福与痛苦都不过是生死轮回的一个短暂瞬间。

当然，她的主要时间是用来诵经超度。诵经是一件不仅寂寞而且很劳累的事情。但是，她总是百诵不厌地重复诵读着这些经文。晨经、午经、晚经，她很忙碌、很紧张。当然，她已把这些看成是一种享受。

尽管她的身体还是那么修长，尽管她那张少有笑容的脸还是十分美丽，尽管她一双眼睛总是无邪地瞅着前方，但是入尼姑庙以来，她已经苍老了一圈。不是那身棕红色僧衣使她变老，而是她确实苍老了。

她的美貌渐渐地变成了两鬓的银丝。

李湘也苍老了!

他一下变得憔悴不堪, 脸色像生铁一样黑, 头发一圈一圈地白了。背也驼了。

他寻找拉姆的决心仍像冰山上的雪莲一样, 今年谢了, 明年又开; 再谢, 再开……他总是这么想: 只要世界上还有这个叫 "拉姆" 的人活着, 我就不会也不应该泯灭找到她的愿望。

他眼看一只大鹰在雾幔中被山头撞折了翅膀, 虽有心寒, 但他告诉自己: 不必灰心, 更别回头。云之中, 鹰之上, 是我驰骋的天地。拉姆会在我的追求中回到我身边的。

自从听那老阿爸说拉姆进了尼姑庙以后, 李湘便跑断腿似的找遍无人区的寺庙。就是这个日斤寺, 他也不知到过多少次了。每次他像个乞丐一样站在庙外, 倾听着从庙里传来的诵经声。他仔细地辨了又辨, 洪波一般的诵经里就是没有他熟悉的拉姆的声音, 确实没有。

他走了。又返回到寺庙前。他听人说过, 出家的女人不仅相貌变了样, 声音也变了。说不定拉姆的声音就融进了那些诵经的声浪里。他又听了一次, 再听一次, 还是没有听出拉姆的声音。

苍老只是一夜间的事。无奈的李湘的确老了!

他向一僧人求到一件袈裟, 披在身上, 这样出入寺庙就方便多了。西藏到处是浪荡僧, 他为什么就不能当一个浪荡僧。为了找到拉姆, 他走尽了人世间所有的路。

他拄着拐杖, 走向一扇太阳的大门, 那里会有他善良的拉姆; 他披着袈裟, 走向一扇月亮的窗口, 那里会有他心爱的妻子。

太阳落了又升, 月亮缺了又圆; 阳光挟住了春风, 月光切断了大雪。河上的桥, 通不到远方。

手杖发了芽。

思念和重荷压得喘不过气的老人仍一个碎步一个碎步地行进在无人区⋯⋯

他已经有好些日子没回自己的帐篷里了。他的家就在寻找拉姆的路上。

寺庙的一道并不算高的墙，为什么就把李湘和拉姆的感情隔在了两个世界？他想拉姆可能就住在这座庙里，怎么总是见不到她的面？他站在庙外他自己踩出来的一条小路上这么想着。

爱情也有废墟！

他每天都来到庙外瞭望那道隔墙，他希望能把这墙望倒，希望拉姆能突然从墙上出现，希望目光能穿过高墙⋯⋯他就这么睁大眼睛望着，望着，他觉得眼前的墙不是高墙了，而是一片亮晶晶的黑星星，正闪闪烁烁地对着他泛着笑脸，每颗星星上结了一个很大很大的果子。拉姆站在旁边对他说："喂——这是我送给你的最后的礼物⋯⋯"

难道是安置在阳光下雪地上的梦？

他在一片积着厚雪的草滩上，又遇到了那个牧羊的老阿爸。没等他开口老者就说话了："你不是找那个贵族小姐？"

"是呀！你见到她啦？"

"见到了。前些日子我在后山沟里看到了她的尸体。"

"你瞎说。"李湘急了。

老牧人剜了他一眼："我没有非得要让你相信的意思。"

李湘又急了，忙说："前些日子，你不是还说她出家进了尼姑庵吗？"

"前些日子？你算错了日子的轮回，那是我两年前说的话。"

李湘失声痛哭。他手里牵着捡到的一只小藏羚羊。

老牧人并不着意理他，继续说："那尸体置落荒野一个多月竟然不烂不臭。贵族小姐睡着了！"

"现在呢，她在哪儿？"

"很奇怪，有一天早晨，我眼看着一只狼把她驮进了深山。"

"啊……"他双腿一屈，跪在地上。

他这才想起，甲巴已经丢失了快三个月了……

阳光里流动着黄金。太阳不冷不热地催人苍老，苍老！

次丹堆古终于讲完了这个无人区的故事。他讲得珠泪涟涟，令人伤感。我没有仅仅把它当成爱情故事去听，而是感受到了一种人生。

我久久不语地沉思着。那本《白唇鹿》已经拿在了我的手里。它是那样的沉重，那样的虚渺和深不可测！

十五年前，我写这篇散文的时候，怎么会预料到它的续篇是如此的曲折，悲伤；十五年后，当我得知在它发表之后接着发生的这个故事，仍然难以相信生活中竟会有这样扭曲而离奇的人生。

无人区的太阳是另一种太阳。阳光下，我的心灵受到了一次难耐的撞击和洗礼；无人区的爱情也是另一种爱情，它已经被生活漂白，没有诗意和浪漫，变成了等待！

我仰望无人区的天空，阴云密布，却迟迟不肯下雪。

我等待着。因为我与这块雪域之间唯一的语言，便是洁白的雪了。

我抬起头，不见了次丹堆古。

眼前空荡荡的。唯见谷露村唯一的一棵白杨树孤独地在我眼前摇晃。

我反复用舌尖模拟着两个名字：

拉姆——李湘；李湘——拉姆……

突然，这两个章节一乱，跳入了另外两个节拍：

李湘——次丹堆古；次丹堆古——李湘……

一对驼背老人……

啊，我霎时有所悟。似乎明白了什么，便拿着《白唇鹿》追出了门。

无影无踪。只见满天雪片抛洒，久盼的一场雪，终于落下。

这时，那雪花把次丹堆古的话送入我耳畔："无人区就是我的家，那儿有我的拉姆，有我的藏靴，我哪儿也不去！"

生活曾经沧海，又曾经桑田；生命曾经有过辉煌，又曾经有过创伤。古往今来，概莫能外。

这场雪比水温柔，比铁坚硬！

李湘没有变，拉姆也不会变。当初走进无人区，也许是一盏模仿的灯被岁月锈蚀以后，他们的灯依然放着光芒。

光芒是不能模仿的！

雪山无雪

海拔5300米的高度是生命的风景线。

鹰平视着山脊，将湖色和雪光映照在翅膀上。

1996年7月25日12时59分，当我第104次站在这个高度上的唐古拉山口时，忽然觉得生活中许多可望而不可即的事情，其实是人为变得神秘的。它们原本并不复杂，就像你想离太阳近一些，就站在世界屋脊上来。

山上比山下高，谁还不知道?

当然，唐古拉山巅离太阳近了，也离死亡近了!

山口屹立着一座汉白玉石的军人雕像，魁梧，凝重，深沉。

因为阳光的照射雪山才有了一片灿烂。所不同的是，此刻阳光转换了投射的角度，从雕像的胳膊与身躯的隙间流泻下来，雪地上便刻下了一个立体的光影。

阳光在雪山上、雕像上都不会永存。云可以把它遮住，风可以把它卷走。我闭上眼睛白天就变成了黑夜。

事情就这么简单。

这才是实实在在的、九级暴风雪也撼不动的永恒：百余次地翻越唐古拉山。

那是5300米的高度! 将100米高的云梯搭连起来，53个呢!

它伸进了宇宙的深处。

炫耀自己是很愚蠢的。我无非是想说明：我曾多次站在死亡的边缘，因而也就习惯了死亡的威胁。

在高原上走，我也是高原的一部分。

走着走着，我倒自己怀疑起了自己：我真的在世界屋脊上趟过上百次吗？

太阳下闪过一道阴影。一匹野驴踏过荒原，鬃毛竖立着。

这个中午，唐古拉山的野风把人的感觉刮到了比高原还高的高度。我站立不稳，身上特困，很像是刚在棉花堆里挣扎了一番后那种很没有味道的感觉。头晕乎乎的，双脚总是踩不实在。看东西的能见度大大降低，听任何一种声音都像隔了一层玻璃，嘴里仿佛噙着一个吐不出又咽不下的泡沫团。高山反应通过体内各种器官残酷地折磨着人的肉体。

超高的雪山把过山人的躯体撞击成了一片无灵魂的羽毛。

我的同行者毫不例外地染上了这种反应，致使兵站为我们搜肠刮肚特意做的那顿丰盛的午餐几乎没动一筷子地仍冷在桌子上。与众不同的是，我吃了两个烤饼，喝了两碗稀饭。如果不是几个同伴用惊诧的目光瞅着我使我怪不好意思的话，我估计再消灭"一干一稀"是十拿九稳的。但是，需要说明的是，高山反应给我带来的不舒服并没有因为这相当不错的饭量而有丝毫的减弱。

大概我比别人更明白：在高原上越是不想吃东西越要把胃囊塞饱。

兵站司务长一直用不可捉摸的目光打量着我，我一撂下碗筷，他就感叹起来："我们唐古拉兵站就犯愁每月都要节约几百斤精米精面，在大家最需要营养的地方搞节约活动，我们实在觉得残忍。如果每个人都能像你这么痛痛快快地吃，我们看着比把山珍海味补充到自个肚里还幸福!"

我不怀疑他的话是出于真心,可我听着总觉得有点别扭,便不咸不淡地回敬了他一句:"我还真可以在你面前摆点老资格了,有老高原在这里你肯定还嫩了点;不要忘了,本人是一百多次在唐古拉山潇洒走一回了。"

司务长吐了吐舌头,我看到他一脸的敬佩和服气。"老资格"这个东西在好多场合是可以压死人的。还有,他提到了"节约粮食",我对他说:"站贮存点粮食绝对很有必要。就是在这个兵站的旁边,曾经发生了令人心碎的事!"

我脸上的严肃表情,使司务长和其他几位同行人已经猜到我讲的事情肯定不会轻松,他们停止了议论高山反应,跟着我走出了食堂。我指着山脊上的一排电线杆,告诉他们:

六十年代中期。初冬的一天,从格尔木乘便车来到唐古拉山执行护线任务的五个女兵,在山中的沟沟岔岔奔波跋涉一天,查完线路后坐在公路边等车,准备返回驻地。这些离开内地仅仅一年的女兵娃,脸上的白皮嫩肉虽然被高原人特有的紫棠色所代替,但是骨子里还缺少高原兵的气质。此刻,她们背靠背脚蹬脚地歪坐路边,一个个脸色蜡黄,蔫头耷脑,高山反应已经侵袭到她们的神经中去了。也怪,平日车水马龙的青藏公路这天竟变得出奇地寂静,两三个小时过去了也不见一辆车来往。不久,女兵娃们便挤成一团在路边睡着了。冷冷的风夹着从山洼搜来的雪粒,抚摸着她们冻红的脸庞。

身旁放着滴水不剩的水壶,还有腾空了的细细长长的干粮袋。

傍晚。雪花悄悄地飘起来了,空气中的温热渐渐收紧。五个女兵没有醒来。

午夜,风雪狂吼,气温降至零下30摄氏度,五个女兵被白雪盖住了。

她们还是没有醒来。

次日凌晨，山中的公路旁鼓起了五个洁白的雪堆，五个十八岁的女兵仍然坐在路边……

青藏高原静悄悄。大雪给唐古拉山留下了弯曲的伤口……

中午。部队的战友乘车追到山里，他们带着干粮、开水、棉衣……，晚了，一切都晚了！战友们抱着女兵的尸体哭得天昏地暗。雪山流泪，冰河低吟……

从此，这里留下了一个新的地名：五女峰。

……

我无法知道别人会怎么想，反正我讲完女兵的故事后，浑身软绵绵地一点儿也提不起精神，本想走动几步，可是脚怎么也迈不开。我总觉得此时我的双脚踩在五个女兵的身上了，她们的手、腿、胸部，还有她们的脸，由于我的踩踏而战栗着。唐古拉山用它使人望而生畏的残酷高度，摞倒了多少人，连活人的魂气也被它掠夺得所剩无几。人们谈山色变。

我又一次想起了我那百余次翻越雪山的豪迈经历。我始终踩着山的肩膀站着，没有被山吓倒。这当然是无可非议的事实了。但是，能否就说明山被我征服了？

只可以说我懂得了征服。

那座雕像静静地屹立在风雪中，它的躯体上已经落了一层薄薄的雪。我相信这层雪永远也厚不起来，刀刃似的风总是很不客气地把落下的雪扫掉，一次又一次地扫掉。

很可能是那座迎雪而立的雕像的引发，我的眼前突然浮现出一个兵的形象——那是个汽车兵，一身油渍渍的工作服不规则地套在身上，使他原来精悍的身体莫名其妙地变得臃肿，笨拙。两片毛皮棉帽的帽耳耷拉着, 随着走路的脚步一闪一闪地晃着, 使人感到他欲飞却累赘得难以起程。也许就数扎在他腰里的那根带子惹眼, 它紧紧地扣进了棉衣里, 很像刀子围着棉衣切开了一道细缝。你不相信吧, 那带子竟然是一根麻绳, 只是让油污浸染得已经无法分辨出它本来的颜色了。

你想到没有? 这个兵就是我。下面我将要叙述的故事有一大半就长在腰间的那根麻绳上。

那时候的我, 很不习惯仰望天空, 总是默默地盯着手中的方向盘, 开着载重卡车, 在世界屋脊上驰骋, 闯祁连, 越昆仑, 从唐古拉山上飞车而过。所有的企望, 所有的等待, 都写在奔腾不息的路上。

我曾经用七分自豪三分伤感的口气告诉我的朋友们, 唐古拉山的每座山峰和连着山峰的每一条胳膊肘弯路, 都盛产故事。风雪中孕育的故事不怕冻, 越冻越鲜嫩。

令我心醉又让我心颤的雪山阳光, 在下一站等我……

好像是五十年代末的一个冬夜, 我这个新兵已经是第二十几次过唐古拉山了。那阵子不像现在这样出车少、车跑的速度也慢。当时的运输任务吃紧得让汽车兵们连腾出手来利利索索跑趟厕所的时间都少有。至今给我留下刀子也无法刮掉的印象是, 我们一年中除了春节在驻地吃顿饺子外, 其余的日子都交给了路, 风风火火地紧赶着时间执行任务。谁跑得快, 谁就是英雄: 谁拉得多, 谁就是好汉。"多装快跑"这个口号响亮得比汽车的双音喇叭还要动听。形势决定了汽车部队必须没黑没白地连轴转。我们所有的日程都贴在了那飞转的车轮上。战勤运输接着战事保障。我强烈地感到整个地球都仿佛跟着我的车轮旋转, 就这样还嫌不够快, 巴不得再给汽车安上两个轮子。我所在的汽车团七连有个叫"张林旦"的驾驶员，六天六夜往返于甘肃峡东(今柳园)至拉萨之间，创造了青藏线上快速行车的最高纪录。他的这一创举登在《解放军报》的头版头条上。你以为容易吗？按正常行驶，这往返四千公里的路程我们要碾碎十五个太阳和十五个月亮。

我们忙忙碌碌地爱着一切。

雅鲁藏布江在西部高原日夜喧响。

那个漫天遍地飘落着雪花的下午，给我的感觉全世界的雪都集中到这里降落了。雪下得少有的大，你会以为不是落雪，而是有一个偌大的制造雪花的搅拌机在不停地旋转着，把天地间搅得混沌一片。遇上这种倒霉的天气，司机在技术上如果没有"两把刷子"是要吃苦头的。不管是当时还是现在，我始终坦率地承认我是属于那种二流、三流水平的驾驶员。眼下车子又是行驶在陡峭且险峻的唐古拉山上，我提心吊胆的心情以及一有突然情况时手忙脚乱的狼狈相是可想而知的。我挂上低速挡，让车老牛拉破车似的哼哼着。我已经不去考虑以这样慢的速度走下去，何时才能翻过山。只要不出事就行，安全行车第一。

车窗外，一藏家妇人提着一篮雪花进山。

不管时间消失了多久，每当我回忆起那天发生的事，心儿就颤颤索索地疼。那飘满雪花的灰灰的天空就像思念的伤疤，我真不敢相信那一夜我竟然活着走出了唐古拉山。我吃尽了苦头，但是我却没有死。后来我多次对别人说过：一个人可以不怕死，但是他未必就能咽得下更多的苦。死，是一瞬间的事。苦，却往往要人承受更多更长时间的折磨和痛楚，是一种慢性的死。从一定意义上讲，死是对人肉体的摧毁，吃苦却是对肉体和精神的同时袭击。

好像是雪山被夜幕完全封住后不久，我的车出了麻烦。变速箱齿轮被我不规则的操作崩掉了好几颗，无法修复，只好停驶。带队的连长简单地给我嘱咐了几句要注意的事项，便甩下我，带着车队继续赶路了。同时留在雪山上的还有我的助手昝义成。

现在我俩的唯一任务就是护车。这么说吧，只要我和昝义成还有一个人冻不死、饿不死、被雪崩埋不掉、叫野狼叼不去，哪怕只剩下一口气，也要完整无损地让汽车待在山上，然后等连队的车执行完任务返回时再拖到驻地。汽车就是我们手中的武器，它像步兵的枪、炮兵的炮一样重要，当兵的视手中的武器像眼睛一样金贵是理所当然的。我和昝义成心里都十分明白，我们护车的任务是相当艰巨的。我不是担心有人会把汽车抢去，这个地方人烟稀少到几百里路面上不见一户人家，贼子自然到了几乎绝迹的地步。我担心的是把汽车冻坏。

毫不夸张地说，那一夜气温肯定在零下40摄氏度左右，冻得我直流鼻涕，流出来的清鼻涕都结结实实地成了冰棍吊在鼻尖下。我准备对车上几个主要部位的螺丝进行一番紧定，这是驾驶员每次停车后必须做的工作。我刚从工具箱里取出一把扳手，谁知手上的皮就粘在了铁器上，只听"吱啦"一声，一块皮便带着鲜红的肉被粘下来，血喷涌而出。昝义成先我"哎呀"惊呼一声，我想，他是心疼，我是肉疼。我已经预感到，今晚我们遭罪的时候还在后头呢！

车虽然坏了，发动机却没有熄火。不能熄火，要靠它产生的热量抵御这奇寒的侵袭，不使机器冻坏。当然，我们也会得到好处：有了热量，就可以少挨冻了。

风雪仍然肆无忌惮地怒吼着。

我静静地坐在驾驶室里，紧紧地抱着方向盘，每隔一会儿就轰一次油门，让发动机的转速加快，以增大热量。

寒风咬着夜幕的声音很刺耳。

昝义成一声不吭地坐在我身边。这时他大概想到我受伤的手很不好受，便不经我允许就轻轻地把那只浸满血迹的棉手套从我的手上脱下，又将他的手套给我戴上。他说：

"无论如何不能让伤口冻着！"

我说："抛锚车的驾驶员都成了闲人，我可以一直袖着手坐在这里。"

"闲坐着不干活会更冷的。"

昝义成说着就把拥着他腰、腿的皮大衣抽出来，递给我，说：

"班长，天气太冷，再加件大衣吧！"

助手都习惯把自己的驾驶员称"班长"，就像地方的助手把司机称"师傅"一样。其实，我连副班长也不是呢！

真奇怪，我身上加了一件大衣后，反而感到了天气的奇冷。很可能我刚才被冻麻木了，这会儿大衣一上身暖得缓过劲来了，便知道冷暖了。

"你到周围去瞭望瞭望，看看有什么动静没有？"我对昝义成说。

我把挂在驾驶室靠背上的冲锋枪递给了他。虽说是荒凉少人烟的雪山，毕竟路上孤零零只有我们一台车，保持一份警惕性没坏处。

这晚，我俩轮流巡逻。

风雪什么时候停了，我都没有发现。所有的喧闹和暴跳都随着那远去的风雪销匿得无踪无影。一瞬间，雪山静如海底。静得连我的一声咳嗽仿佛全世界都能听见。气温急剧下降，干冷，干冷，好像有人给宇宙间掺进了数以万计的干冰微粒。

我惊喜地发现黑绒布般的夜幕上闪出几点星花，蹦蹦跳跳，越来越稠密。突然，我怜悯起这些遥远的星星来，觉得它们太寂寞，很孤单。把它们请到驾驶室里来吧！我产生了这样一个奇怪的想法。

我擦掉了挡风玻璃上的冻雪,于是,那些星星透过玻璃跳进了驾驶室,和我坐在了一起。我很开心,星星和我在做伴。

昝义成巡逻回来了,老远我就听见他冻得呼哧呼哧地直喘。

他进驾驶室,落座。我说:"你瞧,这些星星真好看!"

他一不看星,二不看我,只是抹眼泪。

我忙问:咋啦?

他这才放下肩上的枪,双手十分笨拙地抱起左脚让我看。他伤心地哭了起来。

我马上明白了,他的脚冻坏了。我赶紧把大衣给他,要他包上脚。他说,脚指头冻得像贼掐似的揪心。他提出能不能想办法把脚搁在汽车的排气管上烤烤。我马上制止他:万万不可!冻脚用火烤或拿热水烫都会坏事的。这是医生说的。还是让它慢慢地焐热吧!

我用大衣把昝义成的双脚包了个里三层外三层,严实得一丝风儿也不透。

昝义成入神地望着玻璃上的那些星星。我想,他难得有这份闲心,很可能是这会儿脚好受些了。我也陪着他看星星。星星很亮,一颗跟着一颗闪烁着,好像是对我和昝义成笑着。我觉得自己整个身子都在星海里游荡。

我看出来了,昝义成一脸的等待。等待什么呢?幸福还是痛苦?我忽然想到,在遥远的故乡,一个山村的路口,一位白发苍苍的母亲焦急地张望着。那是我的母亲还是他的母亲?儿子在雪山等待,母亲在家乡企盼。等待的滋味,也苦也乐。可是,人生没有等待,生活也就没有了希望。

落雪的黄昏,母亲推开窗子,心儿飞到比遥远更遥远的地方……

我没惊动昝义成,悄悄地下了车。

　　该我巡逻了。

　　我在汽车附近转了几圈，没有发现什么异常。可是，我回到驾驶室后，出现了令人担心的却是预料中的事：发动机熄火了！

　　油料已经耗完。

　　我望着昝义成，他也望着我。

　　天幕上那些星星依然很亮，好像离我们更远了。

　　"点堆火烤车吧！"我说。

　　昝义成没动。

　　我又催了一次，他才下了车，像笨重的猩猩一样攀上大厢，从篷布下面掏出那捆我们出车时准备的红柳根，扔到地上。

　　他还是不说话。我下了车。我知道他是要我看：这么点柴火给兔子搭个窝都不够，烤车？

　　在这种情况下，一切都得我拿主意。这不仅因为我是这个车的驾驶员，而且还因为我是连里的文化教员。你知道吗，当年的文化教员在战士心目中享有与指导员同等的地位。这一点，在连里甚至营里那些扛着金黄色肩章的头头脑脑们规规矩矩地坐在下面听讲时，体现得淋漓尽致。昝义成用企求而信任的目光望着我，我便果断地对他说：

　　"你先用这些柴火把火生起来，我出去走走。"

　　他显然明白我要做什么，说："找柴火？鬼！你想找骆驼刺，这里不是戈壁滩。你想捡牛粪饼，这里没有人家！"

　　我说："可是，你别忘了，这一带有当年修青藏公路时民工住的工棚残址，说不定会有木椽、木板什么的。"

　　我当然不是乱猜胡想了，平日多次从这里经过，看到过那些烟熏火燎过的痕迹，只是没有细看是否有可做燃料的东西。现在逼到了绝路上，不妨碰碰运气。

昝义成没再说什么，我背上枪在公路附近的山里毫无目的地转磨去了。

可想而知，我空手而归。

昝义成好像想到了什么，他让我看着车，说他去找找看。我没有阻拦他，也没有对他抱什么希望。

我问昝义成：脚还疼吗？

他没有回答我，反问一句：你手上的伤口还流血吗？

我也没回答他。他走了，我看到他的身影渐渐消失在远处。

山里很静。在星光的映衬下可隐约瞅见雪峰的轮廓，冷风扫过雪层的声音听得真真切切。我忽然有了写作的欲望，难以按捺得住的欲望。就写眼下我们经历的这些事，抛锚，找柴，守车，等等。自然只是想想而已，深更半夜黑灯瞎火的，又是在荒滩山野，怎么写？

那时，我写稿已经在我所在的部队出了名，当地的报纸和军区小报时不时会看到我的作品。所以，在这种特殊情况下产生写作的念头完全是情理之中的事。

外面"嗵"一声闷响，我料定是昝义成搬来了什么"援兵"。

接着就传来昝义成兴奋的说话声："好家伙，够烧一阵子了！"

我下车一瞧，原来是一根粗粗的东西已被甩在了雪地上。他告诉我是一截圆木，很可能是拴马桩。我笑了，拴马桩？拴野驴去吧！唐古拉山什么时候有过马厩？昝义成并不服气，说你和我没听说过的事多着呢！

它是什么并不重要，反正我们有柴火生火烤车了。

没想，有了柴火我们也犯愁。那个被冰雪浸湿了的圆木怎么点燃它？

这时候，给熄火已经一个多小时的汽车送去温暖比在我们身上加件衣服的必要性更迫切。我和昝义成的身体又一次冻得麻木了，一麻木，反而不知道冷了。

昝义成冷不丁地冒出一句傻话：泼上油，点着烧！

没等我说话，他就自嘲似的说，我真浑，油？哪里有油呀！如果有油，还用得着我们在这儿瞎折腾吗？

我没有力气发笑。

不过，我的思想很快就被他所说的"油"点燃了。我想到了一件东西——我腰里的那根麻绳。它里里外外浸满了柴油、汽油、洗油、机油，浑身都是"油水"。我曾经几次想抛弃它，换一根新的麻绳扎上。现在我庆幸我的"远见"，没有喜新厌旧将它处理掉。它就是一根天然的"引火线"，可以给我们解燃眉之急。我解下"腰带"，高兴地说：

"还愣在那儿做啥？快把你那宝贝也拿下来，两根来个合二为一……"

我的两个手指刚往一堆一捏，话还没说完，昝义成就什么都明白了，他忙解下自己的"腰带"，高兴得在屁股上狠劲一抽，原地蹦起一尺高。然后，他又接过我的"腰带"，立马动作起来，他一边干活一边说：

"我们活了！活了！"

我想，这之前，他一定想到了死……

历史长河的每一个时期都有时间老人有意或无意遗留下来的拓片。

这便是被后人视为珍宝的文物。

三十年后。

一次，在日月山下某汽车团的荣誉室里，我看到在一个精致的大玻璃盒里展览着一批实物：铁锹、十字镐、脸盆、水壶、瓷碗、铝锅、军衣……它们为什么那样眼熟且牵人心肠？

讲解员告诉我，三十年前的一个冬天，他们团里一支车队在唐古拉山被一场罕见的暴风雪围困了整整二十五昼夜。当指战员们突围出来时，一个个都变成了黑脸、长发、破衣的"野人"。荣誉室里的实物大都是从唐古拉山现场或从当年与暴风雪搏斗过的官兵手中搜集而来……

讲解员说："我们的汽车团是一支有着光荣传统的英雄部队，它组建于解放战争时期的华北战场……"

我打断了他的话，这些我都知道，我还可以给你背诵一首歌颂你们部队的顺口溜，它诞生在唐古拉山——

> 抗过美，援过朝，
>
> 天安门前出过操，
>
> 东海岸边拖过炮，
>
> 唐古拉山抛过锚。

我说："这是当年在唐古拉山抛锚的驾驶员编的顺口溜。"

讲解员吃惊地望了我一会儿，问："同志，你是……"

"我在唐古拉山抛过锚！"

我继续参观荣誉室。我一遍又一遍地看着那些展品，流连忘返，不肯离去。最后，我在一根麻绳前站定。

既陌生又熟悉；既遥远又亲近。

它已经发朽，褪色；缩短，变细。上面的斑斑油渍化作了岁月的硬痂。

我望着它，不知不觉地走进了历史的画廊里……

讲解员走过来，问我："你一定想起了什么往事吧？"

我没有回答他的话，却问："你知道这麻绳的用途吗？"

他不假思索地说："当年汽车兵用它来保暖。"

"不！"我摇了摇头，"不仅仅是为自己保暖！"

讲解员怔怔地望着我，希望我说下去。

这时候，我倒好像成了讲解员……

说不上来是因了何故，我和昝义成表现出来的聪明才智在那天夜里达到了无与伦比的惊人程度。在有了那根"油捻"之后，圆木在我们手里再也不是无法制伏的顽木了。我已经记不得是他的主意还是我的建议，反正我们用千斤顶把圆木死死地挤压在汽车保险杠的下面，加力，再加力，很快它就变软破裂，成为任我们揉捏的面团了。之后，昝义成把"油捻"埋进在木头上掏出的几个坑里，点着，汽车的油底壳下便升起了一堆火。

严格地说，不是火，而是一堆烟。圆木太潮，起不了火焰。不管怎么说，雪山上毕竟飘起了一缕暖意。

圆木点燃了，不出火苗，只听见劈劈啪啪的声音。

我从驾驶室里翻腾出来两张揉得皱巴巴的《青海日报》、《人民军队报》，和昝义成轮流着扇火，总希望那堆烟里能喷出火苗来。没有，始终没有火焰升起，烟反而越来越浓，呛得我俩又咳嗽又淌眼泪。这时，我想，指望一朵云下雨太傻了，光靠圆木生火看来既难保住汽车，又救不了我和昝义成。必须另想办法。我便对昝义成说，你就待在这里，该干啥还干啥，我再走出去看看。昝义成连头也没抬，只顾闷声闷气地扇着火，瞧那劲，巴不得把自己的身子当成一粒火星扇进去，燃起旺火。

我刚走出去一步，昝义成就追了上来。他像变戏法似的从他的裤兜里掏出我的那根"腰带"，塞到我手里，说：

"山里风头硬，咬肉呢，你把腰里缠紧些！"

"怎么？你没把它烧掉？"我心里好温暖。

"一根麻绳就真能当柴烧？引个火，有我的那根就足够了。"他很平静，"我总觉得我俩的'腰带'不能全烧了，留下来一根为好。当然是留你的了，你是驾驶员，又是连里的秀才，同样的东西一落到你们这些人身上就金贵了！"

说毕，他又蹲下扇火去了。

我把那根麻绳紧紧地勒在腰里，又朝山中走去了。

到哪儿？我不知道。

我的想法很简单，待在这里，如果真的遇到更大的雪灾只能有车毁人亡这一种结果。走出去，说不定还会碰上救命的"活菩萨"。我沿着一条山沟漫无目的地走着，天气特冷，揭屁股风吹得我往前迈步都很困难，冷冷的风雪填满我的心口。索性侧着身走吧！我心里有一种莫名其妙的企盼：藏村，夜行人，水，甚至一束微弱的灯火……它们当中的任何一种出现在我面前，都会成为救命船。

我和这个死亡的夜晚在心灵深处对峙着。

忽然，我意外地看到雪坡上袒露着一个洞，在遍地的白色中显得十分惹眼。只是夜色朦胧中我无法辨认洞的形状和它曾经的用途。管它呢，我急不可待地钻了进去。洞内地盘不大，地上无雪，潮潮的，有几块不知是石头还是冻土的什物裸露着。有一种说不上来是烂草还是臭肉或粪便的气味扑鼻而来。但是，令人满意的是洞里很暖和，湿漉漉地暖和，给人的感觉好像进了洗澡堂。

但是，我心里有疑团：这雪洞是怎么回事？满天飞雪，遍地寒冰，只有此处雪化冰消！

暴风雪拧绳绳似的怪叫着从洞顶掠过，它分明要把雪山抬走方休。我真不敢相信刚才我是怎么从雪海里挣扎出来的，而且居然找到了这么一个温暖的落脚地。我确实有一种脱离虎口的感觉。

洞外，依旧风狂雪疾。我断定，今晚西藏高原上又会有人在跋涉中挣扎，在拼命逃脱死亡！

刚进洞时因为新鲜感到身上升腾的暖意被不断变冷的寒风吹得越来越薄了。但是，那湿湿的、潮乎乎的热气始终伴随着我。

苍天把所有的白雪都埋进这漫漫的长夜。

这时，我想起了昝义成……

他还在猫着屁股一把鼻涕一把泪地扇着火。

他无论如何不相信我的话，说，"你是碰上了鬼？还是遇到了仙？"

我向他解释：你可以不相信我的奇遇，但那是个暖屋却是实实在在的存在，它可以使我们今晚逃离死亡。

他还是坚决不信，说：你最好再遇到一个向你求爱的白蛇精，我们就把那间所谓暖屋给你做洞房，娶媳妇。

我打断他的话，说：我不会骗你的，一切都是真的。现在你就到那儿去暖和暖和身子，那是回一趟家的感觉呀！

昝义成虽然将信将疑，但还是去了。在这个能把人浑身骨头冻裂的寒夜，谁会拒绝"家"的诱惑力呢？

我接着扇火。那两张报纸已经烂得掉渣了，我干脆脱下帽子扇起来。

还是不见火苗喷出。偶尔在皮帽的扇动下出现的一星半点火花，对我也是莫大的安慰。它烫着这冷漠的夜空，也热了我的心。

我不停地扇着，扇着。扇短了漫漫的长夜，扇疾了高原的寒风。

狂风一鞭一鞭抽痛了大山的脊梁。

昝义成忽然上气不接下气地跑来，惊呼："班长，我遇上鬼了!"

我忙停止了扇动的帽子，问他："你把话说清楚点，到底发生了什么事？"

他仍然话不成句地说："那洞里……里……不断地有……有什么在……在叫，不，好像……像是在唱……唱，怪……怪吓人的!"

我无法反驳他。刚才我只顾暖身子，根本无心去听去看别的什么。

我只好把"扇子"交给了昝义成，又向那条山沟走去……

雪洞里还是那么湿漉漉地暖和。起初，我还是什么也没听见，只感到里面很静，很潮，很闷。静得有点怕人，潮得胸部发憋，闷得像要爆炸。我支棱起耳朵倾听，果然有一种声音轻微地、慢悠悠地传来——

叮叮，咚咚，哗哗……

琴声？笛声？水声？似乎都像，又不全像。

沉思在朦胧中的我不由自主地挪了挪地方，往雪洞里面走了走。地面越是潮湿了，那声音越是近了，也清晰了。我用手一摸，水!热乎乎的，还有些烫手呢!

许久的等待，就这样开始在我手指上弥漫。我惊呼，大叫一声：

"温泉!"

高原的路好遥远，我走了好久好久，才走到了冬的尽头。

直到此刻，我才明白，我今晚栖身的这个地方是雪山温泉在四季不化的积雪层里用热气烘出来的一个天然雪洞。难怪我来到洞里像进了洗澡堂。我扒掉皮大衣，不顾一切地向温泉扑去。它在冰层的深处，它在雪山的肚子里。弥漫着热流，扩散着幸福。

美丽的雪线温泉，你藏得好深；因为藏得深，你才包容着一个诱人的世界！

我敢肯定地说，当这温热的涛声流进我耳畔的时候，我的情绪达到一种语言及词汇无法抵达的境界。

高原的美丽贮存在冰层的中心！

结着薄冰的缕缕热气，抚摸着唐古拉山的黎明。

清晨，我们来到温泉边。

这是个万里无云的朗朗晴天。雪山披着一身圣洁恢复了风平浪静，皑皑雪峰托着一轮滚烫的红日，满山遍野镀上了赤金。不见藏村，不闻歌声，唯有温泉升起的热气在清冷的雪山上懒洋洋地盘绕着。热气飘着飘着，又被寒风拧成一束……

就在这时候，我们发现了一具尸首，男性，往大处想也就是二十岁出头。他裹着一身的皮货：皮大衣、栽绒帽、翻毛皮鞋，身体僵硬僵硬，但依然保持着挣扎的姿势。他的全身冻结着一层厚厚的冰雪、泥浆，根本无法看清原来的颜色。他的两只手里攥着什么东西，我们好不容易才掰开他的手，看到：左手握着半拉窝窝头，右手握着一团纸。我们把那纸团展开，上面用血写着一行歪歪扭扭、血迹时断时续的字：我是一个兵。

我仿佛有所悟，拿起他的右手一看，食指断掉一截，黑糊糊的血痂模糊了截断面。

我能想象得出，这是一个在暴风雪中搏斗求生而败下阵的战士。我推断：三日前，也许更早的时候，当他被风雪围困在山上后，断路，断粮，断水，他四处奔波寻找生路。他不知道在什么地方在什么时候能有人救他一命，但是，他希望自己能得到拯救。

当他最后的企盼成为泡影的时候，他用尽了一生的力气作了最后的一次呐喊。我永久地记着他死后留下的那个挣扎的姿势：身体向前扑去，双手呈刨挖状，一条腿前踩，另一条腿后蹬……

我敬佩他，也为他遗憾。他肯定在雪山上转了很久很久，只差一步就可以走出死亡了，他却没有坚持走完这一步。当时只要鼓起勇气往前蹭几步，扑进温泉的怀抱，他就不会倒下去。曙光向他招手的时候，他长眠在了黑夜中。

一步路，很短，又很长。短到抬脚即过，举手之劳；长到万里之遥，有人一辈子也跨不过去。

一步路啊……

我对昝义成说，他是我们不相识的战友，现在我们是唯一的可以管他的人。

昝义成说，是呀，应该管。可是怎么管呢？我们也没有走出死亡线呀！

我说，挖个坑埋了他吧！

他无可奈何地点了点头。

挖坑？地冻得跟石头差不多，一没锹二没镐。无奈，我们用手刨了些雪给他盖上，然后脱帽，三鞠躬。

同志，慢慢走吧！会有人来看你的。

唐古拉山口。我们的抛锚车依然如落了帆的船，瘫痪着。

太阳很红，阳光刺眼。到过雪山的人都懂得这样一个常识：这里的太阳看上去火热，其实少有暖意，它落到人身上像冰条一样寒心。我曾经这样咒过这发光不发热的冰太阳：早点落到山窝里去吧，你是雪山的严寒之根。

毕竟白天总是好对付的。

这时候，因了远山一缕白丝绸般的山岚的出现，我的创作欲望突然空前地强烈起来。当然，我不可能预测到正是这缕山岚后来引发了那么一串奇特而真切的动人故事。

那会儿我正烦躁地坐在驾驶室里干什么都觉得不是的时候，眼前始料不及地飘来了那缕云雾，自然是通过驾驶室挡风玻璃映进来的。雪后的高原格外空旷，静远。山体清晰，空气纯洁，世间所有的杂质、污秽都被昨晚那场雪滤去了。这时我最亲切而深刻的感觉是，我把世界看得很清楚。那云雾是从雪山的右侧一个什么地方猛乍乍地飘甩而出，其色先是惨白惨白，后来像有人滴进了一瓶蓝墨水，又渐渐地变得淡蓝淡蓝。起初它只是一条柔柔细细的带子，转瞬，随一阵风摇身一变，就飘成了一道既宽且长的带子，它缠绕了山腰，臃肿了宇宙。山岚和雪山的颜色都是白色，但是两者的白色各有所异，所以雪山把山岚映衬得很显眼，山岚又把雪山照耀得更洁白。

山根下，有一只雪狐拼命地追逐自己的尾巴。

遥望那缕山岚，我陷入了对美好生活无限向往的泥沼：

帐圈里飘来的炊烟？

喇嘛庙的香火绕上了雪后的晴空？

真有仙女将哈达抛至人间？

……

有意思的是，那山岚对我表现了少有的亲近——起码我的感觉如此。我始终觉得它一直在朝我走来，逐渐地把我渺茫的希望变为现实。我真的不相信那是一种自然现象或梦幻。那里会有人，会有为我们这辆孤零零的抛锚车做伴的人。

我从雪山凹陷的地方望到了更远处，阳光云雾所致使远山呈现出虚幻的抛物线。我又看到了那只雪狐，它背着刚刚出山的日头从雪峰中间匆匆跑过，霞光在它身体的轮廓上幻出一圈如红绒线般的光晕，美丽极了!

我兴致勃勃地对昝义成说，快来，欣赏雪山的风光，耐看着呢!

他正坐在一旁打盹，像冬眠未醒的懒虫。

"既然耐看你就往够看吧!"他扔过来一块坚冰似的话。

我实在不愿叫他把我好不容易酝酿起来的情绪泡汤，便说："你给咱看着车底下的火，别让它灭了。"

我脱下皮大衣，扔给他。

他问：你要干什么?

"那圆木已经快革命到头了，到时你把这大衣续上火。总之，不能断火。"

他说："十件大衣也经不住烧。"

他下了车。

这回该我问他了："你要干什么?"

"走走看，也许还会遇到救命菩萨。"

我在心里为他祈祷，希望他像昨晚扛回圆木那样给我一个惊喜。

山岚仍然挂在远山的腰间，这种奇景妙色给我的创作必然送来新鲜的活力。

我翻阅了驾驶室的角角落落，也未见到一张可以写下一行字的纸。最后只得打开油料卡夹子，从中抽出一张没用过的表格，开始了我的一生中这次独特的创作。那时候我憋破脑袋也不会想到我在山岚的应召下写的这篇后来发表在一九五九年第十二期《解放军战士》上题为《风雪中的火光》的散文，会引起那么一场不算小的反响。

我写下了第一行字：

　　唐古拉山的这个夜晚比我经过的所有的夜晚都要漫长，都要难熬。我觉得我的骨头都冻得嘎巴作响……

那侵骨咬肉的冷，可以说是我这大半生都没有遇到过的。当时我真的是这么想的：用一个什么东西把夜幕砸碎，捣掉，让太阳照在雪山上。这当然是傻想了。但是我相信任何一个走投无路的人都会像我这么傻想。

我继续写下去。笔尖蘸着忧患，写我们在雪山的困境：

　　我在山里转了一圈，两手空空而归；助手也出去了一趟，自然不会有比我更好的结局。他深扎着脑袋，不说一句话，好像我欠了他五百大洋……

我不会忘记那一刻我和昝义成的颓丧。我无处发泄，便把他批评了一通。有什么办法呢？我只能拿他当出气筒。我说你是助手，你想想你助了我什么？现在我最需要的是怎样才能熬过这一夜的办法，我真有点讨厌你那吊得两尺长的驴脸。

他一直没有吭声。我知道他的心里一定很冤，因为我的那些批评实在没有任何道理。

……

我正写着，忽然听到驾驶室外有什么响动。原来昝义成又扛了一根圆木回来。今日神了，圆木这么钟情他！只见他按照我们昨晚的程序，将圆木挤压，变软变酥。之后，他望着我。

我知道，他需要"油捻"。

我没有丝毫的犹豫，将坐垫上我的皮大衣扔给他，他接着了，用感激的目光看着我，便把大衣上的布面、毛绒撕成了碎条……

我不知道为什么我没有把我的"腰带"贡献出来。

汽车下的火又点燃了起来。

我写得正酣。大半页纸爬满了密密麻麻如蚁的字迹。我写到了冰天雪地里那一池温泉水。她是暴风雪微笑成的一滴热泪。

我和昝义成能活到今天，从严格意义上讲是那池水给了我当时和后来在青藏线上可以驰骋不息的生命因子。我多次说过，雪山环抱的那泓温泉是母亲的怀抱。

这时，一股暖暖的气流在我的周围荡漾。毫无疑问，车下的火在扑着我的身子，但是，我感到又不全是这样。停笔，我抬头又看见了那缕山岚，它和我的距离似乎比刚才近了，也更清晰了。我伸出手去，只觉一股暖烘烘的气息从指间涌至心间。

神奇的山岚？

我自然而然地把给我温暖的功劳归功于它了。尽管我并不相信山岚真的会有这种神功，还仍然要这么认为。人的心理作用就是这么偏执。

接下来发生的事情就更是无奇不有了。

我已经弄不清楚是在什么时候、在什么情况下，我又听到了在雪洞里听到的那个声音。与上回不同的是，这次我不但听到了声音，而且还看见了，它是卷着那缕山岚从我的笔端流出来的。我眼睁睁地看着它流出来就变成了一个个端端正正的铅字。

地平线并不是天空的边缘。

渐渐地,那声音变成了歌声,越来越清亮——

　　儿当兵当到多高多高的地方
　　儿的手能摸到娘看见的月亮
　　娘知道这里不是杀敌的战场
　　儿却说这里是献身报国的地方

　　儿当兵当到多远多远的地方
　　儿的眼望不到娘炕头的灯光
　　儿知道娘在三月花中把儿望
　　娘可知儿在六月雪里把娘想

　　我必须郑重其事地声明,这支题为《西部好儿郎》的歌曲,是我在唐古拉山的这次遭遇后二十多年才在青藏高原军营里传唱开来的,那才叫真正的流传,几乎人人都能唱,而且唱得十分动情。

　　可是,在这支歌还没有诞生的时候,我的耳朵竟有如此惊人的超前功能,提前二十多年听到了它?

　　但是,这不是错位。而是今天我在回忆那段往事时不由自主地把它融进了这支歌里。因为当时确确实实有"娘在三月花中把儿望"的真情与细节。

　　我指的是我的娘,还有一位藏族阿妈。

　　母亲穿了大半辈子的襟袄像草原一样深沉、宽广……

　　一九五九年,我刚满二十岁。娘说,你长到五十岁也是妈的娃娃。

　　我和咎义成，还有我们的汽车，十天后伤痕累累地回到了驻地格尔木。

　　不久，我们连队又一次从西藏边防执勤回到格尔木。我把铺盖卷刚一摞在宿舍的通铺上，战友们就围上来七嘴八舌地说着同一件事："你小子真有能耐，中央人民广播电台播你的稿子了，大喇叭亮着嗓门拼命地吼叫，全团谁没听到！听说昨天下午王团长在干部会上还打听你王宗仁是哪个连队的。团长说我们汽车团了不起呀，藏龙卧虎！"

　　我却没有听到那次广播，至今想起来都遗憾万分。

　　送走"祝贺"的战友，我转身回到床前，看到班里的公用桌上放着一封信，我的家信。我拆开一看，天啦，家乡的父老乡亲们也听到了广播，信是母亲托六哥写的，满纸的担心和忧愁。信上问我，听说那个地方天冷得把石头都冻裂了口子，你把身上的衣服点着火烤了车，还不冻坏！你的手冻了吗？脚冻了吗？还有脸冻了吗？最后母亲在信上说，她已经给我寄来了一件棉袄……

　　我看着信，眼眶里涌满了泪水。

　　实话说，在冰天雪地里挨冻受饿两天两夜，最冷的时候我身上的肉像刀割般难受。但是，我始终没掉一滴泪。当然，我一再告诉自己，冻死也不能哭，战士的眼泪不能轻易地流出来。然而，此刻捧着这封远方来信，听着母亲儿女情长的絮叨，我哭了，泪水涌泉般溢出。

　　星儿密语，月儿含蓄。世界上最好闻的气味是母亲的呼吸，母亲是白雪覆盖的种子，是冰层里燃起的炭火。母亲的手掌是一片最阔大最温暖的天地，孩子走到哪里都属于母亲的生命。

　　我还有另外一位娘，藏族阿妈。

　　我永生永世不会忘记那山岚。

　　当时、现在和将来，我都会毫不含糊地说，我的那篇散文《风雪中的火光》是蘸着山岚写成的。散文本身也许在我的文学生涯中不会有多么了不起的位置，但是创作它时遇到的那琢磨不透的山岚使我迷茫了几十年。

　　那天下山前，昝义成对我说：把它留在山上吧！

　　他是说我的"腰带"。我俩想到了一起，但是我不知道山中哪儿该是留它的地方。

　　这时，我发现路边玛尼堆上撑着几杆随风飘曳的红、黄、白、蓝经幡，在蓝天雪山下显得神圣而肃穆。我轻手轻脚地走到了玛尼堆前，看到几架牛头羊头的骨骸穿插在乱石堆里，不少石面上刻着六字真言和各种佛像，几串冰凌从骨隙眼凹中伸出。我踩着骨架攀上，将我的"腰带"系在经幡杆上。

　　山风轻吹，经幡猎猎，超然于尘世的诵经声随风飘拂。我能辨出，那合唱中有属于我的祝愿。

　　昝义成笑着对我说：你也成幡了！

　　我说：我可不会给朝山者带来什么吉祥。我只是想让更多的过山人知道，汽车兵曾经有过一种企望。

　　"什么企望？"昝义成追问。

　　我不知道如何作答……

　　要下山了。

　　汽车启动的一瞬间，我回头留恋地看了看那"腰带"。我突然发现山岚出现在玛尼堆之上，与那经幡缠绕在一起。经幡下盘腿端坐着一位脸庞如根雕般的转经老阿妈。

　　奇怪，刚才我为什么没看到她？

我心里挽了个疙瘩。

汽车行至山腰，我再回头看时，转经阿妈不见了。唯山岚仍飘在玛尼堆上。

我不知道岁月何时才能毁掉我与山岚之间那玄妙的距离……

九十年代初。我来到唐古拉山深入生活，肯定地说，这是我超过百次地登上这座闻名于世的大山了。上山的次数多了，自然对山对自己的认识也就达到了一个深的高度。

上了一百次山，山才说了话。

那天，闲暇无事，我进山行至当年那个温泉处，遇一藏家老猎人，正赤膊精腿地撩泼着泉水洗澡。我来，他竟也没有任何羞诧之意。我便站一旁，细观。

泉，自然还是二十多年前那泉，清澈而温热，暖人心脾。所不同的是雪洞没了，给人的感觉泉仿佛移了位。泉边明显地残留着半圈帐房的遗址，锈着灰烬的地灶，结着酥油硬疤的土墩，还有帐篷的碎片……我只知道这里曾经发生过的一些事情，却并不知道这里曾经发生过的全部事情。疑惑挂满我的眉宇。

老猎人出水，穿衣。他主动跟我搭话：

"这里是一个藏家老嫂的家。"

他的目光久久地射在那遗址上。

我问："你叫他老嫂，我当然要叫他老阿妈了。老人现在住哪里？"

"已经走了十多年了，九十九岁走的。你看，那不是她吗？"

我顺着老猎人手指的方向望去，山包上有两座墓堆。还没容我说话，老猎人就说：

"右边那坟里埋的就是老嫂，左边睡着一个军人。"

"军人？"我惊讶地问了一声。

他久久不言语，却不沉思，只是望着我，一双鹰样的目光。

我等着他。

果然，他笑口开言："我讲一个故事给你听。"

于是，我便有了今天创作这篇散文的立意和题目：雪山无雪。

那个午后(老猎人实在记不得是哪年哪月的午后。不过，我根据他讲的事情分析，很可能是我和昝义成那一年在唐古拉山抛锚的前两三天的事)，德吉达娃阿妈从寺庙里朝觐回来走过公路时，确实遇到过一个兵，那个兵没有带枪却背着沉甸甸的什么东西。直觉使她知道那个兵不是正常情况下在雪山上赶路。当时雪花满天飞扬，眼前仿佛罩上了一层麻纱，几米外的事物就模糊一片了。那兵走得十分吃力，动一步都像拖着一座山。他走着走着突然趴下了，似乎还惨叫了一声……德吉达娃阿妈吃惊地站住，看着。那个兵趴下后并没有躺着不动，而是一点一点地朝前移动。阿妈明白了，兵的体力已经消耗得差不多了，才不得不爬行。她远远地看了一会儿，又走她的路了。

老人弯成了一把老镰刀，收割着仅仅剩下的那点白昼。天很快就黑了。她回到了山脚下自己那顶被牛粪火熏得像铁皮一样用牦牛绳编织的帐篷。

大雪掩埋了山中的喇嘛庙，掩埋了山下德吉达娃的帐篷。一切声色都消失了，这个世界在这一刻死一样空寂。

我们没有理由责怪阿妈的粗心或者狠心。一个藏家在佛的独身老人，近八十岁了，祖祖辈辈守着半栏羊窝在山沟里，从来不知道外面的世界是什么色彩。但是,德吉达娃老人一辈子都忠诚于佛祖,是个虔诚的信徒,善良是她的本分。这诸种因素便是德吉达娃离开那个兵回到帐篷后产生悔恨心绪又无可奈何的原因。

雪花悄声悄气地咬薄了夜幕。

那个兵爬行的姿势一直在阿妈眼前浮动,使她的心无法平静下来。

这个夜晚他会怎么过去呢?从进帐篷那刻起,她想的就是这一件事。雪天冰地,一个看来身力已经耗得所剩无几的人,如何熬得过这个连壮汉子也难以对付的长夜!

她从静坐中站起来,却不知道该干些什么。晚饭她无心去做,肚子压根儿就不觉饥,瞌睡也远离她而去,睡觉仿佛成了一种负担。帐篷里那点儿小小的空间,平时多放一碗酥油茶她都嫌碍手碍脚的,此刻她却觉得整个唐古拉山都装进来了。她分明看见那个兵正在艰难地一步一挪地跋涉在雪海里,一阵狂风卷来,积雪扬起,他被埋了进去。又旋来一股雪浪,把他从地上掀到空中……

"天啦!"德吉达娃立即紧闭双眼,双手合十,为兵祈祷。"喳、嘛、呢、叭、咪、哞!"

她熟背六字真言的声音压倒了风雪的怒吼。

老阿妈自然没有胆量和胸怀迈出帐篷到雪野去追找那个兵,但是她确实有过这样一个想法:我不能眼看着他的生命今晚就这样从雪山上消失。那是一个有灵魂的生命啊!

打开帐篷门,让雪山向我靠近。夜里十点来钟,老阿妈在帐篷前的石板上点燃一堆牛粪火。那个冬天她的取暖牛粪饼贮存得并不多,但她仍然把牛粪火烧得旺旺的。佛祖告诉每一个信徒,你如果把满腔的热能都掏出来给予饥寒交迫的善良人,这样你的心里也会暖和起来。

德吉达娃确信不移地认定,这堆远山的牛粪火会把热量传送到那兵的身上去。在佛祖的信条里,所有的距离都是虚幻的现象,只要心与心沟通,山不隔身,水不断音。

那夜,老人几次起来添火。

牛粪火整整燃了三天三夜……

老猎人不再说下去了。

他望着我。他一定觉得我的脸上写满了另一个故事。

我无论如何不会不想起那个多雪的冬天发生的故事,便对老猎人说:

"那个兵是否感觉到了阿妈点燃牛粪火的真情,我无法知道。但是,却有另外一个兵从身体到内心都接受了阿妈传来的温暖。你想知道这个兵是谁吗?"

老猎人对我的话并没有表现出十分的惊奇,甚至可以说很漠然。他说:

"我一点也不认为你捡了个便宜,善良的德吉达娃老人点牛粪火是为了每个在寒夜里挨冻的人得到温暖。"

我不厌其烦地给老猎人讲了当年我抛锚山中时看到的那缕山岚,以及山岚孕育出来的那篇散文。

他一声长叹染苦了两颗心,说:那个兵最后还是倒在了雪山上……

雪峰上,一座墓茔。

一个兵的永远的归宿地。

墓包是几个过山人用冰块雪团堆砌起来的"水晶坟"——不必担心它会融化,四季落雪的唐古拉山根本没有解冻的日子。

墓茔白得使人忧伤。这里是青藏高原最寂寞的中心。

没有人记得有一个兵在此走完了他一生的路程。

德吉达娃阿妈的额头又添了几道树纹似的褶皱。不能说她的苍老与那座兵坟有关，她不会对任何人讲起那个午后自己在山道上遇到过一个兵的事，更何况她已经用她的良心呼唤过那个迷路人了。老阿妈整整八十五岁了!

平静的心也会有浪翻云滚的时候。老阿妈的良心受到极度自责是五年后一队头上戴着闪闪红星的军人做了她的邻居以后。那些年轻的兵们是一伙能把小房子似的载重卡车开上满世界跑的人，他们去班戈湖运硼砂，执勤之余把德吉达娃阿妈家里的活儿包括挑水、贴牛粪饼、赶羊归圈等全包了。最使人开心而幸福的是这些娃娃兵们特地从兰州给阿妈买了一身深蓝色织贡呢棉袄棉裤，那天阿妈穿上这崭新且时髦的衣裳后，整座雪山都明亮了许多。

一日，阿妈在和兵们闲聊时，得知好多年前他们的一位战友因跑单车在雪山迷了路而走失。她双目直愣愣地望着兵们，腿一软，瘫倒在地……

她把兵们领到雪峰上，在那座坟茔前站住，把一条雪白的哈达献给长眠的兵。之后，她痛心万分地说:

"把你们当中四个人的年龄摞起来，也许还不及我的岁数大。但是，阿妈是个糊涂人。现在我才明白了，头上戴着红五星的金珠玛米是藏家的菩萨兵。睡在这里的那个兵也是和你们站在一起的人，当年，如果阿妈我有走出帐篷几步路的勇气，也许能救了他……"

年迈人感情太脆弱，说着竟失声痛哭起来……

不久，解放军小分队调离雪山。

德吉达娃阿妈把家搬到了温泉边，用牦牛绳编织的那顶像铁皮一样的帐篷撑在温泉边的一个塄坎上。

很可能就是当年那个兵穿过青藏公路的地方，竖起了一块木牌，上面写着藏、汉两种文字："温泉茶水站"。木牌上的箭头直指山中。

阿妈整天忙碌着，地灶上的铜壶里日夜沸着酥油茶。她年纪确实很老了，走路的步子很慢，动作也迟缓，她极少说话，总是默默地干着活，路人都以为她是个哑巴，唯邻居们知道，她要说的话全在路口那木牌上写着了。

很快，"温泉茶水站"的美名就在青藏公路上传开了。人们都说，唐古拉山中有一个心肠最善最善的老阿妈，喝一口老人的酥油茶翻越雪山像长了翅膀一样轻捷。不过，到茶水站歇脚的人并不很多，大家都不忍心麻烦年迈的老人。倒是那些汽车兵们隔三岔五地总要去阿妈家一趟，自然他们会喝上烫心的酥油茶。当然，喝茶不是主要目的，每次去后他们都要把所有的活儿搜腾着干完，就连山脚下那个厕所也要给老人收拾得干干净净。他们的勤快、热情感动得"哑巴阿妈"不得不说了话：我真拿你们没办法！

时间就这么过着，一年，又一年……

德吉达娃九十九岁那年，她突然提出，要外出赎罪。别人问她：赎什么罪？她答，每个人有什么罪，佛祖都知道。佛祖会惩罚一切有罪孽的人。别人又问：去哪儿赎罪？她说：拉萨大昭寺。

她一把火烧了那顶帐篷，把铜壶擦拭得锃亮闪光，灌满泉水，放在泉边。旁边插着路口那块木牌……

一个晨曦染红雪山的清晨，阿妈踏上了去日光城的漫漫征途。

她特地穿着兵们给她买的那身衣裳，外面罩一件藏袍。她三步一叩长头，两步一个朝拜，非常虔诚。

日出月落，雨停雪飘，日子被浓浓的香火一节节烧掉。阿妈的脸膛瘦了，双手磨出了死茧。她更苍老了！

泉边铜壶里的水始终无人舍得喝一口，那些风尘仆仆的过山人在壶旁一站，顿觉身轻心爽，饥渴劳累全无。奇怪的是，铜壶里的水总也不见少，冬来春去，都是满溢溢清澈澈。尤其是在晴天的晚上，整个夜空的星星仿佛都落到了壶里，美丽极了！

于是，青藏高原有了个新的传说：唐古拉山有了一眼神泉。

德吉达娃阿妈没有走到拉萨，她永远地倒在了冈底斯山的怀抱里……

温泉边的铜壶也不翼而飞……

雪峰上的那座兵坟旁，新添了一个坟包。

乡亲们根据德吉达娃的遗嘱，把她安葬在这里，连那块木牌一起埋了进去。

九十九岁老人的坟堆没有那兵坟大。这也是阿妈在世时再三嘱咐过的事。

一个死者对另一个死者永远的忏悔和思念。

没有墓志铭。那泓不竭的温泉是她一生最圆满的句号。

老猎人沉思着。

我蓦地想到往事一件，问他：

"你可知道，三十多年前这山口曾有个玛尼堆？"

"风吹日晒，雪打雨泡，日子早把它荡平了！"

我怀念那根"腰带"，不知它化作了哪朵云、哪缕风？

我的思绪仍沉在回忆中。

"你说的那位德吉达娃阿妈，我想起来了，我见过她！"我说。

"见过？在哪里见过？"他问。

我给他讲了那年我看到坐在玛尼堆上的那位老妇人。

老猎人笑了："那是牧人们在玛尼堆上砌起的一个佛龛。"

"石像？好逼真呀！"我感叹。

稍停，老猎人又说："你看，在同一个地方，佛龛走了，雕像站起来了！"

他手指处，西部军人雕像冷峻地屹立着。

唐古拉山口。

一百余次翻过世界屋脊的我深情地凝视着雕像的各个部位。

一块庄严的巨石。

石头上的每个字是严肃的。

石头上隆起的每道接缝是严肃的。

石头上兵的脸庞是严肃的。

中国西部高原永远保持了冰冷的沉默。

我想起了诗人李瑛站在这里写下的诗句：

　　他高昂的头

　　使大西北的高度和重量

　　　增加了三倍

　　世界，因他才变得

　　威严和崇高

　　简洁和深刻

历史把一切都放在应有的位置上。

我指着唐古拉山深处的五女峰对同行者说："长江就发源在那里的格拉丹冬。"

同行的一位朋友说："长江是中国最大的江，她像黄河一样也是母亲河。"

我仿佛又看见了那缕山岚。

可是，那顶牦牛绳帐篷和它的主人——九十九岁的德吉达娃阿妈已经化作了历史的回音壁。

世界屋脊跳动着永恒的新的脉搏。

一队野驴在湍急的源头浪涡上踏下不凋的蹄瓣。

这时候，我最想说的一句话是：

我在唐古拉山抛过锚！

唐古拉山和一个女人

一

山总是屹立在海拔百米、千米甚至数千米的地方,蓝天也仿佛被它挤得摇摇欲坠了。这时我最想说的一句话是:山是个巨人;但是,当我置身于山中,看到没有女人支撑它时,我又想说另外一句话:这个巨人是很脆弱的。

是的,越是山高的地方,往往越是女人不去的世界。

我始终认为,四十年前慕生忠将军的那句话不仅震醒了格尔木,也撼动了包括唐古拉山在内的中国西部高原。

他说:"青藏线上离开了女人,是拴不住男人的!"

一句本不该他这个身份的人说的话,蕴含的人生体悟无疑更深了。他是站在一面山坎上讲这话的,本来山坎比他高得多,此刻却被他踩在脚下。

当时,是风雪放肆狂吼的一九五四年深冬。世界上海拔最高的公路——青藏公路刚通车,西部建设需要大量人才,老将军正要动员筑路大军在世界屋脊落地生根时,没想到修路民工纷纷打点行李准备杀回老家去,有的索性连招呼也不打就拉上骆驼逃走了。

他们的老家在甘肃、宁夏、陕西，甚至还有更靠内地的省份。

民工大逃亡的事刺痛了筑路总指挥慕将军，他在说了那句石破天惊的话以后，从山坎上走下来，拦住一个扛着行李卷正走出大门的民工：

"你们干什么去？"

"回家。老婆已经第三次警告了，再不让她生娃娃，她就要另找汉子了。"

将军又拦住了一个青年人，问了同样一句话。

回答："我都三十岁了，还不知道搂着女人睡觉是啥滋味呢！总不能让我当一辈子光棍吧！"

修路人眼里流出带血的泪水。

……

这看起来难以改变的现状，迫使将军出台了一个大胆的举措：

动员民工在格尔木娶媳妇，安家落户，生养娃娃。

他没想到这个举措仍然不见明显的成效，将军按捺不住心头的怨怒和焦虑，只好铁面无私地采取组织措施了：共产党员带头。

第一个接受"政治任务"的是来自宁夏的回族青年马珍。他回乡探亲前，将军动员他：

"回来时把婆姨搬来，在格尔木给咱种娃娃，生后代。"

老实巴交的马珍把头一扭，说："我不傻！就这地方，谁愿带婆姨谁带去。"

"让谁带？我就让你这个共产党员带头！"

马珍不吭声。"党员"这两个字比什么都圣洁。

就这样，马珍成为最早在昆仑山安家落户的人之一。把妻子留在格尔木的帐篷里，他到昆仑山中的纳赤台养路段当了段长。他是第一代格尔木人。

　　据说,在将军这一层高级将领中,慕生忠是较早地具体参与了国家经济建设的。正因为这样,他讲话的调门总不是那么无限拔高,都很实际,很人情味。

　　到了六十年代初,由两顶帐篷起家的格尔木,已经发展成为一个初具规模的高原小城了,有人称格尔木为"昆仑山下的明珠",也有人称它为"小上海"。你很难用一个具体的数字说清这里面有慕将军的多少功劳,但是你又不能不承认他无法否定的作用。

　　即使是到了这时候,将军当初提出的让女人在格尔木生娃娃的设想还是美好的愿望。青藏公路沿线的兵站和地方运输站,仍然是冷冰冰清一色的男子汉世界。不过,他已经没有能力继续实现宏愿了。正是那个年代,他被卷进了在庐山端出来的所谓的彭总那个"反党集团"里。

　　两千公里青藏运输线上,没有一个女性。

　　骆驼草干卧在没有雨的寒风里。

　　那时,我在线上跑车,总觉得日子很苦,很涩。即使行驶在雪山上也有在沙漠里跋涉那种干渴的感觉。

　　车轮碾出了一声声叹息:

　　女人啊,你在哪里?

<h2 style="text-align:center">二</h2>

　　我很喜欢在甘、青、宁、新地区传唱得很广的独特民歌"花儿",它具有浓郁的民族特色和高原风韵。我们汽车团在格尔木扎营后不久的一天,我沿着格尔木河向昆仑山方向散步,听到一位回族歌者在漫"花儿",悲悲切切,让我好不酸楚:

镢头挖了大黄根，
想你尕脑盖子疼，
帽子有哩戴不成。

镢头挖了菜子根，
想你眼睛珠子疼，
眼泪有了哭不成。

镢头挖了桦木根，
想你耳朵根子疼，
了者你着听不成。

镢头挖了石榴根，
想你脚底板子疼，
离开你了活不成。
……

这是一支想女人的歌。歌声是从黄土梁子那边传过来的，听得见漫"花儿"的声音，却瞭不见人。我能辨出那是一个老者，也许他唱了几十年情歌了。

也怪，后来我每次从这儿经过时都能听到这漫"花儿"的歌声，只是嗓音一次比一次苍老，悲凄！

高原上打光棍的男人，心里都长出荒草了！

三

昆仑山的风雪一年四季狂吹着。今天吹走了远方的海市蜃楼,明天吹走了的还是海市蜃楼。

一切都是那么遥远,只有茫茫的雪原……

四

单调得像凝固了似的现实,突然又被一个美丽的传说唤醒。

那天,我出车刚回到营房,就接到了一个电话。是青藏办事处宣传处文化干事李廷义打来的。

"我看到《人民日报》了,写得很好,向你祝贺!"话筒里传来他抑制不住的兴奋的声音。

"你说什么呀?祝贺?"我丈二和尚摸不着头脑。

"《惠嫂》嘛,登在《人民日报》上。"

我一下子明白了,哭笑不得。

说起来这是一件令我十分尴尬的事。原来,前一天,《人民日报》登了一篇小说《惠嫂》。作者是青藏公路管理局的王宗元。小说讲述了不冻泉养路段惠段长的爱人热心为过往司机服务的故事。王宗元、王宗仁,一字之差,且都是写青藏公路上的事,这样人们把王宗元误认为是我就不足为怪了。

说实话,《惠嫂》这篇小说的影响面毕竟是有限的,事情的爆起是后来有人把《惠嫂》改编成了电影《昆仑山上一棵草》,这个影响就海了!尤其是在青藏线上,谁能不看这部电影?

直到前两年,《北京晚报》的李风祥还把《昆仑山上一棵草》误认为是我的作品。我不敢假冒王宗元，赶紧声明纠正。

王宗元的贡献在于他给青藏线的男人国世界里送来了一个女性，惠嫂这个人物一夜之间在两千公里线上传开了，那情景绝对不亚于后来徐迟写了《哥德巴赫猜想》以后，陈景润的名字一下子被国人知道了。与陈景润不同的是，这个惠嫂是王宗元用笔塑造出来的，现实生活里根本没有惠嫂。

天国是虚无，天堂是幻影。

青藏公路沿线仍然没有女性。

我永远都忘不了，我们连队在长江源兵站广场上第一次看《昆仑山上一棵草》时的那种充满渴望而懊丧的复杂心境。

那晚，天空飞着雪片。我们从西藏亚东执勤回来一到长江源兵站，就听说了放映《昆仑山上一棵草》的消息。大家忙忙火火地整完车，扒拉了几口饭菜，就坐在了广场上。不用说，电影看得很解渴，但说句心里话，扮演惠嫂的演员长相实在平平，明显地带着陕北农村妇女的气味。可以得到安慰的是，她说话、办事利落，到位。对来往于不冻泉养路段的汽车司机那股热乎劲，真烫人心！尤其是那个她扯着调皮司机的耳朵让他老老实实去吃病号饭的镜头，把我们的心扯得痒痒的，谁都巴不得惠嫂也揪揪自己的耳朵，吃一顿惠嫂亲手做的病号饭。

那一夜，我相信我们每一个人都做了一个十分美好的梦。

次日，我们投宿不冻泉。兵站与养路段一墙之隔，我们连的驾驶员都到养路段去找惠嫂，结果没有，连个女人的影子也没有。只有几间半地上半地下的圆形帐房冷凄凄地挺立在寒风里，几个脸膛被高原风雪吹打得像藏民一样的道班工人，在昏暗的酥油灯下打扑克……

我们很失望。大家的心还沉浸在电影的镜头里，越是这样就越失望。

是王宗元欺骗了青藏线人，还是青藏线人的痴情太重？

我们不愿意在现实与虚无之间看见一棵虚张声势的树，只希望汽车的轮子在冰雪地上展开翅膀时，能感受到大地的芳香。

鲜花，照样开在天幕。

月亮，也可以是归鸟的巢。

终于有那么一天，我们的生活中真的来了一位"惠嫂"时，我们却变得那样惊慌，手足无措……

五

一切美丽的故事几乎无一例外的都是突然发生。

当我们在唐古拉山顶上被一场意外的大雪围困得寸步难行的时候，一位年轻漂亮的大姐走进了我们的生活，使我们这些野性的汽车兵们一时间变得像野兔见了雪豹一样规矩起来。

她以突然袭击的方式出现在她的服务对象面前，使我们始料不及，也使我们喜出望外。

当时，我们已经把横在车队前面的一道雪墙铲得所剩无几了，大家刚放下锹和镐，准备喘口气，最后来一个"冲呀"突围出雪山。

这时，有消息灵通人士宣布了一个绝对属于爆炸性新闻的消息：

"战友们，太阳从西边出来了！温泉兵站来了一位女招待员，她马上就要和我们见面了！……"

他下面的话被我们随之而起的狂叫声淹没了。

一阵撼天动地的欢呼声之后，雪山突然变得鸦雀无声。大家都企盼着，等待着。

"发布消息的人呢？接着往下说呀，那位女招待员长得怎么样，能不能描画描画！"

就在这个时候，一辆小嘎斯车兜着一阵旋风"吱"的一声停在了我们车队旁边。

司机下车，随之一个女同志很麻利地一跳，站到了地上。

今天，在我凭着记忆描绘这位第一个在青藏线上出现的汉族女性时，心情仍然是抑制不住的激动。她把青藏公路那页惨淡而伤感的历史揭过去了，是她结束了西部这块高地的一个时代。她的勇敢和伟大是我不管过去和现在以至将来都十分钦佩的。我会尽量地把那天她留在我脑海里角角落落的印象都搜罗出来，展现给读者。这是珍贵的历史瞬间呀！

当她落落大方地站在我们面前时，我们立即都觉得自己进入了一个神话的环境。

她帮着司机从车上把一个用棉被拥着的保温桶抬下来，放到地上。这桶里装着足够我们十多台车驾驶员填饱肚子的饭菜。她十分麻利地掌起勺，一边给我们舀饭一边说：

"弟兄们，都先给我停下手里的活儿，喂饱肚子，身上有了劲还愁没活儿干吗？"

她完全是一家之主的说话语气，根本没有商量的余地。我们当中一个有胆量的驾驶员说了句实话：

"我们早就不干活了，在列队欢迎你哩！"

她一点儿也不气恼，笑着说："是吗？我怎么没听见锣鼓家伙响呢！对啦，我已经有了感觉，手心直痒痒，原来弟兄们惦着我。"

转眼工夫，她已经在我们还来不及擦掉手上的油腻的当儿，就把饭菜一碗一碗递到我们面前。

她说："天气冷得咬肉，肚子添一碗热饭热汤，比身上加件棉衣还管用。你们就放开肚子吃吧，不用担心饭不够吃，你们一共才十八个人，我是按加倍的人数下米炒菜。我还发愁剩下来又得让我们抬回去呢。"

就凭这一颗心，我们身上能不热乎吗？

看着我们一个个吃了个肚儿圆，她脸上溢满喜色，好像这么多饭菜是从她喉咙咽下去的。

"吃饱了，喝足了，大家一齐动手，把碗筷收拾到保温桶里，咱们准备下山。"

"篓子班长"恋恋不舍而又无可奈何地说："谢谢你的好意了，你只能先走一步了，我们还得修车呢。"

"篓子班长"说的就是他自己的车。我们铲雪开路时，他一直没有停止鼓捣车上的毛病。

她马上接上去说："车没修好我怎么能抽身就走？我陪你修车。"

她说着就撩拨掉大衣，露出了蓝地碎白花的棉袄。"篓子班长"忙把手拦在她的大衣上：

"哪能让你实打实地干，你站在旁边看就行了。"

"你真以为我会修理汽车？太抬举我了，我只能当个不够格的小工。"

她真的给"篓子班长"当起了助手，递扳手，送钳子什么的，蛮在行的。

真邪了门，还是那个油路的毛病，刚才"篓子班长"捣鼓了快三个小时，就是来不了油。这会儿，他拿起扳手敲敲打打，只有了几分钟，通了。油哗哗淌得好顺畅，神了。

她一直不换眼地瞅着"篓子班长"的一举一动，使人感到她脸上那笑容是专给"篓子班长"的。

LASAHE DE SECAI 177

下山时，她不坐自己的嘎斯车，非要挤在我的驾驶室里不可。我说，我是个邋遢兵，驾驶室太脏了。她一笑说，让我也蹭些光嘛。我握着方向盘，四轮生风，一路快跑，一个小时就蹿到了温泉兵站。

她下车时问我们："小弟兄们，肚子还提意见吗？只要想吃饭，我马上就去做夜宵。"

我们同声回答："谢谢啦，咱现在最需要的是好好睡一觉。"

她打开客房门，捅开了火炉子。

借着炉火，我看见她棉袄上那些碎白花格外耀眼。

雪停。我隔窗望去，夜空皓皓。月牙儿像一个香蕉苹果坐在唐古拉山巅……

六

半夜里，睡在我旁边的"篓子班长"，捅了捅我的胳膊："还没睡着？"

"你呢？"我反问。

"也睡不着。"

"我们都得相思病了！"

他没有再说话，寂静的夜在火炉里烤着。

他又问我："你看她长得怎么样？"

我当然知道他指的是谁。我不经意地说："我根本没看清楚她的脸。"

他说："我也是，只顾忙乎着修车。"

寂静的夜压人心胸。

过了许久，他又对我说：

"这是个很了不起的人物。也许从今天起我们青藏线上这些兵要开始一种新的生活了。"

这当然是我们所企盼的事,但是毕竟很渺茫。

他接着说:"注意打听打听,她是怎么来到温泉兵站的,还有她爱人的情况……"

这之后,我就渐渐地睡着了,他也打起了呼噜……

满屋子鼾声。

鼾声抬高火炉,格外香甜。

……睡梦里,我走在穿山而过的雪路上,无声地拾起雪花,好玩地扔过去。我沿着那条大风洗不掉的车辙,又走了一回唐古拉山。

她一直陪着我。还是那句话:挤一挤,让我蹭点光。

……

一惊,我醒了。

她正用根长长的铁棍捅着火炉,我觉得一股暖流直淌进了我的心里。

"吵醒你了?"她轻声地问。

"没有。刚才做了个梦。"我当然不会告诉她做的什么梦。

她继续捅着火炉。动作轻微,几乎听不到声音。只见那铁棍被炉火映得通红通红,像刚从红颜料缸里蘸出来似的。她白嫩的脸膛被炉火镀上了一层淡淡的胭红,显得美丽动人……

我心里热热的,那烧透了的炉中炭把我从头顶暖到脚梢。

捅好炉子后,她离开炉子稍远一点儿,我才看清了她苗条的身段,还有那件蓝地碎花的棉衣。这件合身、得体而又朴素的衣服越发使她显得紧凑、精巧、大方。我有个感觉:世界上没有任何一件衣衫比这件更能显示这位女性的魅力了!

后来，不管是冬天还是夏天，我们几乎都看到她穿的是这件棉袄。大家一看见那些碎白花就动心地说："看，那是一颗一颗的小星星哩！"

身居高原，夜空里的星星对我们总是有一种特殊的感情。夜里想家的时候常常梦见妈妈坐着星星来高原看我们。星星使我们想念远方的亲人，星星也使我们排除掉想家的牵挂。星星还能使我们感觉到明天的曙光。难怪在当时乃至今天不少作家在写到高原战士的思乡及寂寞心情时，总少不了这么一句话："白天兵看兵，夜晚看星星。"

星星，你是高原兵们悬在夜空呼唤亲人的小铃铛。

<h2 style="text-align:center">七</h2>

按照"篓子班长"的叮咛，我开始给女招待员建立"档案材料"。

我们这些走南闯北的汽车兵有"包揽天下消息"的本事，可以通过各种渠道打听到所需要知道的事情。也许这些消息有不少是"路透社"的，但是我们仍然感兴趣。

女招待员叫什么名字，没有人告诉我，我也不去打听。今天回想起来使我不解的是，当时运输任务很紧张，我们一年中起码有十个月的时间在路上跑，每月给我们提供了至少有三四次与她见面的机会，我怎么就没有问问她的名字叫什么？她经常对我们这些跑车的驾驶员说，你们大都是我弟弟那样的年龄，干脆都叫我"大姐"吧，我会知道怎样当好大姐的。我们一想，对，叫"大姐"好。又亲切又自然。谁能说我们这伙胎毛未落的猴娃娃不是她的弟弟呢！特别是她给我们拍掸身上的尘土或抚掉我们头发上的草屑时，我们个个顺从得尤其像她的小弟弟。

我们毕竟制造了一桩遗憾的事。今天我在写她和我们相处的那一年多日子里的事情时，不得不用"她"来相称。当然，更多的时候我会称她为

"大姐"的。

据说,大姐为了来高原,还和家里人闹了一场别扭呢!

她的家在哪里?说法不一。一种说法她是冀中平原人,另一种说法她是沂蒙山区人。看来她是从革命老区出来这一点没有错。大姐的爱人叫"杨孝山",温泉兵站炊事班长。这是个抗美援朝时参军的老兵。五十年代中期转战到了青藏高原,调到温泉兵站先是警卫班,后又调招待班,我们五十年代末来高原执勤时他已经在炊事班蹲了两年。一九六○年,大姐从老家来温泉兵站探亲,看到了分别六年的丈夫。当时她二十六岁,长得秀气,水灵,很招人喜欢。两个月的假期,她把大部分时间泡在了炊事班,和丈夫一起忙着做饭、淘米、洗碗,招待过往兵站的客人。

我当时在格尔木地区跑短途运输,没有见到大姐,据战友们讲,那两个月温泉兵站的粮食比预定计划超了两百斤,可是上下唐古拉山的车辆事故却比往年同期减少一半。谁也不敢说,这就是大姐的功劳,但是她的出现给过往汽车兵带来的朝气和鼓舞是大家有目共睹的。其实,这一点也不为怪,一个长期封闭的男子汉世界里突然闯进来一位女性,当然会发生可喜变化的。

大姐的假期满了,谁也舍不得她离开。站上派了两个代表送了一程又一程,不愿分手。后来他们在公路上拦了一辆去西宁的顺路车,她已经坐上车走了,送的人还立在路上像雁一样伸长脖子瞭望。

那次分手后,大姐留给大家的最后一句话是:"你们以为我就那么甘心离开温泉吗?我跟孝山已经商量好了,这次回老家把家里的事安排一下,办个证明,就回到温泉跟弟兄们一起工作。"

第二年春天,她在丈夫的支持下,顶着家中众亲人的重重阻拦,辞掉了小学教员的工作,来高原落了户,在温泉兵站当了一名招待员。离开老家时，父亲流着眼泪对她说："孩儿，你太任性，家中这么多人，你问问爸爸妈妈、公公婆婆，谁同意你走？大家劝你的话说了一箩筐，你为什么一句都听不进去？"

她答："只要孝山不反对我上高原，我对于自己的选择永远都不后悔！"

来温泉兵站的当天夜里，送走了前来要热闹的战友，屋里只剩下了小两口，杨孝山便实实在在地问了她一句话：

"温泉兵站海拔五千多米，条件这么艰苦，你到这里来，到底是爱这里的战士还是爱我？"

她故意说："我不说，要你告诉我。"

杨孝山像开玩笑又似一本正经地说："我看你是爱那些来往兵站的战士。"

她问丈夫一句："爱战士怎么样，爱你又怎么样？"

孝山说："一个不爱战士的女人，她怎么可能爱自己的丈夫呢？"

大姐撒娇地用双拳捶他的胸。

杨孝山又说："我总是担心你的身体吃不消这里的苦！"

她问："你呢，身体吃得消吗？"

"我，一个壮壮实实的小伙子，吃铁咽钢也没问题。"

"那你就帮着我吃铁咽钢，还怕它消化不了吗？"

两人紧紧地相拥……

八

我必须提醒我的读者，有关大姐的故事在后面都有意无意地和"婆子班长"连在了一起。这究竟是喜事还是祸事，当时我确实无法下断论。

即是三十年后的今天, 我在回忆着叙述那段往事时心情仍然难以平静, 也很难用三言两语说清楚。我只能按照事情的本来进程慢慢地向前推进, 你跟着前行, 自然就会明白是怎么回事了。

大姐像一片彩霞出现在青藏公路通车不久的雪线上, 从此, 这个干渴、寂寞、单调的世界里有了色彩。人心扬起了风帆, 车轮鼓起了春风。

我不认为我这样形容太夸张, 凡是在那个偏远、荒芜的地方待过的人, 都会感受到女性魅力的奇特作用。

我永远都忘不了我们心里淌着哗哗小溪的那些滋润而欢愉的日子。

温泉这个地方, 正像杨孝山给大姐描绘的那样, 海拔高, 终年积雪不化, 严重缺氧。人待在这儿浑身没有一块舒服的地方, 头疼, 气喘, 耳鸣, 咽不下饭, 睡不稳觉。高山反应厉害的人往往越不过"温泉"这道关。

汽车兵有句口头禅: 温泉不留人, 留人要你命。

我们发怵的这个地方, 一般情况下, 停车加点油, 吃一顿饭, 油门一踏躇过了山, 在唐古拉那边的安多买马兵站见了。

自从大姐的身影出现在温泉兵站以后, 这个鬼地方的狰狞面目在我们眼里彻底改变了。高山反应退让了。过去躲都躲不及的地方, 现在大家争着去投宿, 去吃饭。

大姐用她的绚丽普照着一片又一片格桑花。

汽车兵们揣着一腔说不清道不明的愿望, 像上足发条的闹钟一样不知疲倦地在风雪高原上奔驰着。车子还在阿尔顿曲克草原上行驶, 开车人的心就飞到了温泉兵站。为了那顿可心可口的饭菜? 为了在那生着旺旺的火炉的客房里伸展四肢舒舒服服地睡一宵? 为了看上大姐一眼?

都有。

大姐每次看到我们打好饭菜, 坐在桌前狼吞虎咽地吃起来, 便给每

个桌上端来一盆冒着呼呼热气的胡辣汤,说:

"先喝汤,再吃饭!"

"还有这个讲究?"有人故意问。

"热汤暖心哩!"

雪山上吹过了一股柔柔的春风。

有几个驾驶员蹲在墙角里吃饭,菜盘放在地上,边吃边聊,好开心。

大姐从炒菜间搬来几把方凳,加在饭桌前,然后来到那几个聊天的驾驶员眼前,说:

"坐下吃饭吧,跑了一天车,让胳膊腿放松放松,身上好受!"

有个战士跟她犟嘴,说:"大姐,我们蹲在地上吃饭一点儿也不累,能喝上大姐端的一碗汤,就是扛着碌碡上山也有劲!"

大姐不语,光笑。

又一个战士说:"不用说喝汤,就是闻闻汤味儿也够我们嚼三天的!"

大姐一点儿也不恼,逗笑说:"下次我把汤烧得再辣一些,看辣掉你的舌头不成!"

"哇! 舌头万岁!"那个跟大姐贫嘴的兵,吐吐舌头,做个鬼脸。

"篓子班长"说:"大姐像我的妹妹。"

他坐在车场旁边的一个雪堆上,手里拿着一张妹妹的照片,这样自言自语地说。

他手拿照片沉思的姿势,很像一种自然景物。

我们围上"篓子班长"。有的说,你是想媳妇了吧! 有的说,不是,他在想大姐呢!

他一本正经地说,他不是开玩笑,哪有拿妹妹开玩笑的。他说她确实很像他妹妹，越看越像。说着他站起来，十分严肃地说：

"我一没结婚，二没想大姐，我就一个妹妹，她死了，死得好惨！"

我们都不吭声了，静静地听他讲妹妹的故事……

九

"篓子班长"姓"戴"，名"承欣"，"篓子班长"是他的外号，意思是他很有知识，满脑子都是故事。这么一说，你一定认为他蛮有文化水平。其实不然，他只是初小毕业。我们说他有学问是指他脑子里那些歪瓜裂枣特多。举个例子，唐古拉山下有条季节河，夏天山上雪水化了后河里就溢满水。到了冬天，因为积雪结冰，没有了水，河也就断流了。这个道理我们是后来才懂的，刚上高原时我们傻乎乎的，哪里晓得呀！我便去请教"篓子班长"，他一本正经地回答："冬天河水哪里去了，你连这都不懂？你尿尿也不是一天到晚总在尿吧？只能是有了尿才尿，没了尿断尿，就是这个理！"我还真没敢笑，话丑理端，老班长也许没有瞎说。

这就是"篓子班长"的水平，你不服也得服。

"篓子班长"爱说爱笑，蛮打胡闹，给我们生活中添了不少乐趣。但是，在一个问题上他是绝对不会幽默的，那就是提起他妹妹的死，他准会一把鼻涕一把泪地给你讲起来……

他的小妹妹仅仅活了十岁，便走完了她的人生之路。

"篓子班长"大妹妹五岁，他是小妹妹的保护伞，到田里挖野菜，下河沟摸鱼虾，总是带着她。那年秋天，田野里的豌豆苗吊满了小刀刀似的豆角儿，实在馋人。"篓子班长"每天都要到地里摘半篮子豌豆，回到家里剥豌豆粒给小妹吃。那个季节正是麻疹发病的时候，一次小妹在跟着他摘豌豆角时染上了这种病。她整天躺在床上，高烧不退，不吃不喝，只是不住地哭叫着,把全家人的心都叫得酸疼酸疼。

"篓子班长"摘了好多豌豆角,堆在床头,妹妹却一粒也不想吃,病魔折磨得她啥也难以咽下。

全家人的心焦急得起火了。小妹的麻疹怎么也出不来,从早到晚地哭叫着。奶奶是过来人经得多,她说是麻疹没出来,内毒攻心,娃儿受不了。她让"篓子班长"逮个癞蛤蟆拿回来,说癞蛤蟆是凉性的,剪开它的肚子,敷在小妹的肚脐上就能去火。"篓子班长"满山遍野地跑着捉了好些癞蛤蟆,小妹的肚子上敷满了血糊糊的癞蛤蟆,把小肚兜都浆成了红色了。但是,她的麻疹仍然没有出来,最后竟被可恶的病魔夺走了生命。"篓子班长"一家人抱着小妹的尸体哭了三天。

第四天,泪迹未干的妈妈送"篓子班长"上学,行至山野一片荒坟前,突然从草丛里蹿出一只野狼,只见那狼嘴里叼着一件破碎的红肚兜。他和妈妈一眼就认出来那是小妹的肚兜,便大声哭喊着扑向小妹的坟地……

小妹得的是麻疹合并肺炎,导致心力衰竭而死亡的。当时,如果打几针青霉素就可以保住她的命。可是,缺医少药的山乡呀……

"篓子班长"的小妹已经死去十年了。他从来没有像现在这样怀念可爱而可怜的小妹。从第一眼见到大姐那天起,他就惊喜地发现,大姐就是他再生的妹妹。的确,她长得太像小妹了,眉毛,眼睛,鼻子,嘴巴,没有一处不像小妹! 特别是那微微向外突出的额头,简直是一个活脱脱的小妹……

听罢"篓子班长"讲完小妹的故事,我们的心被这辛酸的往事深深震撼。我当然不会相信大姐就是小妹的再生,但是我们又不能不相信他对小妹的一片纯情。这是他对小妹沉淀了整整十年的怀念呀!

　　我出于安慰他,也想帮他走出沉陷的误区,便说:"班长,这你就不懂啦!大姐毕竟不是你的小妹,你小妹过世已经十年了。忘掉她吧,这样对你对别人都轻松!"

　　我是站在另一个季节的深处看春天,这样看到的也许是朦朦胧胧的花,但是,那是真实的花。"篓子班长"听了我的话,未置可否,只说一句话:

　　"真的,我现在觉得我离小妹近了!"

　　温泉兵站的餐桌上。

　　几个跑阿里的藏族司机醉成了冬虫夏草。

　　大姐纯洁的脚步声像雪花落地……

十

　　我在回忆往事的时候,老觉得眼前有一个滑轮在滚动,一会儿从食堂滚到了小河旁,一会儿又从卫生所滚到了宿舍里……这个轮子就安在大姐的脚上,她的忙碌、辛劳就像这无法安停下来的轮子,给人的感觉,她生来就是为别人操劳的。从早到晚,从站里忙到站外,从车场忙到客房……何时是她的休息日?

　　她对病号体贴入微的关爱和照顾,尤其令人感动。凡是报了病号饭的战士,她一概不例外地把特地做的挂面送到他们手中,若是比较重一点的病号,那挂面汤里肯定还会卧着一个荷包蛋!

　　大姐把这个荷包蛋做得十分讲究,别致,蛋清摊开,成小碟状。蛋黄半开半合地立于碟中央,几丝红萝卜绕蛋黄而放,活活地一朵荷花!

　　病号们吃了这个荷包蛋后,给战友们炫耀说:

　　"香哩!病好了,翻过唐古拉山没问题!"

真神! 荷包蛋成了十全大补, 补了身子还补心。

温泉兵站的病号饭有了很高的知名度, 我们许多汽车兵都盼着能尝尝它, 甚至有些本来就没病的兵也谎报病情, 蹭一顿病号饭。于是, 就有了这样两句顺口溜:

> 走遍四千里青藏线,
> 最爱吃温泉的病号饭。

高原以外的人一定会提出疑问: 一顿病号饭值得这么倾心醉倒吗? 青藏线上的官兵却最清楚, 这全是冲着大姐来的。其实那病号饭除了鸡蛋花样做得特别外, 与其他兵站的病号饭没什么两样。

大姐征服了青藏雪域这些"野性"的汽车兵们, 大姐给了他们闯荡高原的智慧和勇气。大姐是兵们心中至圣至贤的偶像。

这样, 发生所谓的"篓子班长"泡病号这类本来不值得大惊小怪, 却被一些人炒得沸沸扬扬的事情, 就一点儿也不感到意外了。我可以肯定地说, 也敢做证, 那天"篓子班长"确确实实身上不大舒服。那还是没有到温泉兵站之前, 途中小憩检查车, 他用扳手戳着腰部对我说:"他妈的, 这回翻唐古拉山要出麻烦了, 肚子好疼, 头也像挨了砸一样不舒服!"我眼瞅着他是咬着牙把车坚持挪到温泉兵站广场, 然后连车也没有保养就进了卫生所。是我扶他找到医生的。次日, 带队的连长不得不临时找了个副驾驶员开上他的车走了, "篓子班长"便成了掉队的病号, "泡"在了温泉兵站。

这就是我不带任何主观色彩的纯客观的报道。谁还愿意得病吗? "篓子班长"确实是因病掉队了。

接下来，发生的故事就可想而知了：大姐像对待她遇到的每一个病号一样，用一腔热情接待了他。

先是把热烫烫的洗脸水、烫脚水送到跟前，随后，端来了卧着荷包蛋的挂面汤。

吃饱了，喝足了，两人才有下面的一段对话——

"你现在觉得哪里还不舒服？"

"哪里都没有不舒服的感觉，就是肚子有点饿。"

"想吃东西这是好兆头，你还想吃点什么？"

"鸡蛋挂面就很好了，我在哪儿也没有吃过这么可口的挂面。"

大姐便又端来了一碗卧着荷包蛋的挂面，"篓子班长"吃了。

他说还没吃饱，大姐便端来了第二碗。

他狼吞虎咽般地又消灭了。仍然不说饱，大姐只得再端来一碗……就这样，直到第五碗鸡蛋挂面下肚，他才满意地说：

"饱了！真过瘾！"

这时，他已经吃得满脸淌汗了。大姐问：

"你的病呢，高山反应怎么样了？"

"没一点儿事了，全好了！"

"真的好了？"

"是呀，一点反应也没有了！"

"这么说，我们温泉兵站的荷包蛋确实能制伏高山反应了？"

"那还有假？我可以做证。"

后来，"篓子班长"这一成功的"病例"传出去，使温泉兵站那本来就很神秘的荷包蛋，更加神乎其神了。几十年间，青藏线的汽车兵们为了对付顽症高山反应，发明了许多土方妙法，首屈一指的应该是大姐的荷包蛋。

我们仍然回到大姐与"篓子班长"对话的现场,他们的话题继续着。

"有句话,在我心里放了好些天,不知当说不当说?""篓子班长"突然变得腼腆起来。

"说吧,有什么不好意思的,咱们又不是第一次打交道。"大姐解除着他的顾虑。

"我总觉得你像一个人!"他转弯抹角,不敢把话说明白。

"天底下长得相像的人太多了,世界之大,无奇不有嘛!"大姐仿佛预感到了什么,也许故意不想让他说出来。

"……"

冷场。大姐耐不住了,催问:

"你说,我长得像哪一个?"

"我的妹妹!"

"你妹妹?"大姐反问一句,沉思片刻,又问道:

"你今年多大了?"

"二十五岁。"

"你怎么也不问问我的年龄?二十六岁了!天底下有妹妹比哥哥还大的道理吗?"

"篓子班长"不语。他寻思:我并没有说你就是我妹妹,只是说你长得像我妹妹罢了。

过了一会儿,"篓子班长"又说:"你确实很像我妹妹。可是,我那小妹已经死了。如果活着,今年整整二十岁。"

大姐知道"篓子班长"心里难受,便安慰他说:"人已经去了,提她也没有用。失去了妹妹,这当然是很难过的事了。今天又有了个大姐,你应该高兴呀！"

"篓子班长"抬头望着大姐，那目光透过睫毛喷散着希望的光芒。

大姐说："你不是说我长得很像你妹妹吗？姐姐跟妹妹本来就应该长得很像嘛！"

"篓子班长"抬脚一步，上前，叫了声"大姐"，便伏在大姐膝盖上哭了起来。当年小妹去了以后，他也哭得这么伤心。

"大姐，我还要等三天我们连队才能返回来，这三天我不干活手太痒痒了！"他有点儿犯愁地说。

"舍得流大汗还不好办！帮我背冰去！"大姐一把拽着他，快步而去。

一条冰河正好把温泉兵站绕了半个圆。银白，透亮，站上的圆木房在寒风里瑟缩。

十一

我相信，凡是那个年代走过青藏线的人，肯定会对大姐背冰的身影留下抹不去的印象。

她脚下的小路，是一个孱弱女人蹒跚跋涉的脚印。

或许人们永远也想象不出来，温泉兵站的用水、吃水全靠化冰而来，这里几乎四季冰封，每一滴水都僵在冰里。半绕兵站而过的那条小河，只有在盛夏很短的日子里山巅的雪水才会溢满河道，高原人脸上解冻的笑容还没完全展开，小河就又结结实实地封冻了。

兵站雇了一名藏工给站上背冰，说不上是什么原因，后来那藏工走了。谁来背冰？炊事班的同志们，这里面就有大姐。

每逢背冰的日子，她总是天刚蒙蒙亮就起床，直到天色麻麻黑才回到站上。她背着冰走一会儿，把冰靠在拐坎上歇一歇，喘几口气，又走。

有人告诉她，找个扁担去吧，挑冰比背冰省力气。于是，她又天天挑着两筐冰走在雪山上，还是那么吃力……

那天，我开着车进站，老远就看见大姐挑着一担冰迈着碎步，便加足油门鼓起一阵风，追上去，与她并行。

"大姐，上车吧！"

"不用了，你快进站早点休息。"

她依然走她的路，只是含笑向我摇摇手。

我知道，我再坚持她也是不会坐车的，便开车走了。倒车镜里映着她越来越小的身影。我总觉得她是挑着冰山在跋涉，我的心情很沉，很沉。

这时候，我似乎才想到了一个问题：我们在风雪线上的欢乐、幸福，是大姐用沉重的脚步换来的呀！

我一辈子忘不了大姐挑冰的形象。我把我的内疚心情透露给战友们，他们都说，是呀，大姐是不容易，我们都是罪人，把自己的欢乐建立在大姐的痛苦上。

是不是痛苦，不好说。反正大姐是很艰难的。

年轻娃娃是狗记性，很快就把好不容易悟出的那点人情道理扔在了脑后，又在无忧无虑地开着汽车在高原上撒欢了。那全是冲着大姐的，她是我们心中神圣的佛！

……

现在，大姐领着"篓子班长"背冰。

大姐说，没有那么多扁担，咱们都背吧。我觉得背比挑要来劲得多。"篓子班长"说，一副扁担没关系，我来挑，你空手走着就行子。我挑一担冰肯定比咱们俩背的还要多。大姐忙摆手：不行，不行！你是帮我干活的，我怎么好意思空着手走路？

他们背了十二趟，二十四堆冰码成一个小山，堆放在水房里。

大姐用沾满冰碴儿的手，抹了抹脸上的热汗，对"篓子班长"说，谢谢你了。"篓子班长"忙说："别谢我，我应该感谢你，这些冰最终还是让我们这些过往的汽车兵吃了，用了！"

大姐说："我现在不是以招待员的身份对一个汽车兵说话，而是以一个大姐和小弟的关系跟你聊天。"

"篓子班长"无话可说了。

十二

这是大胆的季节。

既然温泉河不生长美女，那就让这梳理雪山的春风，带起裹着冰碴儿的水花四处飞扬，落到哪里让哪里溅起一朵如花的冰棱吧！

山巅的积雪消融了。

路边一片又一片的潮阴地浸出了水。

源头的小溪们醒了，亮起歌喉唱起来了。

盘古至今，温泉河边第一次簇拥着这么多的藏族姑娘。她们身着花花绿绿各色氆氇藏袍，像快活的鸟儿，有的站在水中，有的立在岸上，还有的坐在河心的小岛上。一个个脸上乐开了花，嘴里漫着只有她们自己可以听清的藏家情绵绵、意切切的歌调。

大姐突然出现在姑娘们中间。她还是穿着一件蓝地白碎花的衣服，不过，已经换成了单衫。下身是用同样布料做的裙子，非常合体。这时，她亮起了银笛般的嗓音：

"姐妹们，在雪化冰消这短暂的日子里，我们都忙起来吧！"

她把姑娘们分成三个一组、两个一伙的小摊子，然后下达任务：有的拆洗被子，有的翻新汽车坐垫，有的冲刷篷布和工作服……

"哗啦哗啦"的撩水声代替了说话声，"叮叮咣咣"的捶衣声压住了河浪的吼叫。在姑娘们停止了说话打闹以后，河滩霎时变得静悄悄的。

一抹阳光斜射着照透了姑娘们勤巧的双手。

唐古拉山所有透着春光的窗子都是大姐打开的。

温泉兵站每年七月中旬前后不足二十天的日子，是这片冰雪世界开放的季节。这时节男人可以赤身露腿，女人可以亮怀穿裙子，实际情况是，这些只是季节年轮里的文字记载。现实生活中，人们仍然捂着油渍渍的工作服，当然已经把棉工作服换成了单衣衫。

在隆冬里结冰的岩石毕竟开出了花朵。

大姐走藏村串帐房，身后绕着阵阵春风。她好不容易把几十个放牧点上的藏家女动员到这里来，也好不容易地收集起了汽车兵们的这些必须洗洗涮涮的衣物。她对兵们说：

"雪山解冻的时候，牧人们不应该沉默。姑娘们的裙裾摆动起来的时候，小伙子们不应该缩在帐篷里。来吧，天、地、水和人都跳起来，唱起来！"

兵们便加入到了藏家女的洗衣歌声中。

衣服洗净了！

被褥涮绿了！

坐垫漂白了！

"拧干"的动作太有韵味了：男女各抓住衣物的一头，朝相反的方向拧去。于是，衣物便拧成了麻花，越拧越短，越拧两人的距离越近。这时候，藏家女的身段，特别是那腰肢处，也拧成了麻花状，美丽极了。最后，两人的距离更近，一不小心，那兵打了个趔趄，两头的人都拧倒在地上。

哈哈……一阵开怀大笑！

日偏西，河边草滩上晒着洗过的衣物。白的，蓝的，绿的，红的，那是朵朵格桑花，那是一片片落雨的云。

几十个藏家的小月亮，这会儿仍然不会让自己的手闲下来，她们跟在大姐的身后，串到兵们的圆木房里，搜腾着她们能帮忙干的各种活儿。有的胆大的姑娘，竟搜出了兵们的内衣要拿去洗。兵们急得脸都涨红了，羞怯怯地说：这可要不得！分什么活儿嘛，这种事只有我们男人干得。大姐也认真地急了，说："嘴唇上茸毛还没褪干的娃儿也知道羞了，那些姑娘论年龄不都是你们的妹妹姐姐的，讲什么隔着藏着的事？去一边待着，就你们那屎屁眼儿大姐也洗得！"

古老的温泉河和今天的男男女女们终于流到了一个河道里。

这个季节，雪山上的太阳举着冬天的嫩芽儿企盼着春天；

这个季节，面对美女和春天，唐古拉山不会失掉对鲜花的比喻；

这个季节，温泉的兵站笑得最开心的要数大姐，还有大姐周围的那些兵们……

月亮，你今夜不要入睡。操琴的老阿爸没有锁在冰层下，他要给你伴奏。

唐古拉山从终生负重的背上，给温泉河里卸下一个冻不死的风景点。

十三

这绝不是夸张的话：三十多年来，大姐的容貌、身影常常栩栩如生地在我眼前浮现，一切仿佛都没有远去。

芨芨草，孤立于旷野遥远的地平线上。她望着高原，也许她没有看到我,我却永远能望见她。

今天,我坐在京城里我的借用于高原一地名而诞生的望柳庄书房里写这篇散文的时候,对大姐的怀念和敬重超过了任何时候,太不容易了!在那个年代,又是在那样一个地方,一个生长在内地脆弱的女青年,抛弃了家庭的温暖、称心的工作和对亲人的依恋,在遥远荒凉的世界屋脊,在女人不去的地方,开拓自己的人生之路,也为别人送去温馨,几人能做到?

我越是深深敬重大姐,就越对她最后的结局不平。她的死出人意料地凄惨且突然。重石沉沉地压在我心上。

那年月,任何一点儿树枝发出的嘎嘎响动都有可能被一些多事者渲染成狼嚎鬼叫。冬雨说来就来,根本让你躲闪不及。

谁会想到,温泉河上那幅藏家女和兵们欢乐劳动、相得益彰的美丽图像,竟然成了有损军队形象的龌龊画面,还有,"篓子班长"也因为"泡病号"与大姐称姐道弟落了个说不清道不明的关系而受到严厉的批判……

今天四五十岁的人还留着清晰印象的当年那场"兴无灭资"运动,风卷浪涌,军营高高的铁门也未能挡住它的波及而来的猛势。

个人的挣扎永远是极其有限而微弱的动作。在青藏线上被我们这些兵们捧在手心怕风吹走了、含在嘴里怕化了的一朵玫瑰,只是闪烁了一下,就灭了。

苦花开在沙漠上,沙漠显得更荒凉。

大姐作为"叛逆"的典型,准备发落回乡,离开这个女人本不该来的唐古拉山。

谁也没有想到,就在这当儿,"篓子班长"……

十四

那天黄昏，太阳的余晖把唐古拉山镀成了橘红色的世界，我们车队停在温泉河边小憩。

现在回想起来，那完全是一次不应该停车的小憩。三天前，在途中行车的我们就听到消息，温泉河的水漫上了公路桥，汽车过桥时务必十二万分小心才能保证不出问题。接着，又传来了消息，兄弟连队头一天在过桥时一台车滑到桥下，所幸人员未伤亡。明明已经亮起了红灯，"篓子班长"还要多此一举地让车队停在河岸，只能在驾驶员心里投下阴影。

河岸上，一老牧人撑着一把破伞慢慢地挪动脚步。天上并没有下雨。

"篓子班长"那天的表现确实反常。我们谁都能感觉出来他心里像着了火一样的显得六神无主。我们自然明白是怎么一回事，他对受到批判心里堵得慌，总想找个地方发泄。大家都同情他，再加上他每次做的那些在别人看来总有点邪门的事都有他的一套歪道理，他说停车小憩，我们便很顺从地跟着做了。那会儿我们是绝对不会想到后来能有一场灾难。

"篓子班长"逞能了。他站在全班的汽车前给大家壮胆：

"这尿河算个啥，龙王爷撒的一鞭尿！当年我在朝鲜过大江，在西藏平叛时跨冰河，那才叫考验呢……"我们乖乖地听着，确实谁也没有资格跟他攀比，在我们全连他都是天字第一号的开车能手，不过他把这河比作"尿尿"实在有点儿那个。开始过桥了，"篓子班长"坐镇在最后收尾。他要看着全部的车一台一台地过河，中途万一有个三长两短，有他在也会化险为夷。他开着车还不时地把头伸出驾驶室窗外，吆喝着哪台车该快哪台车该慢，如果谁不听招呼，他会吼破嗓子似的斥责几句。总指挥嘛，就该是这种气魄。别看他是班长，也有大将风度。还算顺利，全班的汽车稳稳当当地过了桥。

这时，"篓子班长"不知哪根筋没有舒展，出了个歪主意：洗车。没有一个人能理解他的决策。洗车？这不是明摆着踩地雷吗？河水会把车和人一起吞掉的！

"篓子班长"自有他的道理：这次回去，咱们要办路线教育学习班。你们一出车就成了聋子、瞎子，不听广播不看报，林副主席提出了"四个第一"，团里已决定停车一周办班，人人都要参加学习。没有正确的政治路线统帅手中的方向盘，会把车开到修正主义路线上去的。现在，大家拿上脸盆舀水洗车，把车洗干净了再进学习班。

如果你觉得"篓子班长"这番话生硬，别扭，文理不通，那就对了。它是那个年代的特殊产物，过来人都听得懂。

这是"篓子班长"留在这个世界上的最后的声音，也是比较完整地体现他思想的一份宣言。他的人生历史就在他讲了这些话后没有几分钟便画上了句号。温泉河依然没黑没白地流淌着。

我们拿上脸盆正要舀水洗车时，从河面上漂来一头野驴。野驴的腿和肚子都吃进了水里，只把头露在外面。可以看出野驴不会浮水，它挣扎着，头不时地栽进漩涡里。我们发现野驴时它离我们还有一百来米，转眼间就漂到了我们眼前。汽车兵虽然成年在高原上跑车，但绝大多数人没有见过野驴。这么近距离看到野驴的人就更少了。就在我们调动视觉的一切功能观赏野驴的时候，"篓子班长"不知出于何种考虑，扔掉手中的脸盆，大喊一声"看我的"，就扑进河里逮野驴去了。

实话说，我们当时虽然对他的行动有些惊异，却并没有考虑到会招来难以想象的恶果。"篓子班长"嘛，那么能说会道，又有丰富的与天斗与地斗与人斗的经验，还降不住一头野驴？直到他漂游到野驴跟前，那野驴疯了一样扑向他时，我们才知道，糟啦，"篓子班长"根本不是野驴的对手。本来被洪水漫溺得濒临死亡的野驴，这时不知使出了什么法术，奇迹般的站在了水面上，一抬蹄就把"篓子班长"刨入蹄下，入了水。"篓子班长"自然不会示弱，他凭借高超的水性，一个鹞子翻身，又跃出水面，正准备与那野驴搏斗时，那驴重复了如前的动作，再次把他置于蹄下的水中……就这样来回折腾了三四次，"篓子班长"已经力不从心，失去了反抗能力。

我们在岸上都急了，高声喊着要班长摆脱野驴去逃生，有的会水者已经做好了下水搭救班长的准备。可是，一切都来不及了，班长第五次被野驴溺于水中后就再没有露出来。野驴也随波逐流，浮过了桥洞……

这一切，只不过是在几十秒钟里发生的事情。

我们跟着奔腾的河水跑出几里地，也未见到班长。那头野驴倒意外地获救了，它在漂出二里地以后，在一片较宽的河面上站住了脚，凭着它的一身驴劲，硬是走出了河道。当然，它不会跑掉，被我们逮住了。我们对它进行了报复性处理：宰杀，并让全连吃了它的肉。

班长死后，部队对他做了这样的结论：违反纪律，私自下河逮野驴，致死身亡。

他走得太仓促，连四季不离身的那件皮大衣都没有穿。大衣兜里寄给妈妈的信只写了一半，信上说，他近来情绪不好，夜里老是梦见妈妈。还说，参加完路线教育学习班，他再跑一趟拉萨，就可以回家探亲了。到时他把心里的话全掏出来让妈妈听。

我们寻找"篓子班长"的尸体整整找了三天，在确认他已经不在人世后，战友们在那条河边挖了个坑，埋进了他那件大衣，这就是他的墓。

给班长送葬的人全都耷拉着脸，默默不语。大家都觉得他活着的时候就装着一肚子的苦水，死得也太冤，对他的结论更是不公。然而，谁也讲不出替他分辩的理由来。时代的烙印深深掣肘着每个人的言行。当时唯有悼念是我们高尚的专利。

当晚。夜深人静。

在"篓子班长"坟头约十米的地方，蹲着一个人影，号啕大哭。

藏族老妇人的声音……

十五

冬尼亚雅阿妈是在那辆车刚刚开动时，她一下子跪在了公路中央，挡住了车轮。

车上坐着被护送返回老家的大姐。送者不是她的丈夫，而是一位保卫干事。

她的丈夫杨孝山继续留在温泉兵站工作。

就是在这时候，大姐才从冬尼亚雅阿妈嘴里得知"篓子班长"出了事。她只觉得头"轰"的一声像被用冻着冰的石头猛击了一下，蒙了。

冬尼亚雅阿妈常年帮助大姐背冰，她什么事都明白。

当汽车紧挨着阿妈的身子从公路上碾过的一瞬间，大姐清醒了过来，她扯破嗓子似的大声向车后说：

"阿妈，'篓子班长'是我清清白白的弟弟，你替我为他祭坟……"

孤坟。瘦月。

一连几夜，冬尼亚雅阿妈跪倒在地上，哭诉着。那是一种赤裸裸的、谁也无法抗拒的声音：

"……好人呀……你不该走……你是我们看到的第一个汉家女……你肚里装着多少冤水……"

哭着哭着，她竟漫起了"花儿"——

　　蓝布袄袄装棉花，

　　棉花装上了压下，

　　头顶石头腿跪下，

　　大老爷你听着：

　　汉家女娃娃到底把啥罪犯下？

这是哭"篓子班长"吗？

不，她在哭大姐的命苦……

十六

当年，"篓子班长"遇难以至葬他于温泉河畔，我始终在现场，是见证人之一。

用他的皮大衣做衣冠冢就是我的主意。后来好长一段时间，我都不敢穿皮大衣，总觉得老班长一直在那大衣里面。当时，我对战友们说了这么一句话：班长是个冤鬼，总有一天我要为他写一篇文章。

在离开高原的几十年间，我曾经十余次重返故地，却一直没有勇气写这篇文章。他是含冤而死，死不瞑目，写他必然要涉及大姐。我们为什么要用一支笔把这么多的冤魂惊动，还是让他们安安静静地长眠吧！

九十年代初，西安《女友》杂志社的刘三田小姐听我讲了大姐的故事，她非常激动，对这件事很有兴趣，再三鼓动我写出来，他们发表。我至今记得刘小姐的话："写吧！打着灯笼也找不到的好大姐，你把她写出来，让全国人民都叫她大姐！"

　　这样，便有了发表在《女友》上的那篇散文《美丽的故事也会夭折》。

　　这篇散文第一次把一个被泥土掩埋了近三十年的女人的故事公布于世。然而，她并没有因为时间的消失而失去灼灼光彩，依然如宝石一般诱人。我收到了数十封读者来信，他们都赞颂这位第一个勇敢地闯进青藏高原的汉族女人。更多的来信则是打听大姐的姓名和住址，探寻她的近况，还有一位读者给大姐写了一封信，请我转达。

　　这些问题或事情，我自然无法回答和做到。使我于心不安的是：在那篇散文里我把一个最重要、也最敏感的问题回避了，一个字也没有提到"篓子班长"，看了散文你会觉得仿佛地球上就没有这个人似的。我相信我的读者会理解我为什么这样做的复杂心态。那是一个当年说不清道不明的问题，在我写散文的那年仍然是说不清道不明的问题。我的读者们请你不要忘了我写的是军营生活。即使到了今天，在我把大姐和"篓子班长"的故事和盘托出后，我也不敢保证所有的读者都能理解。

　　我只想很真实地告诉大家：大姐从温泉兵站走了以后，青藏线上一下子变得死沉沉的。这样的气氛一直持续了好几天……

　　那篇散文问世后，还发生了一件我没有想到的事，一位读者帮我澄清了一个很重要的情节。

　　他的名字叫"郭立业"。

十七

　　那是《美丽的故事也会夭折》发表后的第二年，我重返青藏线。

　　一天，我在格尔木遇到二十多年未见面的朋友郭立业，他是汽车团的修理工，当时已经退休，一家老少屈居于一间平房里慢熬岁月。我们谈起了《女友》发表的那篇散文，他十分坦率地说：

"你写的有错！"

"哪儿错了？"

"大姐根本没有下高原。"

"真有这事？"

"当然啦！"

"后来呢？"

"死了，她淹死在温泉河里。唉……"

老郭长叹一声，不再往下说了。

我把老郭请到我的住处，恳求道：大姐是个苦人，她那受冤的心永远都不会平静的。我们活着的人都有责任把事情的真相提示出来。

我能看出来，让老郭讲这样的故事，他的心情是不会轻松的。

最后，他还是讲了……

如果没有那天清早在温泉兵站以下五十公里处巡逻的那位哨兵的机灵和勇敢，也许人们就无法知道大姐的下落了。那是个雾气蒙蒙的天气，视线不清，哨兵远远地就看见河面上漂来一个什么东西，虽然他还没有断定是什么，但是从看见它那刻起，他就觉得那是一个人。只是一瞬间，他便放下枪，扒掉衣服，跳下河里竭尽全身之力打捞上来一具女尸。那女人看上去三十岁左右，身上只穿了一件粉红色的内裤，袒胸露腿，皮肤白净，长长的头发被水浸泡得湿漉漉的，散盖在脸上。哨兵用手扒拉掉头发，脸露了出来，他不由得大叫了一声："呀，大姐……"

郭立业讲完了大姐的下落，他干涩的眼角含着热泪。

我有满脑子的疑点，却没有发问的力气了，这个女人悲惨的故事已经把我的心袭击得千疮百孔了！

毕竟饱经风霜的老郭比我要坚强些,他说出了有关大姐下落的各种传说以及自己的看法:"你在文章中写到大姐被护送回老家离开了温泉,确有其事。但是,据说那辆送大姐的汽车走到昆仑山中的不冻泉抛锚了,停驶了一天一夜。我想,事情发生转机大概就在这一天一夜当中……"

我没言声。我不知道该说些什么。

老郭不知为什么突然变得絮絮叨叨地健谈起来了。我根本无心去细听,恍惚中只听到他说:大姐是被认定投河自杀的,她的后事还是她的丈夫杨孝山办的,大姐的坟就在温泉河畔……

十八

一九九六年的夏天,我又一次回到青藏线。

温泉兵站已经变成了一片废墟,兵站的遗址凄凄冷冷地袒露在炽白无力的太阳光下。人呢? 房呢? 车场呢? 生活为什么荒芜得这样快? 曾记得,当年我们就是在这儿泼洒了多少笑声和欢乐!

我不愿意在这里久留。我必须立即拜谒大姐和"篓子班长"的墓。铺满鹅卵石的河滩像着了火一样干渴,我浑身热辣辣地不舒服。我走出去约十分钟,就到了坟地。

出乎意料的是,我看到的是三座坟堆。再仔细一瞧墓碑,从左至右,依次写着:戴承欣之墓,大姐之墓,杨孝山之墓。霎时,如有五雷击了我头顶,麻木得几乎失去知觉。杨孝山之墓,大姐的爱人死后也葬于此地?

我久久地站在三座坟墓前,心里填满悲伤、思念和疑惑。

转而,我的心里又涌上来一缕安慰。大姐不会寂寞孤独了,有"篓子班长"和她丈夫整天整夜地伴着她;当然,"篓子班长"和大姐的丈夫,因为有亲人的相随也会欣慰。

三颗心等待着苏醒。

这时，我突然发现坟堆前面中间的地上蓬勃起三簇沙棘，郁郁葱葱，好不撩拨人心。也许这是这片荒芜的河滩地上唯一的一处绿色。

我相信它们在沙土的覆盖下，把根须紧紧地抱成一团。

面对这三蓬沙棘，我产生了强烈地要写大姐的愿望。

我必须把她曾经有过的辉煌生命以及因为这辉煌而带来的不幸遭遇写出来！

有谁能预料山后还会有悬崖？又有谁能发现悬崖下是一个无底的深渊？其实，生命比沙棘脆弱得多。

尽管沉默的石头还在冷笑着，尽管路边的野风与凋萎的红柳同时消失。我依然要不懈地寻找生命的支点。

温泉河呀，你浇灌了一块沉重而灾难的土地。今晚我回到阿妈的帐篷的酥油灯下，给你献上一支苍凉的歌！

这支歌也许会照亮唐古拉山最后的寂寞。

昏黄的酥油灯照出一层灰暗的天地，我提笔写下了一行字：唐古拉山和一个女人……

女兵墓

深秋的黄叶，在寂寥的天空凄凄飘落。我走进这覆盖着碎石、荒草的枯原，寻找昔日的梦。

是找她吗？——一个长眠在世界屋脊上的女兵。

是。又不全是。

军营生活二十七载，我从南到北走过不少地方。每到一地，我都有个习惯：瞻仰烈士陵园。站在那圣洁的纪念碑前，望着那一座座坟茔，我常常对那些遗骸天涯、埋骨他乡，以山河为归宿的前辈、同辈烈士们，产生一种深切的敬意。

这里便安睡着一位我尊敬的女性。我捧着从那曲镇上藏胞家里买到的一束雪莲花，踏着铺满野花的小径，终于找到了她：广袤的草原上，一堆小土丘……

你还记得我吗？在你离开你倾心热爱着的这个世界时，是我抱着你啊！我敢这样肯定：你那时是第一次被一个男子大汉抱着。我也是第一次抱起了一位姑娘的躯体！

你是会记得的。你当时的眼睛曾向我透露出怎样强烈的神色！

那时，我是一个入伍不到一年的、跑车的司机。你呢，团卫生队一个普普通通的卫生员。你头顶上有一颗闪亮的五角星，军装外总系着一条棕色的宽皮带，在军人的世界里，你是一个普通的分子，只有那个左肩右斜的红十字药包，显示着你有与众不同的妙手回春的本领。当时——五十年代初期，在这条进藏的风雪路上，你是为数不多的汉族女人之一。以前我并不认识你，只是那天我从兰州新兵营拉了一车进藏的战友时，才看到了你。你作为护送战士的医生（领导确实是这样告诉我的），同车前往。

至今，你留在我脑海里的一幅清晰的图像是：你太忙了，简直可以说世界上再没有第二个人比你忙。车上三十五个新兵，出发后每天你都要给他们量两三次血压。车子过了日月山，几乎每小时你都要拿上测压器，像过筛子似的，给每个战士量一量，连我这个在青藏线上已经跑了三趟的"老兵"，你也不放过。同志们有些不好意思了，觉得自己这牦牛似的身体用不着这样多事。你不依，板起脸很严肃地说："'牦牛'也不行！高山症对谁都不客气。"一车人全老实了，包括我这个"老兵"，都乖乖地把胳膊伸到你面前，任你测量、记录。

唐古拉山巅出奇的冷。我停车小憩，加油加水。你照例跑上跑下地为战士们查体。冷风吹不干你脸上的热汗⋯⋯

就是在这时候——我终生都会记得它——一九五五年十月二十五日中午一点一刻，不知从哪里飞来一颗流弹，车上站着的一个新兵应声倒下了。

山腰的崖洞里伸出了一支叉子枪⋯⋯

大家马上明白了是怎么回事。土匪用罪恶的枪口瞄准了我们这辆军车。流弹还在继续飞来⋯⋯

你是第一个发现敌情的哨兵。你冲了上去，毫不犹豫地冲了上去！抱住了那支叉子枪，死死地抱住了！那枪口离汽车不过几十米。当时，你如果不这样办，别的任何办法都不能保证车上的战友不会再倒下去。

剩下的三十四名新兵全冲上去了！他们手无寸铁（还没有给他们授枪哩！），硬是用三十四双拳头捣毁了敌人的老窝，活捉了三个土匪。当大家把你从叉子枪上抱起来时，你已经奄奄一息……

我开着车像飞一样向拉萨驶去。你需要住院抢救，时间就是你的生命！我把浑身的劲都用在了右脚尖上，狠狠地踏着油门，巴不得让汽车轮子离开地面飞起来！

那曲镇，飞车而过；

二档山，乘着风去……

你的伤情毕竟太重了！当我开车行驶到藏北高原上时，不得不停下了车。你在这里走完了自己一生的路程。你留下了你的未来，留下了你的幸福，留下了你的幻想，也留下了你那颗永远搏动的心！

我不相信你会这样离开我们，绝对不相信！我太激动了，抱起你，拼命地把你呼唤！可是，我不知道你的名字，车上没有一个人知道你的名字。我只能喊："同志！同志！"我第一次感到了"同志"二字的金贵。任我喊破喉咙，你并不睁开眼睛。我还是大声喊着。奇迹出现了，你到底被我唤醒了，睁开了那美丽的眼睛，长长的睫毛闪动了几下，望着我，还有周围的同志，笑了！围着你的同志也都笑了。

我们太愚蠢了，也太老实了！没有抓紧时间就在你睁开眼睛时，和你说上几句话。结果你很快又闭上了双眼。再也没有睁开。我把你紧紧地抱着，我恨自己作为一个司机，未能把你送到那起死回生的地方，我巴不得让自己跳动的心律传导于你身上，让自己的呼吸将你唤醒……

可是，一切都是枉然！你还是远去了。在被你掩护的一车战士中，你几乎什么都没有留下。没有姓名，没有籍贯，没有遗嘱！

我拿出随车带的十字镐，同志们轮流掘土，给你在草滩上找了安身之地。我取下了你至死仍紧握着的测压器，本想把它捎给你的家乡，送给你的亲人。可是，怎么捎去呢？思来想去，还是让它伴着你去远行吧！女战士，瞧你睡得多么安详：躺在草原露营，枕着寒风长眠。身盖六月雪被，脚蹬无名小溪。我知道，你只有躺在这里，只有这样躺着，才能心安理得地合上双眼。

时隔一月，我完成了任务，返回到藏北高原。我特地将车停在路边，步行去看望你。你的坟包还是那么一堆普普通通的黄土。所不同的是，坟前立了一块无字碑。一瞬间，我的感情，我的心涛，像海潮一样澎湃起来。无字碑？谁立的？是不会写汉字，或者连藏文也不会？还是不知道女战士的伟绩的人？……我忽然明白了，全不是。只因为你是一位无名的兵，人们只能给你立块无字碑。

我给你的身上盖了一把新土，又深深地给你鞠了个躬，和你告别。

不知为什么，就在我转身返回的时候，我忽然想起了黄继光。你和他一样，都是迎着敌人的火力点冲上去，用胸膛堵住了那喷吐着罪恶烈焰的枪口。他，成了全国上下妇幼皆知的英雄。可你呢？默默无声地眠于世界屋脊。又有谁知道你在生命的最后一刻所闪耀出来的火花？

委屈你了！我们的女战友！

作为一个目睹了你的伟大壮举的人，一种内疚深深地折磨着我。我甚至恨自己，为什么不是一个记者，或是一个作家？这样，我会为你大书特书。这一夜，我没有赶路，投宿在你坟包附近的黑河兵站，一夜未寝。

次日，天一放亮，我又返回到你的墓前，掏出钢笔，在那块无字碑上连描带刻地写上了五个字：

高尚的女兵

二十多年来，在我心中的天平上，你的名字始终像黄继光一样光荣、伟大。不论是三年困难时期还是"十年动乱"期间想到你，也不论给同辈人还是给我的孩子们讲起你，你的行动所产生的激奋人心的力量，总是会强烈地震撼人们的心！

只是，有一件事常使我挂记，使我不安：那块无字碑还在吗？我写的那五个字呢？……我担心岁月会磨去那碑及碑上的字，更担心你的形象会被人们淡忘。

女战友，我现在回到了你的身边。我是去西藏边防执行任务，专门拐进来看望你的！使我兴奋的是：一个无名的战士，终究被更多的人记住了。你的坟包变大了，而且用洁白的灰浆墁了顶。墓前的一棵青松长得有两层楼高了。松树下，依旧立着那块无字碑，碑上的五个大字已经被人镂刻在上面了。字迹一点也没变形，还是我写的字。

我深深地向你鞠了一躬，在你身边站了足足有半个小时。

昨晚，藏北高原落了今年的第一场新雪。好同志，雪花一定又打湿了你的衣服、被褥，你冷了吧！让我给你的坟上培层新土……

十八岁的墓碑

翻过一座山峰，翻过那个难忘的天空淅淅沥沥飘着雨星的湿漉漉的早晨，来到我18岁青年时代。停下来的地方就是我当兵的起点。没有谁替我上路，就是这儿的一座坟茔，让我第一次懂得了军人就应该是什么样儿。我记忆犹新，就是这里，昆仑山下，原本有一座坟。虽然只是一个土包，却也是干干净净的沙土。现在消失了，一行骆驼的掌印好似女人的鞋底，我踩着它寻找心里踏实。我可以断定，就是这里，一丛红柳摇曳的地方，她了结一生，在陌生却是向往的高原叶落归根，安家。不断靠近，又悄然远离。

我们热爱大地，又总被大地无情地抛弃！

安眠在红柳丛中的女孩——是的，还未完婚，纯纯的女孩——你躲在了哪里？

五十年风雨交加，雪霜往复，她隔断了喧哗，滤掉了红尘。历史在昆仑山积淀成了纯金。红柳枝上的露珠像冬天还没化完的雪，一朵云从山巅飘下来，安详地洗净红柳。

我已经远离了放飞青春理想的梦，可她仍然那么光鲜亮丽地准备走进婚房。竹子，18岁的竹子。今天一个七旬的老人还是要叫你一声"嫂子"！永远18岁的竹子嫂！

在这个忙碌完手头杂事的黄昏，我把执意要闲聊的几个朋友留在格尔木河岸的小岛上，钻进望柳庄这间客房，开始叙述五十年前的事。昆仑山下很静，淡红色的楼檐下只有一个斜斜的日影，不知什么时候飘起了小雪，雪片从檐口落下，被一棵柳树接住。这个黄昏一切都好，没有了空想，也没有梦。开始写过去的事了，灵魂欢快而痛苦地落到纸上。我的心隐隐作痛，泪水则背对昆仑山，面向眼前这座消失了的坟茔而流。我坐在这里，心里有颗种子，萌发。

那个季节，六月雪很大。

那个季节，没有抵挡寒雪的棉衣……

缺氧，两个可恶的字眼！它把世界屋脊变成了让许多人望而却步的疼痛世界。路疼，地疼，草疼，雪疼，甚至连空气也疼。当然最疼的还是人的头。高原缺氧首当其冲袭击的是人的头部。高山反应从头开始。

这个夜晚，他投宿长江源头沱沱河兵站。安排妥帖车队的事情后，他破例没有到兵们休息的客房去看望大家。今天有点奇怪，高山反应照旧来找他的事，折磨他，可是它不按照常规出牌了，它转移了阵地，从头部转到了腿部。他的两条腿硬邦邦地酸疼，是那种实在无法控制的疼。他搓揉了好久那疼丝毫也不减弱，甚至越是搓揉反而越是扩大了疼的范围，原先只是腿肚疼现在疼到了膝盖上。怪，高山反应怎么转移到了腿部？他久久睡不着，因为心里也疼。

他是汽车团一位副连长，终年带着一支车队在青藏线上奔跑。这个夜晚是他一年365天中很平常的一夜，他的车队在沱沱河兵站过夜。不同的是这晚高山反应比以往任何时候都无情地折磨着他，难以入睡。他不得不一边按揉着酸疼的腿肚还得一边思谋明天或者后天连里该做的事：一排调动5台车到转运站装一批运往西藏边防部队过冬的食品，三排有10

台车去格尔木兵站，运两个班的进藏新兵，二排原地待命，准备到藏北无人区执勤……一连之长就是一窝兵的妈妈，妈妈就得有操不完的心。以上是些大事的筹划，还有一些所谓针头线脑的琐碎事，也要搁在心上，包括三更里孩子的被角蹬脱后给他掖好，还得嘱咐他们上路前要准备好防止野狗咬人的棍子……一个连队就是百十号兵的家，这个家看似很大，其实就只有连长心窝那么大。心窝，比一间房子要大得多呢！这么想着想着，此刻副连长已经淡忘了腿肚的酸疼，转向体内的色彩，随着血液漂流。他只觉得一颗管不住的心儿又在青藏公路上随着车轮漫游。好像要寻找什么……

寻找什么？你不知道，他知道。她也知道！只是不便说出口。看似漫不经心，其实内心的寂寞像期盼一样沉重。因为总怕天空又要刮风下雨！

在远离她的这个世界里，他想起她难免不带着几分忧伤，当然更多的是幸福。青春初潮那蠢蠢欲动的心境。

夜晚到了这个时辰，非常静。峡谷深处的那种静。窗帘没有拉合，夜空的星星不晓得什么时候不吭声地钻进屋里，仿佛提醒未眠的人：夜已深，月偏西，该睡觉了！他举目隔窗望着秋夜的月牙，陡地想起，好像答应要到她栖身的地方看看她和他的小屋。好啦，不去想那么多工作的事了，那是永远也操心不完的。睡吧，做个好梦，梦里见她也觉亲！反正她很快就上山来了！上山，高原军人把出发到西藏称之为"上山"。这里说的她上山，似乎又不全是这个意思，是说从内地奔向昆仑山。

于是，他转过身，背着月亮。很快，鼾声响满屋里……

沉睡里，仍有一个不平的天地！

他叫"刘刚"。这个夜晚，夜深人静的长江源头这个时刻，他最应该记住的是，日历翻过这一个月，就是说执行完这一趟跑拉萨的长途运输任务，就是他结婚的大喜日子。不知道他总操劳工作，是不是把这个日子忘了？人往往就是这样，有时候常常把不该忘记的事却置于脑后。刘刚，是这样吗？

刚安静了一会儿的腿，又很讨厌地犯疼了，抽筋。不同的是，这回抽筋不单单局限在腿部，还贪心不足地扩散到了额头——此处的疼甚至超过了腿疼。对啦，刘刚突然有所记忆，许多高原人都有这样的高山反应经历：先是头疼，然后引发浑身疼。只是最初的疼不会引起一般人注意，直到头疼加剧时才痛感到难受。眼下，刘刚的脑壳发疼显然是高山反应在他身上升级了。一阵一阵地疼，时紧时松地疼。不知为什么这使他联想到了很小的时候在田里拔萝卜的那种感觉。一只手拽着萝卜缨子往外拔呀拔呀，萝卜忽地离开土地，他也顺势倒在地上，仰躺。现在似乎有人拽着他的一绺头发，连根带缨子拔着。拔呀拔的，可是总是拔不掉，他只好干疼着。刘刚强忍着剧疼，让高山反应那只无形的手折磨自己。他又浑身昏昏地不听自己的掌控。一片树叶长到冬天的最后一天，却没有落下来。不是冬天高抬贵手，而是这棵树太有能耐。他是那个冬天在拉萨西郊八一农场看到这棵树的，那个农场是当年进藏的18军战士兴办起来的，他们在农场栽了大量的树。树人树心嘛！他刘刚就是要学习这片在寒冬里依然长在枝头的叶子，绝不让那只拔萝卜的手得逞。不是马上就要举行婚礼了吗？高山反应能怎么样，头疼就让它疼一点吧，美梦驻在心就要不了命！不就是个缺氧吗，没什么大不了！小儿科一个！

他又抬起头，透过窗口，真的看到了一棵树。那树枝有一块黑乎乎什么的，很像一只乌鸦缩着脖子蹲在树杈。不，像这棵树留在枝间的最后一片叶子。不会的呀，这个季节会有什么树叶呢？他再细看，是一只鞋挂在树梢上。哎，想必是哪个兵不甘寂寞，把穿坏了的军鞋撂到了树上。好呀, 战士的鞋上树变成了冬天最后一片叶子! 太有创意了!

刘刚的头疼继续让他不得安生地苦爱着。有高山反应, 还得热爱高原。这叫苦爱!

"酷爱" 与 "苦爱", 同音, 都是爱。一字之差, 却拧了大劲。酷爱, 那是一个人对另一个或某个地方, 倾注了极深的感情, 爱之真切, 那叫 "酷"! 可苦爱呢, 就另当别论了, 是忍受着痛苦去爱。当然是爱你所爱, 应该去爱。比如对高原缺氧这个魔鬼, 我们称它为 "魔" 一点也不为过。你就不得不爱。当兵来到这个缺氧的鬼地方, 你如是不爱它, 躲之而去, 如何履行自己的军人职责! 所以再苦你也得热爱高原。因为热爱了, 你承载的痛苦才会少一些, 你的付出有所得, 是心甘情愿的。

不奇怪, 哪个高原军人不是这么想, 更重要的是还要义无反顾地去实践! 就像月亮总是在太阳落山之后才出来那样合乎常规。军人嘛, 就应该涌现黄继光、董存瑞这样的英雄。一身国防绿赋予你的不仅是笔挺笔挺的腰板, 更多的是必须承担跟着黄继光无怨无悔冲上去的使命!

可她呢, 当然不应该享受这份 "特殊待遇" ——一个还没有成为军嫂的乡间姑娘。她叫 "竹子", 即将在昆仑山下的格尔木军营里那间简朴的婚房里和刘刚完婚的就是她。其实, 人就是这样, 有时候奉献是逼出来的。意料不到的灾难临头了, 不可避免, 你就坚强起来了! 竹子的家乡在冀中大平原, 一圈密密的白杨树围成一个几乎成正方形的绿色村庄, 就是她的祖祖辈辈越住越舍不下的故乡。竹子从出生长到18岁, 只跟着爸爸去过一次县城, 在乡间女娃的眼里, 县城也难比得上他们的村庄让人觉得畅亮, 舒服。美不胜收的村庄, 村前有一条清清亮亮可以瞭见河底鹅卵石间长着草丛的小河, 河岸上除了一年四季变换着各种颜色的庄稼, 还有一大片挂满小红灯笼似的枣树林。怎能不把心掏出来贴在这样的家乡呢!

18岁的竹子已经长出了不会告诉别人的心事。包括对咱爹咱妈。那条小河流淌着她思念远方的悄悄话，院中的枣树上挂着她心中的小太阳。未婚夫是青藏高原雪线上的汽车兵，给她的生命平添了缕缕甜蜜。因为常在静夜里望着月亮惦念，这甜蜜里又多了些许的苦涩。大地上没有一滴水或一棵草是多余的，它不是给你带来喜爱就是让你忧伤！

竹子沿着乡间小路爬攀着走向青藏高原。她当然是"整装待发"：脱下了心爱的花衣衫，换了一身类似乡镇妇女主任穿的素装，半高跟也换成了灰色旅游鞋。刘刚在信上对这些细节都不厌其烦地叮嘱。怎能不理解刘刚的另一种多心呢？荒野的高原路上把那些外在的艳丽深藏才最安全，漫长而幸福的路程！漫长难免不孤独，而幸福呢，又必然缩短漫长！

旭日，在每个黎明升起。竹子每天望着早霞遥想昆仑山的日出。那里有间空房子，挤满了人，躲在窗帘的深处正朝她张望。

刘刚从接到竹子动身来队的信息那一刻起，心就控制不住地飞到了她身边。竹子过河他的心飞到小桥上，竹子乘车他的手扶在了座椅上，竹子歇脚在小站他立刻递上一杯水。夜里他躺在床上遥望着像清泉水洗过似的月亮，心儿酥酥的美妙。渐渐的，身上从头顶到脚梢有竹笋拱出地面的感觉。真的，那种感觉痒痒的美妙……

刘刚呀，还有竹子，虽然你们都守着孤独却不分枝。

当时，六十年代初，刚有三年军龄的我，还是一个"新兵蛋子"，在刘刚所在的汽车团政治处组织股当见习干事。我的具体任务是，管官兵们配偶政治面貌的外调以及结婚时与地方民政部门的联系等工作。很琐碎，属事务性质，但我工作得很愉快。刘刚即将举办的这桩婚事有关跑腿出力的事，也就顺理成章地摊到我的手里。实话说，一个战士，坐在办公室，开个证明、打个电话，也还可以。但是具体操办婚事，我还真是头一次遇到，心里多少有点发怵。当然真正作难的是刘刚本人了。别的不提，要准备的那几桌饭菜（应该说是酒席，可那个年代谁要摆酒席，资产阶级大少爷的帽子等着给你扣上呢！）以及糖果、纸烟就让他小子好几个晚上都愁得没好好合眼。不奇怪，共和国正有气无力地躺在倾斜的大饥饿的船上，所有食品副食品都凭票供应。我们军人的吃粮标准也从每月45斤减少到40斤。军官们办喜事自然会照顾性多发几张票证，但仍然是杯水车薪，多不到哪里去。没办法，刘刚托了几个老乡，我也发动政治处几个年轻人托各自熟人，四处采购，才算将将就就地把吃吃喝喝的事弄得有了点眉目。你千万别以为是多么的眉目清秀，列个明细单你就知道了：挂面，今天可以到路边任何一个食品店都买到的普通挂面，那时我们好不容易凑了几张票，才买来了三斤；那些糖、烟、酒，你当有多高级？包一块白纸软面糖、比一般公民抽的卷喇叭筒好不到哪里去的劣等烟，从大坛里灌来的几瓶烧酒……就这些，而已。尤其至今不能忘记的是，为了买到几块香皂，刘刚通过我们政治处高主任，高主任又托了熟人，才从西藏驻格尔木办事处服务社弄到了两块……我在这里不厌其烦地列举这些让今天的年轻朋友听来可以爆笑的往事时，其实有意无意地涉及了一个非同寻常的我们国家的经济、文化和社会历史时期即将发生逆转。任何事物一旦走到极端就必然有变化。当时我们的生活就像秋天的草，叶的筋络已经发黄、结痂、凝固，等待再腐烂，再生。不然的话，几年之后使一些国人变得粗野、血腥的"文化大革命"就降临到我们头上。其实我也觉得回忆我们那时的高原苦日子很没味道，甚至有几分羞愧。可又不得不提呀！漫长的岁月里沉淀着多少不得不重新回忆的带着伤痕的日子！数亿人的一个大国穷到人人都勒紧裤腰带才打发日子，包括领导国家的统帅餐桌上也减少了平时最爱吃的红烧肉。相比之下，一个中尉军官的婚礼办得再寒酸也无话可说了。甚至还可以响起嗓门自豪地道一声：我在为国分忧！

真的，那时候我们都是这么说的：刘刚同志，你的婚姻一定是幸福而甜蜜的。苦中必有甜！

暗下来的年代，矮下来的幸福。我们没有抱怨，大家都乐呵呵地为刘刚布置新房。是新房吗？原先和刘刚同住一屋的白副指导员暂时挤到了隔壁一间单身宿舍，占据了另一位回老家结婚同志的床。没想到那位探家的同志提前归队，且带着新婚妻子同来高原度蜜月。这样，不但白副指导员不得不挪窝，就连同屋原先的那位主人也要"净身出户"了。多么热闹而有趣的高原军营流动生活！好在刘刚的婚房依旧是那么简朴而温馨，大家心里都很熨帖。他把自己的床和白副指导员的床一并就变成了婚床，虽不宽敞，却很随意。不要提刘刚心里有多美了，在他把两床一并的瞬间，肯定是闻到了未婚妻的体味，心里涌满了无法抑制的幸福，要不他不会对白副指导员说出这样的话："老白，我一定让我媳妇给你点一支烟，还是你对咱兄弟好呀！"刘讲的真诚，白心里当然受活，他握起刘刚的手摇了又摇。点烟？此话从何说起？

原来，老白的高山反应比一般人严重得多，犯起来时常常头疼得像裂开了缝一样难耐难忍。对付高山反应他摸索出了一个绝妙的办法：吸烟。说来也怪，只要吸一支烟，反应就减缓不少。为此，每次上线执勤时他总会带一盒甚至更多的烟，他就用这秘密武器对付高山反应。这完全是一种条件依赖，没有什么科学依据。可它管用。当然只对老白管用，放在别人身上恐怕就南辕北辙了。白副指导员就这样成了有名的"烟王"。现在刘刚提说要他的新媳妇点烟，老白自然十分高兴，也难免不带着几分幸福，他便借题发挥回应刘刚说："新郎新娘睡了我的床，我沾了光，高山反应就离我远去了！"就凭这心态，我们也要相信老白吸了这支烟，起码会在不短的一段时间内可以战胜高山反应。同时，大家也可能看出了，我们这些高原军人在为刘刚操办婚事的过程中多么开心。最让我们开心的是，贴在新房门上的那副对联，五十多年过去了，我仍然坚持认为那是很绝妙很耐人寻味的一副婚联，对联出自我们政治处宣传干事窦孝鹏之手，词是他找来的，然后再由他用龙飞凤舞的书法写上去。上联：花径不曾缘客扫。下联：蓬门今始为君开。大家一定看出来了，这是杜甫《客至》里的两句诗。诗人的原意咱就不去说了，将其移植到此，实在是高手所为。我们只能用"绝妙"二字赞赏。窦孝鹏是一位从我们团里走出来的军旅作家，当时只是初出茅庐，但已出手不凡。后来创作出了长篇小说《崩溃的雪山》。不服不行！高原军营里有的是秀才！

生活永远随处可见，幸福却常常不可知。

那真是一个期盼幸福，虽然盼得心焦如焚却依旧幸福得心里溢香流蜜的日子啊！我和周围的人都可以做证，竹子要踏进营门的那些日子，刘刚那个美啊，快成仙了。他从早到晚脚板不沾地地颠跑着准备这收拾那，鼻翼两侧的条沟里淌满了幸福的汗溪。不用抬头瞧，我听脚步声就断定是他走来了，未见人声音就飘了过来："伙计，劳驾你给会议室再借个暖瓶，开水少了供不上客人喝呀！""小张，你再到管理股跑一趟，借两把椅子，新房里只有三把椅子还是少了点！"每天他总有几次站在营门口朝东边的公路尽头眺望。竹子来格尔木必须经过那个路口，他每个时刻都等着她从天而降似的出现于那个红柳枝儿摇曳的天边。夜里他总睡不踏实，还是竹笋拱出地面的那种痒酥酥的感觉，不离身体地一直陪着他。梦里他和她已经多次会面。

因为他心里有盏灯光。那人带着光芒朝他走来，天快亮了。

所以，我说好梦最好不要醒。也许好些人一生追求的正是一个梦。

　　万事俱全，只欠东风。我们大家伙都期盼着刘刚和未婚妻竹子早一天入"蓬门"，刘刚在"花径"等盼已久！

　　然而，泡影，一切在顷刻之间变成未知数……感情也是海，难道非得要退潮？那个搁浅的早晨……

　　竹子正走在路上，永远的路上。

　　那时候，青海境内除了在省会西宁可以坐火车出省外，其他地方都没有铁路。竹子取道兰州乘火车，经河西走廊在峡东火车站下车，倒乘汽车，过敦煌直奔昆仑山下的格尔木。敦煌到格尔木以至拉萨西藏各地，是汽车部队跑车的长途路线，搭乘军车较为方便。漫长寂寞的路途，离家在外，流浪的感觉。艰辛多少，因为心儿沸腾也就不在乎那么多了。刘刚只在竹子坐火车前接到一封电报，途中她到了任何一个地方都无法联系，只能掐着指头估算着哪天她到了哪里。指尖上的日子过得尤其漫长，刘刚的指头都掐红了，他估摸她才到了当金山。这当然是心切的刘刚指头上的地方，不过，没有错，竹子确实到了当金山。他站在新房门口，使劲纵了纵双肩，清楚地看到了自己与竹子的距离。那是岁月的距离吗？

　　这天吃罢早饭，一撂下筷子刘刚难耐心头的兴奋，对包括我在内的几个要好的战友分头提前打招呼："我们的竹子就剩下一天的路程了，明日中午到格尔木。周六，也就是后天，我俩在管理股办公室举行仪式，大家来捧场吃喜糖。到时候可别只顾吃，还得劳各位大驾，帮着招呼一下。从沿线兵站来了几位战友、老乡，他们人生地不熟，又很少见过大世面，全靠你们帮忙招待他们。记住，是周六！"这就算发了请柬，口头请柬。高原军人办婚事就这么简单，利索！

　　可话又说回来，你说简单吧，又不那么简单。怎么说也是一个婚礼，琐琐碎碎的事不会太少。远离亲人，大事小事就忙他一个人，他一个涉世不深的青年，即使三头六臂也难应付得妥帖。自然会有搭帮手的战友，毕竟是帮忙，落实没落实，落实了几分，最终还得他掀开锅盖看看，锅里蒸的到底是鸡蛋还是鸡蛋羹，刘刚快乐地忙碌着。在这个六月还飘雪花的昆仑山里，他要拥着心爱的竹子到乍暖还寒的阳光里。

水流走了，就不再回头。鸡娃子叫了，天却没有亮。就在刘刚的身体与灵魂一起在兴奋中走向成熟的路上，他的心一下子跌进万丈深渊之中。一场要命的六月雪，卷着冰凌防不胜防地降在祁连山，这催命夺魂的高山缺氧！

世界就是这么浩瀚，又是如此狭小。残酷分明只是一瞬间的工夫，竹子的生命就凝固在冰河里了！她从地球上消失了，永远地闭上了那双长长睫毛掩映着的美丽眼睛！谁也逃不脱被埋葬的那一天，这，她懂。甚至可以说有所精神准备。可是她无论如何没有想到这一天来得这么突如其来，这么早。雪原上的风一步三磕地爬过，很快就是春天了，她却留在漫长的冬季。她的人生还没有结出她向往的金灿灿的果实，她的履历表上还有着许多空着的位子等待她在未来的日子里填充。她就这样和她爱恋不够的这个世界告别了。她把未成熟的青涩的果子分给了追云的风，分给了思念的月，独独没有让即将成为自己丈夫的他尝尝。记得太清楚了，那年他探亲回到故乡，他俩的婚事终于板上钉钉了。他俩满意，双方的父母也喜滋滋地点了头。那夜，他返回高原前，他俩在掩遮着麦苗的田垄上走着，他碰了一下她的手，她就羞涩得扭过了身子，给了他个脊背，红着脸说："馍馍不吃在笼里放着呢，迟早还不是你的！"为什么要这么吝啬自己那手指头呢，让他挨一下就退一层皮了？她不就是为自己心爱的人活着，才走山涉水地要来昆仑山吗？既然知道迟早是他的人，为啥不趁早却要推迟呢？

她一定很后悔的!

可是一切都晚了。她的忏悔只能化作幽灵送给还不能称作是自己丈夫的那个高原大兵。生活怎么对她这样无情,死者把痛苦留给了活着的人! 她真的不情愿做这样抹泪擦鼻涕的事!

竹子已经无法把自己从峡东下车后,乘上汽车走向昆仑山这一段路途上经受的缺氧的极端熬煎告诉别人了。因为她和这个世界上所有关注她的人做了最终不得不做的了断。大家只能从司机小郑断断续续哽咽着的追忆中,从她留下的仅有的几件遗物中,与她一同承受她在生命最后时刻,在颠簸的路途上所经受的不堪忍受的非同寻常的痛苦! 没有人分担她当时的苦难,回忆的人能否分担,我实在难以说清!

缺氧,这两个十恶不赦的字眼……

那天早饭后,汽车一驶出敦煌兵站,眼瞅着一片无边的沙漠就迫不及待地从地平线上悠悠飘来。霎时,天地一下子宽阔了起来,不时有残垣碎石出现于路边,那是比铁更凝重更古老的颜色,是竹子分辨不清的历史。小郑告诉她,这是阳关的遗址。阳关,她知道那是古代战争的伤疤。竹子举目外眺,心里随之亮堂了一些。走过阳关不久,公路边就隔三岔五地出现了一堆堆垒起的石头,上面还牵连着一串串五颜六色的经幡。竹子好奇地问司机小郑,那石堆做什么用场? 小郑告诉她,那是玛尼堆。是藏族人家或蒙古族人设置的寄托佛意的标志。不少石头上刻着"六字真言",石堆间还有各种佛像的泥模。竹子再问: 什么是"六字真言"? 小郑很为难地笑笑,说:"就是六个字,好像是嘛、呢、叭……其他的字我就说不上来了。总之,是吉祥如意的意思。"竹子见为难了小郑,忙说:"你成天开着汽车跑长路,哪里记得这么多事,好啦,我到了格尔木问问刘刚,到时候也让他给你讲讲……"

　　这是个原本愉快的话题，没想到今天回忆起来心情却变得异样沉重。生活中常有这样的事，说起来好像明白，动手一做就犯糊涂了。其实，本来朝前迈一步，甚至半步就弄明白了，偏不。许多人就缺少这一步，只得停留在这半明白半糊涂中！小郑后来告诉我，当时他被竹子问得回答不上这样一个常识性问题时，他真的打算到了格尔木找刘刚让他给竹子说说"六字真言"，他也一起听听。在藏区跑车，不懂"六字真言"太闹笑话了。可是竹子出了事以后，他见了刘刚哪里还有心境提起此事？他张不开口呀。小郑给我讲了这件事后，我便按捺着发疼的心，给他讲了"六字真言"。我想，长眠在另一个世界里的竹子也能听到。竹子，当时小郑没有给你回答的问题，我现在替他告诉你答案，你听着："六字真言"：唵、嘛、呢、叭、咪、吽。据说这是佛教秘密莲花部之"根本直言"。它包含佛部心、宝莲部心、莲花部心及金刚部心等内容。"唵"，表示佛部心，念此字时，自己的身体要应于佛身，口要应于佛口，意要应于佛意，即身、口、意与佛成一体，才能获得成功。"嘛"呢，梵文，意为"如意宝"，据说此宝出自龙王脑中，若能得此宝，入海能无宝不聚，上山能无珍不得；"叭咪"，梵文，意为"莲花"，以此喻如莲花一样纯洁无瑕；"吽"，表示必须依赖佛的力量，才能得到"正觉"，成就一切，普度众生，最后达到成佛的愿望。

　　我讲六字真言，是给竹子听的。五十多年了，时过情未迁。当时小郑没有给你的答案，我今天替他补上，也是替刘刚补上。我知道，你若到了格尔木，一定会让刘刚给你讲的，你会对刘刚说，小郑这孩子连"六字真言"都不知道，我喊他过来，你一起给我俩讲讲。此刻，我多次哽咽着几乎讲不下去了。竹子，你该听到了吧！一个你从未谋过面的，也许刘刚给你提说过的高原军人，现在坐在格尔木小郑住的一间小屋里，给你讲你很想知道的藏地的事情。你在去昆仑山路上发生的一切都是这位小郑回忆给我的……

司机加速在沙漠里的公路上行车，好快的车速。眼瞅着一座山岳跳上挡风玻璃，一晃就甩在了后面。只觉得自己的体内储存着一整个秋天的果实，把车开往一个漫长的明天。为什么是漫长呢？他不知道。不管那么多了！他的心里像竹子一样巴不得早一刻赶到格尔木。车过长草沟兵站不久，竹子就隐隐地感到脑袋里仿佛有几只小毛毛虫在蠕动，还时不时地咬一口脑内的某一个部位。凭感觉她推断似蚂蚁那样的小虫虫，痒痒的，咬得狠了还闪动一下的疼痛。只是无大碍，针尖恍了一下又飞了的感觉。牙一咬，没了！让竹子不安的是，那疼痛散去没一会儿，又返回来，这回就疼得狠了。那疼痛像磨亮的刀刃，没有任何收敛的、得寸进尺地割切着她头部的肉。奇了怪了，高山反应还有尖锐的叫声，好刺耳！可以安慰的是，疼痛是一阵一阵的，在疼与疼之间的间隙里，她的难受可以稍稍缓解一下。她多么想把这个间隙放大，让它成为刘刚暖融融的怀抱，这样还怕什么吗？想到刘刚，竹子就不顾及那么多了，疼就让它疼去吧，还能要了人命？才不信呢！坚持，顶住它。有刘刚的怀抱，她的身体已成为刘刚身体的一部分，拥抱着热烈的爱，不信这疼痛还不退去！事实却是，头疼不但没有因为她的温情坚持有丝毫的缓冲，反而加剧地疼起来。到了后来，她感到好像有人用锤头或别的钝器敲打她的双鬓，还有脑门，撕肝裂肺地疼！

竹子想到了佛，公路边又出现了玛尼堆。小郑不是说了吗，那是藏族人的佛意。佛的事佛知道，人的事，佛也知道。这高山反应，佛该管一管吧！她默念着"六字真言"。其实，没什么用。小郑还没有教会她念"六字真言"，哪能显灵？她分明感到高山反应的魔爪已经触摸到了她生命的寒冷。疼痛开始在周身漫游了，这种漫游在汽车攀上当金山后达到了可以说难以忍受的程度,无法抑制地包围着她。

当金山是祁连山的支脉,海拔只有2000米多点,与和它毗邻的昆仑山、唐古拉山相比,在世界屋脊上它当个小弟弟还不一定够格呢。当然这只是它的高度,世界上许多矮个子的作为往往让那些高个头的巨人也望尘莫及,高度并不出众的当金山,气候燥烈、氧气稀缺是出了名的。在高原跑车的汽车兵深有领教。竹子的高山反应在上了当金山后陡然加重,越来越重。她面如土色,嘴唇泛紫,浑身像抽筋似的提不起精神。她举起拳敲打着脑门,本想减少点疼,谁料情绪更加泥泞。

"小郑,停下车吧,我难受!"

小郑靠边停驶。竹子下车开始呕吐,哇哇的,几乎吐尽了早晨在敦煌兵站咽下的所有食物。小郑一直扶着她,轻轻地捶她的背。"吃进胃里的东西好像掏空了,可是好像又钻进去了什么,还是难受。"竹子这样说,很无奈。又开始吐,干吐,什么也吐不出来。小郑当然知道高山反应就是这个样,即使把肠子吐出来,人仍然难受得干吐。"嫂子,你静一会儿吧,太累了!"小郑一直这么称呼竹子。虽然刘刚还没娶竹子为妻,迟早的事了,叫嫂子总不会错。竹子只是笑笑,轻轻点点头,但一直没有应承。她在小郑的搀扶下,又坐在了驾驶室。竹子的高山反应一点也没减退,小郑眼巴巴地看着可怜巴巴的竹子这样痛苦,却爱莫能助。遥远山野,前无村后无店,连只鸟儿都瞅不着,找谁能帮帮嫂子?他只能不住地喃喃自语:"山神爷爷,你把嫂子的痛苦转到我身上吧,我一个小伙子,刚刚的身板顶得住!"竹子听没听到这善良的心声,已经无存证实了,只见她用手顶着鬓角对小郑说:"我没事的,咱们赶路吧,早一点到格尔木比什么都好!"

刘刚正望眼欲穿地等着她呢!

竹子仍然用手指摁着鬓角,此刻,这是她可以用来对付高山反应唯一的方子了，有几多作用，她已经难以弄清楚了。小郑也看样学样，不时停下车帮着搵她的鬓角，有用没用他也不知道。就这样走走停停，汽车也在痛苦地挪步。车速仍慢，那些终年不化的雪峰，那些远远望去似乎高过雪峰的冰河，渐渐地，脱离车窗玻璃被甩在了车后。当它们消失在远方后，又有重新迎面扑来的雪峰、冰河跳上了车窗玻璃。小郑自然没有任何心思观赏这些平时他喜爱的"车窗电影"了。他的心里只揣着一个想法：快点到格尔木，越快越好！没想到，车轮就这么煎熬着时间滚动了不足一公里，竹子又抱起头喊着："我活不成了，头疼得要命！头疼！"

小郑再次停车。路边就是道班房，这是这片荒原上唯一的一户人家。显然小郑有意选择了这个地方停车，他的手放在双音喇叭的按钮上，不松手地按着。犹如报警器般的呼叫声，唤出了道班房里一位养路人。看上去他30来岁，矮墩墩很结实的个头，紫棠色脸庞，头发黑白混掺地卷着，给人感觉那每根发际都掩藏着祁连山的烈风残雪。小郑还没开口，那养路人就说：看来这位嫂子病得不轻，快进屋！他们七手八脚地拥着背着竹子进了道班房。那人赶紧端起竹篾暖瓶倒了一洋瓷缸开水，在缸里倒来倒去变凉，喂竹子喝。竹子迷迷糊糊地抿了一口，就推开了水杯。工人又拿来一个小瓶，摇了摇对司机说："我们这里啥药也没有，就这点止痛片，弟兄们害了病，不管发烧发冷，呕吐跑肚，灌进肚里倒也管一阵子用。就让这位小妹咽一片，兴许能救急。"

瞧，这位热心肠的大哥，进得屋没几分钟，又是倒水又是递药，对竹子呢，一会儿叫嫂子，一会又喊小妹。多么实诚纯朴的好兄弟！小郑真的好感动，又感激。他说："面对这位好大哥，我多么想把自己也融入到这道班房里，把生命放在最低的位置。在这样的位置上回望我现在的一切，我会对人生有更透彻的认知！"小郑这话当然不是当时说的，而是数十年后他回忆时对我这样感叹人生!

我们继续回到那个简朴而温暖的道班里吧。竹子仍然半醒半迷糊,那位工人递上止痛片,她连眼睛也没睁就吞下去了。高山反应减轻还是没减轻,旁观者谁也无法判断,竹子倒是暂时安静了些许。可是谁也明白她还是承受着巨大的痛苦。此时,小郑的心思不得不放在另一件事上——拦一辆过路车,给部队捎话,赶紧派医生设法救竹子,最好让刘刚陪同医生来。他相信,刘刚得到消息后,必然会马上赶到竹子面前!

小郑飞也似的急忙冲出道班房,正好有一辆去格尔木的汽车驶来,他急头巴脑地蹦到公路中央,站住,伸出双臂拦车……司机紧急刹车,算侥幸,汽车擦着他的身体刹住。一场虚惊! 司机扶起车轮下的小郑,得知这儿发生的一切,摊开双手,爱莫能助。一个不顾自己安危的人,他把希望留在了路上。过路的车辆,要么点一脚刹车停下,要么飞车而过……也许希望总会有的,也许希望离竹子越来越远……

道班房里,残月无法复圆,原本可能的存在,渐渐冷却。竹子的病情急骤恶化。她脸色苍白,眼圈泛黑,嘴唇发颤。头发也被她抓撕得乱蓬蓬地卷起来。她依旧双手半松半紧地抱着头,有气无力地喊着: 头疼,疼! 嘴里还吐字不清地说了些什么,只有她自己知道。道班房外面就是藏人垒起的一个玛尼堆,每块石头都湿湿的,是流泪还是雨,不得而知。

忽然,竹子中止了呻吟,微睁双眼,几乎用尽平生之力莫名其妙地问了小郑一句:“这里是什么地方?”小郑仿佛明白了什么,随即告诉她:“这个地方叫‘南八仙’。”她听了微微点点头,脸上浮现幸福的颤动,低声自语:“南八仙! 南……”

从峡东车站坐上汽车后,一路上每经过一个地方,或村庄或小镇或一座山什么的,竹子总忘不了问问司机,这地方叫什么。得到回答后,她就很满足地说："好,知道了,刘刚早就给我讲过了。那年回家相亲,他给我讲了高原上好些地名的来历,这里的地名几乎都捎带着一个真实的故事。花海子、纳赤台、大柴旦、二道沟、雁石坪、倒淌河……多动听呀,不用听它们背后的故事,就这名字准能把人的魂勾走!"

小郑明白了,原来是这样。竹子虽然从来没有到过高原,可是刘刚已经给了她美好的想象,引领着她的心灵在高原上浏览了一回。这时竹子问到的这个叫"南八仙"的地方,就隐含着一个悲壮的英雄故事。记得刘刚当初给她讲这个故事时,是动了感情,含着热泪讲的。她呢,自然也听得泪流满面。竹子暂时忍痛忘却了高山反应这个可恶的魔鬼对自己的袭击,回忆起了那八个女兵的故事!

那是一个带着血淋淋巨痛的往事,一个无法被悠长岁月埋没的故事,一个凝满年轻女兵壮烈和忧伤的传说……

五十年代初,五星红旗刚在西藏上空飘起的那一年,一队通信兵奉命进藏执行战备任务。他们翻过当金山后,在柴达木盆地北沿的荒原上安营扎寨,执行临时任务。飘在军用帐篷上的五星红旗在大风里猎猎脆响,传递着祖国的召唤。他们站在红旗下,无限的天空里,眺望整个中国。挖坑、栽杆、架线、护线,就是通信兵每天虽然不变的重复劳动,却充满战斗乐趣。正是高原上漫长的冬季,极冷的日子里气温骤降到零下40摄氏度。其实抵御酷寒并不是兵们最紧迫的需求,最糟糕的事情还没有来到。令兵们胆战心惊的是高原缺氧——这个他们过去从来没听说过的恶疾,把这些小年轻折磨得死去活来,一个个脸色紫里泛黑,走起路来头重脚轻,稍有不慎就要栽跟斗。最要命的事发生在一天夜里,一场没有任何预兆的罕见的暴风雪突然席卷了柴达木盆地。通信兵的临时营地遭到了致命的扫荡。八个女兵落脚的那顶帐篷遭遇最惨重,帐篷被烈风连根掘起，随风在地上没有方向地滚动着。最初女兵们双手死抓着帐篷不放，随着旋滚的帐篷不知奔跑了多远。后来，暴风雪越来越凶烈，帐篷渐渐离开了地面，旋在空中。有的女兵实在难以抵抗如刀似剪的暴风雪残忍摧残，不得不松开紧攥着帐篷的双手，被撂在荒郊野滩。有几个女兵仍然死拽着帐篷不放，被暴风雪拖出好远好远……次日，暴风雪缩回到祁连山的某个窟处。青藏高原又恢复了那惯有的寂静，可怕的寂静。静得连远处牛羊啃草的声音仿佛都可以听得见。战友们和当地牧民含着悲愤的热泪寻找八个女兵，终于在离驻地十多里远的山沟里只找到了几具女兵的遗体。还有三具遗体始终没有下落。找到的遗体中，有的手里还攥着电话线，有的脚上还扎着脚扣，有的还握着帐篷的一个角。特别让大家感动又心疼的是，一个女兵的手里紧紧地抱着一面国旗，旗面已经撕扯得破烂不堪，那几颗金黄的五角星赫然犹存。她们至死也舍弃不下崇高的信仰！八个女兵就这样远行而去，然后长久不衰地站立在青藏高原上——从此她们遇难的那个无名之地，就有了一个美丽而温馨的名字：南八仙。

　　……

　　此刻，竹子的生命已经被高山反应蹂躏得即将走到尽头了，她为什么突然提问起让自己受难的这个地方的地名？推测，她也许不知道自己已经躺在南八仙的怀抱里。记得有人说过，人这一生向往什么，追求什么，也可以一生未果。但是他不会轻易放弃，即使在他生命的最后时刻，他都要回到最初的那个他自己。初心最清白干净，如同水回到泉里。在刘刚给竹子讲八仙的故事时，她就向往那个诞生八个女兵故事的地方了。这样伟大的女性，过去怎么就没有听说过？是的，总有一些闪亮的生命往往被人们忽视。像我们的生活里有多少值得的回忆；最后却在石头缝里鲜活！可以推想，这一天，竹子冥冥之中会感到自己走近了八个女兵，从出发那刻起其实她就惦着这个曾经只在想象中见过的南八仙。于是她就不由自主地问了司机一句："这里是什么地方？"后来司机小郑回忆说，竹子自己被高山反应折磨后，一直是闭着眼睛痛苦地呻吟着，只有在她问起"南八仙"这个地名时眼睛出奇地睁了一下。那亮亮的瞳仁只是闪了一下就合上了，永远地合上了！

八个女兵——竹子，可以说她们同为青藏高原的过客，不过都是落地生根的过客。永远的归宿地。这九个女子在同一个异乡怀着相同的梦想注定要相遇相知相惜。她们确实已经筋疲力尽了，但是她们会使活着的人的明天更像明天。

对啦，我险些漏说了司机小郑后来给我讲的一件事。这是让他今天回忆起来仍然幸福着的事。人一生有些幸福或者说这幸福还没有实现时只是在心里甜蜜着，保不准只是一瞬间就从一粒隐秘的花蕾开始。那是竹子在闭眼之前的大约一个小时，她意外地拉起小郑的手，吐字不清地连着说一个字："嫂，嫂……"机敏的小郑马上就明白了是怎么一回事，赶紧把嘴贴近她的耳门叫了一声："嫂子好！"竹子听了唇边浮出浅浅的笑容，将手抽出又放在小郑的另一只手上，慢慢地走了！从峡东车站接上竹子后，小郑就亲切地喊她"嫂子"，头一天一直这么叫。竹子呢，怪不好意思地纠正说："事情还没办呢，先把嫂子放着等婚礼完毕后再叫。现在我就是你的姐，叫'姐'我习惯。"谁会料到在奔往嫂子的路上出现了这样不测的事。此刻，竹子似乎想到了事情的悲惨结局，便让小郑喊她一声"嫂子"。这既是对热心肠小郑的安慰，更是给未婚夫的刘刚痛心的圆满的一个交代。"嫂子，你会好的，真的，你会好的！"小郑这声"嫂子"叫得好沉重，他的眼泪像散了的珠子落到竹子渐渐冰凉的手背上……

南八仙的天空蔚蓝蔚蓝,蓝得让人觉得这个世界洁净得没有声音了。竹子如果是一只燕子,她在这蓝天下飞翔,那该是青藏高原一幅多么无与伦比的绝美图景!其实,不必这样去想象,竹子比燕子更美,更富有梦想。在祁连山的这边、昆仑山的那边,在更高处,还有更美的一幅画面正在悄无声的开放!

梦是满天繁星,黎明到来前,融入晨曦。

司机脱下皮大衣,轻轻地盖在了竹子的身上。之后,这件军用大衣上又压上了一件蓝色大衣。道班工人拿出了自己不久前新做的大衣……

大地很静。正是八个女兵躺在大地怀抱里时那种可以听到牛羊啃草的安静。唯两件军民合而为一的大衣未停止呼吸。抵达昆仑山的途径是多种多样的,竹子穿着这两件大衣肯定会走到刘刚身边的。那是她新生的两只翅膀,可以飞到任何一个她要去的地方!这时竹子静躺在道班房里,她的胸脯似乎还在微微起伏着。这让我再一次感受落雪无声。

深情,含蓄,饱满的生命!

这个时刻,青藏高原呈现着旷世之美。满天跑着浮云,阳光被挤成一道窄缝。

这个时刻,我站在高高的祁连山岗,只望见一个人的影子。

救命的医生还是赶到了。可是已经无命可救了。是道班的另一位工人闻讯后特地拦便车到大柴旦请来医生。冬夜更深的时候,荒野仍会有热身的微光为路人热身。大柴旦是当时柴达木盆地的首府,一个不足两千人的小镇。一位老中医,哈萨克族,茂密的银须蓬住了上唇,那种慈祥、温馨仿佛挂在嘴边,随时会喷散开来。他问了问竹子的病情,又摸了摸病人脉象,摇了摇头说:"我无能为力,就是早一步来我也没得办法。病人是几天前就患上了感冒,再加上高山反应,感冒加重。够她痛苦的了!这种病我们眼下还没有制服它的有效办法,十有八九的命是保不住的。"

　　老医生随口说了几句顺口溜:早上患感冒,晚上转肺炎。来日肺水肿,赶快写遗言。

　　没有丝毫的调侃意思,他说这话时显得十分惆怅,无奈。甚至眼里有了泪花。

　　小郑后来对我说:爱是艰难的!竹子和刘刚不可能不知道他们在高原会面是有许多料想不到的不测。但他们依然相爱。一切都取决于速度,要快,再快。种子快点长成苗儿,苗儿快点结出果实!

　　作为组织股具体分管婚丧嫁娶的办事员,我和营部曹军医急三火四地赶到了南八仙,这已经是出事后的三个多小时了。所见让我们目瞪口呆,惨不忍睹:竹子僵硬了的遗体停放在道班房后面的工具室里,她的脸呈现着微紫透黄又见黑青的冷色。这是我揭开蒙在她身上的那两件大衣后看到的。我抱起她的遗体搬动汽车坐垫时,似乎感到了她身上微弱的热气传递到我身上。这是她留给她的恋人最后的体温吗?可是刘刚不在她身边,何时能赶来,赶来后这体温还能不能久留?很难说!于是我先替刘刚接收了,我下意识地将她的遗体靠紧了我的身体,我心甘情愿地替刘刚回报一个男人的体温。这是竹子在人世间得到的最后的温暖。我知道她是不甘心就这样离开这个世界的,只差一天的路程她就可以到昆仑山下,完成终身大事的最后一个程序了。但是不能,悔恨终生!一步之遥,往往成为万里险途。原来死亡也是如此辽阔。荒野上有多少坟堆,安静地靠着美!

　　刘刚并没有告诉竹子,也许是有意要给她一个惊喜才暂时瞒着。但是竹子绝对能想象得出那间婚房是多么温馨,具有特色的简朴才更显得温馨嘛:在昆仑山下格尔木军营的某一个并不起眼的地方,刘刚布置好了一间婚房，房间自然不可能大，但是肯定干干净净地飘散着淡淡的香美，那是刘刚回乡探亲时特地托人从北京王府井百货大楼买来的花露水。当时刘刚把花露水在竹子面前一晃，说，现在不给你用，到了你成为我媳妇的那一天，洒你满身，香醉看热闹的人，让他们闻着香气美去吧，美死去！竹子回了他一俊笑，说："还没等人家美呢，先把你美死！"她竹子就一直盼着这一天早些到来。当然，那天刘刚还说了，新房应该布置得有高原特色。可是，高原的什么特色呢？他俩额头碰额头地想了好久，还是刘刚想出了招。他说：亲爱的竹子，我思谋着还是把格尔木的胡杨树请到咱们的新房里来吧！竹子问："就是你让我看的那篇散文里写的那种树，千年不死，死了千年不倒，倒了千年不朽？"刘刚说："你说着了，就是它！"竹子又问："格尔木城里生长这种树？"刘刚笑笑："在城郊，三十多公里有片胡杨树，原始的胡杨树，一眼望不透的树丛！"

他俩就这样做出了决定，采一束胡杨枝叶装点在新房里。让这顽强的生命在他们心里悄悄发芽，发芽！

此刻，我站在竹子的遗体前，心里涌满对她的同情，一种难言的委屈之情。当然更多的是委屈之后萌生的敬佩。我不由自主地想到了许多往事，心里针扎般刀割般的难受，伤感。就在我抱起她的遗体挪动时，沉重的自愧咬着我的心。我们都活着，她怎么就走了呢？我真的不如她这么勇敢，豪气。这是一个多么了不起的女性！不是么？她有一百条一千条理由把刘刚拽回老家去完婚，在那里任何一个小饭铺举行婚礼都不会比高原条件差，起码风平浪静，不会让人提心吊胆地颠簸吧！自幼在家乡这块连个遮眉挡眼的大土包都少见的女娃，当然明白自己一个人出远门且要翻山越岭地闯荡世界屋脊，那是在"玩命"！"玩命"二字是刘刚和她商量在高原办婚礼的信上写的，自然是一句调侃的玩笑话了。沉浸在幸福蜜浪中的恋人开玩笑是不讲究措辞的。写信人和看信人都把这话当成了开心的玩笑。谁能想到它却验证了。但是不可否认的是，刘刚用"玩命"这两个字开玩笑，还真的在提醒竹子要认真对待这次高原之行。她起码要有吃苦的精神准备。不就是吃苦吗？乡下柴门里走出来的女娃把吃苦当成喝凉水，渗一渗牙根罢了。他和她都不愿往深处想，想它干吗呀，眼睛一闭，就挺过来了！玩命？万分之一的概率，毕竟太小太小！所以，从某个意义上说，打开始上高原那一刻起，竹子就把生命掂在手里了。她绝对不想扔掉宝贵的生命，而是要牢牢地攥紧它，唯恐它丢失。那是属于两个人的生命呀！正是她，比刘刚更坚定地坚持要把婚礼放在海拔之上的高原上举行。她不是要向别人张扬什么，这个荒凉的莽野当时确实没有几个人能看到他们的婚礼，给谁张扬呢？是刘刚在和她商定在什么地方举行婚礼时说的一句话刺疼了她的心，好疼好疼，她会终生不忘："那是一个女人不去的地方，可是没有女人这个世界哪儿还会有色彩！"刘刚还给她传递了曾经发生过的这样一件事：四年前青藏公路通车后，修路的民工纷纷要求回内地老家结婚生子或孝顺老人，筑路总指挥慕生忠将军一再动员大家把媳妇或未婚妻带到格尔木安家落户，仍然有不少民工跑回老家去了。当时老将军说了一句石破天惊的话："格尔木这个地方没有女人是拴不住男人的心的！"竹子震撼了，她拍着发疼的胸脯，认定了一个理：我和刘刚就要在这个女人不去的地方组建一个家庭。哪怕这个家庭在那里只存在十天半月，那也是荒原上留下了女人气息的地方！

为荒原设计这一幅美景的乡间女孩，彻悟世间，净了昆仑，怎能不让人敬慕！这时，我的目光重新落在了竹子的遗体上，忽然觉得看上去她比活着的时候还要优雅！毕竟，我是自己安慰自己。真的，她在只差一两个小时就要见到刘刚时已经离开了他！

近在眼前，为什么遥遥无期？她终究没有来到她一心想去的那个地方……

刘刚还在哭。我确实记不得他是怎么来到南八仙的，什么时候来的？噩耗传到格尔木时，我们政治处的人像被谁打了一闷棍，全傻呆了。怎么会发生这样的事？我们都不得不暂时地瞒着刘刚，好像谁最先把这个噩耗告诉他，谁就是罪魁祸首。好在当时刘刚正在新房里忙着给竹子收拾床铺。他傻呀，都什么时候了！可是，很快他就知道了，到车队要了一台车就赶到了南八仙……

谁也无法不让他哭，他哭得撕肝裂肺的绝望。那哭声就像挂在头顶的任何一朵云上，一招手就立即落下一场狂风暴雨把高原淹没。他抱着她已经渐渐冰凉的遗体像一头怒狮一样狂跳狂叫着。然后他静静地伏在竹子胸脯号哭起来，边哭边字不成句地喃喃自语：

"我的竹子呀，我的竹子！认识了你以后，你对我的那份感情，对高原的感情，让我抵挡了多少诱惑和浮躁。我怀着对我们未来的向往，等候在高原，盼着你有一天来到我身边，我就会永远和你生活在一起了！可是，你为什么这么狠心，撇下我走了！为什么要这样！为什么！你叫我怎么活呀！我把咱们的新房都拾掇好了，我怎么还敢再回到那间房里去呢？我的竹子呀竹子，你睁开眼睛来看看可怜的我吧！看看我吧……"

平时寡言少语的刘刚，在这个时候，丢失了他亲爱的竹子后，突然变得这样多言善说。他边说边哭边捶胸，他的声音已经嘶哑得快破裂了。他抱起了竹子，摇着她哭叫，仿佛要把整个地球摇醒才罢休。可是这个世界已经沉睡，身单力薄的他是摇不醒的。我可以相信的是，荒原上每棵小草都摇得流泪。我长这么大从来没见过人和草这么伤心地哭叫，铁石心肠的人看着也会心疼！回头望一眼吧，沙丘上的胡杨树也要长成忧伤树了！

胡杨树旁，已经走得足够遥远。茫茫人生海上，不是所有失去的事情，努力就能挽回。

当晚，汽车把竹子运到了格尔木。路上，柴达木六月的冷风一直吹过死寂的原野，一棵红柳的种子也许还在石头缝里活着。刘刚一步不离地守在竹子身边。他停止了哭声，只是不换眼地看着竹子。竹子的脸上盖着一条手绢，是那种军营里战士使用的绿色手绢。我确实没有看见是谁盖的手绢，但是可以肯定那是司机小郑所为，我们这里就他一个战士。刘刚没有动竹子脸上的手绢，她睡着了，让她安静睡一会儿，不要惊动她。他只是一语不吭地攥着她的手。当时天已经快黑了，夜幕从车窗玻璃上徐徐滑下。刘刚一定想着要早一点回到格尔木，那里是昆仑山，昆仑山的夕阳可以换成日出，竹子说不定在那个早晨会睡醒的！

格尔木的灼灼灯光终于跃上了车窗。我闻到了夜风里卷来的察尔汗盐湖的咸味，它是中国西部最大的内陆盐湖，它抖动起来全中国都能尝到沁心的美味。它静卧在昆仑山下，一刻也没有停下喷发味精。它发誓要把内心的盐，种在东南西北四个方向，让四季和节气流溢出芬芳。那么竹子呢？请你伸出舌头舔舔盐湖的味道，它今天的这一刻是专为你而存在！汽车驶进盐湖中一条便道，车子摇煤球似的颠簸起来。刘刚说，竹子身体虚弱，她怕是受不了！司机便换上低速挡，小心翼翼地放慢了速度。仍然有些颠，刘刚让竹子的头枕在他的腿上，软软的，竹子会好受一些。车过了盐湖不久，汽车转了个S形大弯，驶进了格尔木。这时天空飘起了雪花，六月雪。今夜，这大片的雪花会把昆仑山的冰峰砸得粉碎！汽车驶进营门后，我看到许多战友都默默地站在路边等候。刘刚没有下车，站着的人也不动。我们的车停下了，他们也不动。过了一会儿，刘刚才慢腾腾地下了车，我们政治处的高主任上前抱住了他，刘刚仍然不语，停了一会儿，他才放声大哭。高主任给他擦去眼泪。

刘刚是怎么从汽车上下来的,我记不得了。后来有人说,是高主任和两个同志抱着他下来的。为什么要三个人抱?因为他的怀里抱着竹子!没有人不理解刘刚,他的身体永远会住着一个女人的,他俩谁也离不开谁。

刘刚和我们精心布置的那间婚房,就成了竹子落脚的家。这自然是刘刚的意愿了。他说,竹子要在这个家里住上三天,我再送她回娘家。这是我们老家的乡俗,新媳妇回门。可是,娘家?高原上有她的娘家吗?我们都想问他,却谁也没开口。当晚刘刚陪着竹子到12点才离开,他就那么一直拉着竹子的手。离开之前,他对我们说:"你们都回去休息,我要和竹子说说话。"他这话像针一样戳在了我们的心,一说完泪水就盈满了他眼眶。

那晚,刘刚到底给竹子说了些什么,没人知道。可是我们一直想知道,却无法得知。那是夫妻间的私房话,永远进不了别人的耳门。它出唇的时候,她已经出了远门,她把那悄悄话从一座山带到了另一座山,压在心底下,有意让它找不着回家的方向。

次日,第三天,刘刚每晚都陪竹子到夜深人静。她孤身一人,要远行了,高原路上风大雪吼,他要给她嘱咐的事情太多,太多。临行前,夫妻间总会有说不完的话。一次他陪罢竹子从屋里出来,怎么也迈不开脚步,回身一看,满天的星星簇拥着他。有一颗最亮的星星,他认定那就是竹子,他跑上前双手相握,不想空空如也!

到了第四天,吃罢早饭,刘刚送竹子回娘家——营房对面的山坡上,那是刘刚为竹子选的墓地。他说那儿就是竹子最后的家,也是她的娘家。他要送她回家。他告诉战友们,这些天夜里他陪竹子就是和她商量在哪儿安家的事。他说竹子的英灵对他说:"刘刚,我的丈夫,我身在路上,心在昆仑山。我不能无家可归。躺在军营对面的山上,可以天天看着你起床,出操,上班。我踏着军号声和你走在一起。能看到你的地方,就是我的家!"竹子说得对,她千里迢迢追我到昆仑山,不就是为了成家!

我,还有刘刚的所有战友,此后好长一段时间都没有勇气走进我们为竹子布置的那间婚房。拾掇好房子的那一刻,我们原以为幸福就可以掷地有声地降临在昆仑山的军营里,一个新组建的高原家庭就会诞生。谁会料到,新的故事还没开讲,就抢先一步地有了悲惨的结局!

我们企盼的是昆仑山的彩虹,为什么出现的却是一道伤疤!

此刻,蒙在竹子脸上的那块薄薄的军用手绢,把这位还没有成为新娘的"军嫂"永远地隔在另一个世界里!

掩埋了竹子后好长一段时间,我们都没有见到刘刚。营门的哨兵告诉我们,刘刚每天执勤回营后都要去对面的山坡上竹子的墓地探望。一堆黄土,一旁几枝红柳摇曳在坟头,似乎是竹子正轻轻梳理着她的秀发。刘刚双手剪在身后,走过来踱过去地不停下脚步,能看得出他无法丈量出昨天和今天的距离。但是他要努力地缩短这个距离。昆仑山太空旷,竹子初来乍到,她还不习惯在这样的环境里落脚。刘刚要陪她一些日子,直到昆仑人家——那些先于她在此落地生根的高原亡人,认可她正式成为他们之中的成员了,他再离开她。

她消失了,应该让她长久地出现。

这天,我找到刘刚,小心翼翼地提出要为竹子建一份档案——其实是"死亡档案"。可我实在说不出"死亡"二字。我做这件事完全是个人行为,与我的本职工作无关。它出于我对战友的情分和同情。当然还有也很重要的一点,是对竹子的敬佩。一个身单力薄的乡间女娃,跋山涉水上高原在军营里安排自己的终身大事,她的血脉里不流淌着军人的血液,谁会相信呢!但是要为竹子做一份档案,我左右为难谁都可以理解。她不是军人，也不是军人的妻子或子女，她仅仅是一位从农村来高原准备完婚的女娃娃。她进入不了军营的死亡档案，就意味着无法享受军队的有关待遇。我建议要建立的这份档案充其量是一纸空文，只可以让刘刚，还有我们这帮见证了他和竹子这场未走进婚姻程序的"军婚"，有个无奈的结局。大家在心里记着这位只能永远站在军营大院之外，观望自己心上人的可怜巴巴的未婚女！她确实是值得我们每个军人敬爱的"军嫂"！如果昆仑山阳坡上只有一朵雪莲开放，我确认那是献给竹子的！

我要建立档案的设想，刘刚并不认同。

"我的心里像钻进刺猬一样发疼，让该结束的尽快画上句号。可是我做不到。也许句号画上了，我会更加痛苦！在今后的相当长一段生活中，我不可能忘掉我亲爱的妻子竹子！"刘刚说这些话时没有眼泪，但是我知道他咽进肚里的眼泪谁清楚有多少！这种无奈，与其说他在摆脱痛苦，还不如说他在痛苦挣扎更确切。

我理解刘刚，说："竹子进了咱们军营，按乡俗就是属于你的人了，也属于我们的嫂子了。我以后就叫她'竹子嫂'！"

我绝对不是安慰刘刚，而是出于真心。

"你和我都有今后，她呢，她的今后在哪里？"刘刚稍顿，又说："这样吧，我也想了好些天，我们还是做些实实在在的事情吧，在昆仑山里给她安排一个名正言顺的家，毕竟她下了那么大的决心要在这里安家。我们给她做一个墓碑，算是门牌号，她就有了户口！"

我满口答应。世事的公平或不公平，我们不能抱怨太多。现在我要尽量做到的是，要让刘刚感到这个世界对自己不亏欠的不多。我们几个战友都忙着给竹子嫂操持家。墓地是刘刚已经选定了的——就在离昆仑烈士陵园约200米的一个向阳的山坡上。她进不了陵园，就遥望着它吧。"如果我能一直在高原干下去, 到老。那么我就把坟地选在陵园内与妻子不远的地方, 她望着我, 我望着她。从来没有离开, 一直这么近, 那么远! "刘刚这样说。

竹子嫂躺着的那个山坡顶端, 就是终年积雪不化的山峰。为做墓碑, 我跑了格尔木角角落落, 才跑来一块柏木板。你以为呢, 能那么容易吗? 六十年代初, 几乎寸草不长的戈壁荒滩, 更不会有树了。格尔木人用一根钉子一块砖都是从内地运来的, 可以想象得出, 能有什么材料给竹子做墓碑! 我们几个小伙子从汽车修理厂木工房跑来的这块柏木板有多珍贵! 那个小青年帮我们把木板刨得光光的, 跟石质一样耐看。墓碑上的字自然是刘刚来写, 他胸有成 "竹", 提笔就洒下一行字: 18岁的竹子, 永远的家!

只是, 他爱得太深, 提笔的手抖得像旋风, 写下的 "竹" 字歪着, 快倒下了!

我长久地默诵着这块墓志铭, 终于读懂: 这里没有死亡, 竹子永远是18岁!

刘刚跪倒在墓前, 抚抱着墓碑, 满眼泪水。

随即, 他从一丛红柳上摘下一枝, 放在墓碑上。不是用死亡去祭奠另一种死亡, 那枝红柳会落地生根……

三个拉萨战友

　　几十年的军旅生涯，我穿越世界屋脊数十次。日光城的每座喇嘛庙前、八廓街的旋转朝圣路以及拉萨河的牛皮船上，都留下我的足迹和向往。我在拉萨结识的战友当然不会只有三个，今天单单提说他们，那是因为他们都是长期坚守着一份平凡的工作，扎根在雪域高原，有的30多年有的20年，有的索性长眠在那里。青春流失，智慧散尽，都是默默的奉献，有谁能知道他们的名字？我和他们之间发生的那些说离奇却很平常。说平常，可内地的人绝对想象不到的故事，一百次一千次回忆起来品尝的都是意味韵长的人生感悟。也许苦过，也许乐过，也许困惑过，实话实说，都是西藏山水对军人原汁原味的馈赠。

　　第一个战友叫"王根成"，将军。我们相识时他和我都是列兵，列兵是兵之头，将军的起点。我要讲的这个故事就发生在他当列兵时。60年代，平息西藏叛乱的枪声响过不久，雪山上空还隐约可闻到硝烟味。我们这些汽车兵日夜兼程地给藏区运送食品、衣物和日用品。4000里青藏公路，每月都要往返两趟。王根成引起我的特别关注完全是因为他的那个灰色帆布兜，斜挎在肩，鼓鼓囊囊，每次车队上路总不离身。天晓得那里面鼓捣的是些什么。完成任务回到驻地，那兜兜就瘪瘪的了。下次出车依旧。我纳闷，问根成："你的兜兜里到底捂的什么宝贝？"他憨憨一笑说：

"嘛个宝贝也没有,不信你看。"说着他就抖开兜兜,干馒头块,大众饼干,还有一些咸菜。我说:"根成呀,我们吃住有兵站,生活根本不用愁,还用得着你备粮!"他长叹一声,道出了原委。

汽车每次一驶过唐古拉山进入西藏地域,就会看到一些磕长头去拉萨朝圣的藏族男男女女。他们多是些贫困牧人,衣衫褴褛,骨瘦如柴。人间没有求生之门,他们只得用额头去碰长路,将五脏六腑栽入大地,到日光城去供奉求神。遇上落雨飘雪天,这些朝圣者便在荒滩野郊撑起一块瘦瘦的牦牛毡,躲在里面。夜半冷风,难抵奇寒袭身,他们便掏出烈酒,独饮,狂饮。酒把唇舌烫得发热,却冷了心! 酒醒后继续用额头丈量漫漫朝圣的路!

经常有朝圣者冻死饿死在公路旁边,王根成兜兜里的那点微薄干粮就是留给生命奄奄一息的他们。他告诉我:"这点毫米微热难以救活更多苦命的牧人,若能给这多雪的世界增添一点善良的暖意,我也就心满意足了!"我很感动,后来写了一篇题为《一个兵的救命布兜》发表了。40多年后我巧遇退休在古城西安的王根成将军,重提此事。谁知他连想也没想就说:"会有这事吗? 我怎么不记得!"他口气淡淡的却很认真。我看出来了,他是有意拒绝曾经罩在头上的那些光环。有了这个境界,只求做个普普通通的老百姓,身后的一切,对他已经不那么重要了!

我的第二个战友叫"扎西",藏族,拉萨兵站炊事班长。也许人们很难想象得出,这个五大三粗脸庞黝黑的典型藏家汉子,浑身会储藏着那么丰盈的细腻温柔。当他站在你面前时你会感到那是一个冰化雪消的春天在向你靠近。我和他相识是在青藏公路上,那天深夜我的汽车抛锚在无村无店的雪山下,饥饿难耐。扎西和另一个炊事员背着保温桶带着热腾腾的饭菜送到我手里。当时青藏公路刚通车,路况简陋,车况也差,半夜三更常有汽车坏在路上。每夜扎西都带着炊事班的同志兵分几路在公路上巡夜，抢救散落在荒郊野外挨冻受饿的军民。最让我感动的是他总会在饭菜里埋一个荷包蛋，看着我喜眉香嘴地咽下。在那个冰冷无助的世界里，这顿饭输送给我们的不仅仅是热量，更多的是力量。那一刻我确实有回家的感觉，扎西就好像是我们家里一个成员。哥哥？不是。弟弟？也不是。但是他像兄弟姐妹一样亲。扎西把春天留给了我们之后，接着又到别处巡夜，寻找抛锚车去了。

我和扎西成了推心置腹的好朋友。后来他被总后勤部评为模范共产党员。再后来，他在一次雪夜巡路送饭时不幸遇到罕见的暴风雪，滑入山崖献出了22岁年轻的生命。我是在他捐躯后三年才得知这个噩耗的。我站在拉萨河畔扎西墓前，仿佛看见他不会腐烂的身体，看见他送饭时留在雪山上的那些脚印里长出了一片片嫩鲜鲜的青苗！

我的第三个战友叫"皮小海"，拉萨驻军某部副团长。90年代初，我在拉萨军营深入生活时，新兵皮小海在临街的一个哨所执勤站岗。他每天从瞭望孔里看到的是拉萨的街景，人流，车潮……开始他也许是无心但是慢慢地有意了，他把看到的一切都写进了日记。我就是这时得到了这本日记，读着日记我仿佛看到了哲蚌寺金砖银瓦的佛殿以及佛灯下绵延不绝的香火，看到了军车出动时的壮观以及穿着绛红藏袍的牧民欢快地跳着锅庄，看到了八廓街上繁华的藏式店铺以及拉萨河晨曦初露的霞光……日记记录着一个士兵对拉萨的所见所闻所感。

皮小海在日记本的扉页上写下了这样的话："日记是整理人生、梳理生活的一种非常好的途径。你在某件事上记有日记，你一事受益；你在人生的某个阶段记有日记，你这个阶段受益；你如果数十年如一日地写日记，你一生受益。"

　　皮小海的拉萨日记越写越精彩，越写越抑制不住地倾露着他对西藏人文山水的浓浓感情。进入新世纪不久，他的日记里记下了这样一件事：拉萨孤儿院是小海节假日必去的地方，他揣测得到那些从小就失去阿爸阿妈的人，在别人欢乐愉悦地度假过节时最孤独。他们有思念，却不知该思念谁。他们也有牵挂，却没有牵挂的亲人。在这样的日子里，皮小海穿着新军装佩戴军衔出现在孤儿院，就是这些孤儿最亲最近的人了。他和他们拉家常，聊外面世界的变化，帮他们做些力所能及的家务事。当他得知孤儿达珍一直想拥有一条项链时，便在2010年藏历年把一条亮晶晶的项链戴在了达珍的脖子上。

　　现在皮小海的日记已经写下了10多万字。不久前他将这些日记整理成册，准备出版，让我作序。书名就叫《瞭望孔里看到的拉萨》。

海拔五千三百米的军礼

汽车攀登到唐古拉山巅已经是下午三点钟了，我们从昆仑山下格尔木启程时东方天空刚吐出曙色。此刻海拔五千三百多米的世界屋脊风不安静，更远的鹰，高飞在云之上，从容地延续着神秘的生命。汽车停在公路边一块巴掌平地上，跟随我的车同来的张团长对我说："小王，带我去感谢多吉顿珠阿爸。"说着他将一个红纸包递给我。我指着山弯里一顶矮矮的、牦牛绳编织的蘑菇状帐房，对团长说："那就是老阿爸的家。"

一个率领着浩浩荡荡数百辆军车驰骋在世界屋脊上的汽车团团长，为何去拜谢一位深山里的藏族老人？这要从我与老人的那次相遇讲起。那是一场美丽的六月雪，尽管它降下时是那么轻柔，但还是旁若无人地砸疼了我的心。从我车上卸下来的三吨半战备物资，令老人走出他温暖的帐房，像我一样成了风雪之夜的守山人……

我所属的五十九号车技术状况在连里算是好的，所以经常单车执行任务，可是没想到那天傍晚行驶到唐古拉山上突然抛锚。眼下无法修复，带队的副连长当即决定，卸下承运物资，联系兄弟连队将抛锚车拖回驻地修理，我留在山上守候。副连长给我安排了足够的干粮后，用温和的口气给我下了命令："估计你三五日不会饿着渴着。人在物资在！我们会安排人尽快上山救援。你压倒一切的任务是守护好这些战备物资，一斤一两也不得缺失！"我明白，一车物资三吨半，可我肩上的责任比这还重。

那个年代，西藏不通火车，空中也是禁区，大量物资全靠汽车运输。我们这些汽车兵追日赶月地在世界屋脊上跑车，汽车轮子把公路都摩擦得发烫、变软，谁都恨不能再借别人的手脚，一个人开上两台车跑。偏偏就在这运输吃紧的当口，我的车抛锚了。车上装的是运往边境某地的食品，卸下来的货物码得四方四正地堆放在公路边，像被时间搁浅在渡口的一片孤舟。

唐古拉山的夏夜，没有任何方向的风像一根根无法拔掉的刺，搅乱了山的影子。高原人睡了，我枪膛里的子弹醒着。我守在山上的第三天黎明，一场防不胜防的六月雪突然降临。雪落地就化成水，物资垛虽有篷布掩盖，那也只是遮了个顶端，雪被风旋着从四面八方浸浇着。就在这时候，一个黑影自远而近地朝我移动。确切地说，它几乎是与风雪同时来到我眼前。偷袭者总是披着夜幕行事，果然会让我遇上？枪的扳机不能轻易扣动，我只是端着枪厉声喊道："谁？站住！"接应我的是一句暖心的藏族佛僧"六字真言"，然后才是一句半生不熟的汉话："藏家的亲人莫要惊慌，感恩金珠玛米的信徒来到了你身边！"只见一位头戴藏家鸭舌帽的老人双手合十地站在了我面前。他银须蓬嘴，背着权子枪。他用手指彬彬有礼地点了点额头，将吉祥如意掸向我，然后指了指身后，我这才看清不远处站着一头牦牛，黑乎乎的像一座小山包。

我就这样在深感无助的时候，认识了多吉顿珠老人。他一站在我面前就火急火燎地说："快把你的这些宝贝盖好，夏天的雪一挨上风就成了水，不能打湿了金珠玛米的货物。"说着他从牦牛背上拽下来一卷牦牛线毯子，帮着我把物资垛包掩得严丝合缝，活像一间结实的小帐房。在突然遭遇风雪，一时无所适从时，这间帐房成了我的港湾。

　　我和多吉顿珠交谈后,得知这位看起来身板硬实干活麻利的汉子,却是一位年过半百的孤寡老人。他不知道父母是谁,也不记得自己出生在何年何月,只听别人似是而非地讲过,他被父母遗弃在羊圈时干瘦得像一只饿坏了的小狸猫。好心的拾荒老人才让把他抱到自己的岩洞里,用捡来的散乱羊毛裹住了他,收养他做干儿子,给他起名"多吉顿珠"。才让老人身无分文,心却是满满的。他总是挨冻受饿,却不让多吉顿珠受半点委屈。才让老人去世那年,十岁的多吉顿珠将老人掩埋在岩洞边的向阳山坡上,他说不忍心远离阿爸,儿子要为阿爸守墓。阿爸走了,多吉顿珠依然穷得常常吃百草充饥,饮山泉解渴。山里无定的野风凄雨竟然把他锤炼成一个铁塔似的硬汉子。进藏的解放军在草原驻扎后,有心把他安排到一个牧村去住,性格像牦牛般倔强的他坚持要住在岩洞,给阿爸做伴……

　　夜里我和多吉顿珠阿爸一同守护物资。我挎着冲锋枪,他身背杈子枪,一军一民,藏汉联防。风雪暴烈,大山沉静。那是我们一同守山的第一夜,我绕着物资垛巡视一圈,发现离我们两米开外的地方蹲着一个黑影,便问阿爸那是什么。他笑笑:"它是我的伙伴,从现在起它也是你的伙伴。"说着他打了声口哨,招招手,那黑影就走到了他跟前。原来是一只藏獒。阿爸蹲下去拍拍藏獒的脑袋,对它嘀咕了几句什么。我略有知,好像是说"金珠玛米是咱自家人"一类的话。藏獒便过来舔了舔我的军鞋,算是认了我。我和阿爸守护战备物资,藏獒给我和阿爸放哨。

　　我在唐古拉山守护物资的五天里,和多吉顿珠阿爸形影不离。白天,我把连队留给我的干粮送到老人帐房里,做成藏汉两个民族风味的饭食,共尝生活的甘甜。提起那风味饭,那是我今生今世也难忘的饭食!就地取材,自己动手。阿爸现宰一只羊,他掌勺我做助手。两只像小盆盆一样的藏家木碗里，羊肺几片，羊肝几尖，羊肚几条，嫩鲜鲜的羊头肉多多。我们连队烙的锅盔饼，泡在滚烫的汪汤里，阿爸再给汤里点两勺酥油茶，那个美气呀，还没吃到嘴里香味就渗满了全身每个毛孔。我对阿爸说："咱俩是军民鱼水一家人！"他笑笑说："不，还是叫粗茶淡饭藏汉亲。"在我们吃饭的时间里，阿爸总会指派藏獒几次到公路边去巡看物资。我真佩服，藏獒怎么让他驯服得那么听他招呼！

我走下唐古拉山后，突然萌发了按捺不住的创作欲望。那时我已经是文学青年了，在不少报刊发表过作品。可是在守在唐古拉山的那些日日夜夜，我竟没有想到要写点什么，心思全凝聚在枪膛里。现在下山了，好像只是一瞬间，灵感爆发，一夜之间就写了一篇散文，题目就是多吉顿珠说过的那句话《粗茶淡饭藏汉亲》。我的这篇散文刊登在我们部队的油印小报上，团广播室也反复播送过。张团长就是看到这篇散文后才专程赶到唐古拉山……

我领着团长来到多吉顿珠阿爸的帐房前，只见门帘上吊着一只藏靴，这是阿爸自己做的暗号，告诉找他的人他放牧去了。我们转身往右边走了一段路，果然看到老人在草滩上放羊。他大步朝我走来，人还未到声音就像洪钟般传过来了，是一句在藏区流传很广的谚语："怪不得早晨山畔的雪莲花开得那么艳眼，原来是尊贵的客人上门来！"他张开的手像虎钳一样抓住我的手，摇得我的身子直打晃。我赶忙把今天的特殊客人介绍他："这是我们汽车团的张团长，他特地从格尔木赶来感谢您对我们亲人般的支持！"阿爸忙摆动着手说："草原上每一朵格桑花都是因了金珠玛米的浇灌才开放，我就是把这身老骨头搭上做点事也是应该的！快不要一家人说两家话了！"张团长双手把那封用大红纸包着的感谢信递给多吉顿珠老人。感谢信是我们汽车团的藏语翻译用藏汉两种文字写成的。然后, 他双脚并拢, 立正, 举起右手, 恭恭敬敬地给阿爸行了一个标准的军礼。我站在团长身后, 也将右手举到帽檐上……

　　海拔五千三百多米的世界屋脊上, 两代军人像从天上举起凝重的手臂, 为西藏送去的这个军礼, 谁能描绘出它的金贵, 又有谁能想象出它的芬芳! 此刻, 太阳穿云而出, 唐古拉山通体闪烁着透亮的阳光。

昆仑桥

　　我，一个高原汽车兵，终年奔驰在青藏线上，飞轮多次碾过昆仑桥，对这座桥，可说是熟悉极了。这座修建在世界屋脊上的桥，是一座真正的石桥。五个桥墩，是从昆仑山中敲下来的整块基石；桥柱，用各种形状的石块拼成；桥孔，用一块块条石砌成；桥面，铺设着密密麻麻的鹅卵石；而桥眉上那三个字——"昆仑桥"，则是亮晶晶的水晶石。

　　说实在的，开初，我只看到昆仑桥的外表，只有在我认识了一位养路工后，我才真正懂得每一颗石子的价值……

　　那是一个风雪摇撼群山的夜晚，我因汽车抛锚住进了昆仑桥头的养路道班。这个道班有十个工人，全是藏族。其中八个同志前几天进山抢修一条便道去了，剩下的只有班长顿珠和他的妻子达娃。顿珠安顿好我洗脸、吃饭、睡觉这些事儿之后，便出去了。青藏公路的夜晚也是繁忙的，来往的汽车络绎不绝。我清楚地听到，每当车笛鸣叫，车轮滚过桥上时，总会传来顿珠和司机的说话声，或是问候，或是嘱咐，或是责备。一直到十二点钟了，我睡了一小觉，他还没回来。我睡不稳了。来到桥上，看到顿珠正顶着纷纷扬扬的大雪站在离桥不远的路边瞭望。他告诉我，这样的风雪之夜，桥上不能离开人。一是过路的汽车需要人指路，免得在桥上相撞或掉沟。二是什么时候都不能掉以轻心，特别是这样的夜里，更要提防坏人。正说着,又有一队汽车来了,他立刻迎了上去⋯⋯

后半夜,一阵轻轻的响动把我惊醒,接着是顿珠和达娃悄悄的对话声,夜深人静,听得很真切。

"阿哥,你看都快三点了,怎么还不喊我起来换你?"

"我的好阿姐,你不能多睡一会儿吗?明天你一大早还要上西滩修路!"

"得了吧!你是钢人?明天不也要干活吗?"

"我?男子汉,结实得像头牦牛⋯⋯"

"去去去,牦牛也得休息!"

忽然,一阵车笛声传来,又有汽车过桥了。谈话中止了。

这对常年战斗在边远深山的夫妻的对话,在我心里激溅起奔腾的浪花。

那一声"阿哥""阿姐"包含着多少深情厚谊;那体贴入微的话语,充满着对共同事业的多少热爱啊!

第二天,我起来时,达娃已经进西滩修路去了。顿珠坐在桥头的草坪上砸石子。我就在他旁边摊开工具袋,修起汽车零件来。

我们手中干着活,嘴里谈着话。顿珠一手掌锤一手拿石,锤落处立即蹦出几块大小差不多的碎石子,真利索,好像用等分尺比画着砸出来似的。我想起几天来在青藏线上行车,看到公路两边每隔十来尺就有这么一堆垒得四方四正的铺路石,那一定都是养路工人用锤子这样一下一下敲出来的。于是我问他,砸出来的这些铺路石能用多长时间。

他平静地回答:"天天铺路,天天砸石子,这样才能保持路面结实、干净、平坦。我们每次保养路时,总是一层石子,一层沙土。铺好后车轮一轧,有的石子挤进了路基,像铆钉一样固定着路面,有的却被压碎或压溜了。于是我们又铺上新的沙土、新的石子。就像人天天要吃饭一样，公路是离不开铺路石的。"

他一口气讲了这么多，然后，指了指昆仑桥，对我说：

"这座桥就是一块一块的石头造成的。"

我点点头，告诉他，这个情况我已经发现了。

"可是，你一定不知道一共有多少石头组成了这座桥。"停了一会，他才说，"一万两千多块。这是我们老班长说的，他当年参加修建了这座桥。"

听了这个数字，我不由得仔细打量起昆仑桥来。啊，昆仑桥，难怪你如此坚固，原来有这么多石子建造了你！石子，给你垒起了地基；石子，给你撑起了筋骨；石子，给你垫起了脊梁；石子，给你填满了肌肉……

"一座昆仑桥上就有这么多石子，那么整个青藏公路上有多少颗石子呢！百万、千万、万万……无数的石子各自坚守着自己的岗位，抱成一团，拧成一股劲，组成了横跨世界屋脊的青藏公路！老班长曾经说过，我们每个养路工就是革命征途上的一颗铺路石！"

顿珠一面说，一面狠劲地砸着石子，似乎巴不得把自己也变成一颗石子、一颗铆钉，砸进路基里面去。

帐篷泉

　　我们勘察小组一行五人，十分艰难地行进在柴达木盆地南沿的大沙漠里。那火球似的烈日仿佛就背在我们的背上，烤得人口干舌燥。身上像爬进了刺猬一样难受。

　　水，水，多么需要水！

　　可是我们的水壶全都空了！尽管在进沙漠的前一天，我们把所有能盛水的家什都装满了水，谁知现在还是闹了水荒。这也难怪，本来我们昨晚应当返回大本营，可是为了跟踪追击新发现的矿苗，大家又连轴转，星夜便向沙漠深处跋涉了。唉——送水的骆驼怎么还不来呢？！

　　脚步越迈越小，气儿越喘越粗，实在走不动了，我们便躺在沙丘上休息。我拿出了刚在沙沟里挖来的野麻根，一人分了一棵。大家含在嘴里，翻来倒去地嚼着。别看这玩意儿平时谁都不屑看它一眼，可这会儿放在嘴里却像冰糖一样有滋有味。嚼了一会儿，舌根下渗出了一点液汁，身上不那么难受了，大家便天南海北地谈笑起来……

　　就在这时候，我们几乎同时发现，就在我们休息的地方，竖着一块青石板。因为长年风吹，日晒，雨打，石板变得缺角少边，坑坑洼洼，但仍隐约可见上面刻写着三个字：一碗水。

　　"一碗水"！我们谁也猜不透为什么要写这三个字。

　　"金雕来了要找窝，客人来了要水喝！叔叔们，请到泉边去喝水！"好像从天上掉下来似的，一个哈萨克族少年猛然出现在我们面前。

　　"泉水！在哪？"我们又惊又喜。

　　"就在前面。不远。"少年又指指那个青石板说，"那个泉就叫'一碗水'"。

　　"干吗叫这么个奇怪的名字？"我问。少年没有回答，他笑了笑："到时候你们就会明白的。"

　　我们跟随他刚走出十来步，就透过飞扬的沙尘，看到不远处的沙滩上有一顶褪了色的帐篷。因为风沙太大，再加上帐篷又旧，跟这黄沙的颜色差不离，所以，我们一直没有发现。

　　我们进了帐篷，立刻，一股凉飕飕、湿漉漉的清风迎面扑来，使人感到五脏六腑都说不出的舒坦。帐篷中间有个小脸盆大的水池，形状恰像个碗。碗里的水清亮极了，池底铺的一层光滑的鹅卵石，都看得清清楚楚。

　　哈萨克少年笑嘻嘻地说："这就是'一碗水'，你们请敞开肚皮喝吧！"

　　我们轮流趴下去，将嘴贴在水面上，"吱——吱——"地喝着……才喝了三个人，水就干了，只剩下了一池鹅卵石。

　　我们有点为难了。那少年却说："不要紧，稍歇一会儿，水又会渗满的。"他比画着说，"要不干吗叫它'一碗水'，意思就是说它的泉眼小，一次只能渗一碗水。"

　　果然，一会儿水池里的水又满满的了……

　　这舀不完的"一碗水"，不但把我们的肚子装饱了，还把我们的水壶、水袋也灌得满满的。这还不算，哈萨克少年又让我们每人从头到脚

扒拉几口晚饭,就挂起幕布放映。如此急促,通知所有的牧民看电影哪里来得及呢。方圆十多里地面,这个峰顶一家人,那个山巅住两户,东坡上有位五保老阿爷,西岗上安着个放牧点……下通知的几个战士跑得气喘吁吁,上了北岭,丢了南沟,每次总有一部分人看不上电影,也有一部分人只能看上"半截子电影"。

唉,有啥法子,谁叫这儿山大沟深路难行!战士们尽了心,牧民虽然看不上电影心里也热乎。他们说:"以后同志们别那么颠跑啦,谁赶上谁看,赶不上就拉倒。又不是只有这个村,没有下个店,电影还会演,以后再补嘛!"有位青年牧民为了安慰战士,还说出了极富诗意的话来。他说:"每次放电影时,我都发现连队上空那颗星星格外亮,好像笑盈盈地向四面八方的牧人打招呼。快来看电影啦!"

说者无心,听者有意。青年牧民的话一下子拨动了战士们的心弦。啊,星星……星星!

这可是个好主意呀!

从此,每逢放电影,连队旁边的山岗上就升起了一颗星星。它闪闪烁烁,好像从泉水里捞上来的一颗夜明珠。那不是星星,是挂在柳树杈上的一盏风灯。这是信号灯,它告诉,四周的牧民们,今晚"露天电影场"有电影。

啊,树杈上的星,它会说话,它会唱歌……

早晨，好甜香的昆仑山

星星在奶桶出浴之后，躲到山那边睡觉去了。夜风息，月牙儿像一瓣熟透了的蜜橘挂在山畔。又一个甜香的早晨在昆仑山降临。

平措卓玛从牛栏回家，掂着一桶牛奶，乳香洒了一路。草尖上的晨露被她撞落，地上摔下了一摊摊水迹。

昆仑山的早晨，照例是那么恬静，安谧，像个临镜梳妆的少女。带着青草味的南风，沿着刚刚铺成的柏油路小跑而来，轻轻拍着藏家姑娘的花氆氇，仿佛要给她诉说夜间发生在昆仑山的特大新闻。平措卓玛抹去了鼻翼上的汗珠，又大步流星向山冈走去——那儿是铺路工人的大本营。

脚下的柏油路，湿湿的，软软的。她好像走上一块柔毯，又仿佛踏进了阿奶讲的童话里的大门。

今早，她是昆仑山里最早起来的人了，多么幸福，在这条公路上，她最先留下了足迹——历史性的足迹！

怎么说呢，四千里青藏公路，眼看就要全部铺成柏油路了。是简单的事吗？雪山、冰川、沙漠、荒滩——公路经过的任何地方，全都变成黑色的丝绸路了！它飘逸在早年的"丝绸之路"旁边，但今天从它身上滚过的岂止是马队、驼铃、商旅，姑娘清楚地记得，就在昨天傍晚，公路上还裸露着光滑的鹅卵石，亮着积满雨水的小坑。它们是公路的雀斑——讨厌的小雀斑。可是一夜之间，全变了！平滑如镜的柏油路把昆仑山装扮得更加庄重，美丽！

仅仅一个夜晚，新的丝绸之路织成了。50年代的经线，80年代的纬线。昆仑山给祖国递上了一份现代化的履历！

平措卓玛又停了下来，她扭头望着柏油路上自己的脚印，心里痒痒的。她真巴不得把这些脚印捡起来装进衣兜。要知道，这是新路上的第一行脚印啊！就像30年前，慕生忠将军带领筑路大军经过昆仑山，在荒原上留下的骆驼蹄印一样珍贵。

她不由得想起那些身上溅满泥巴、油渍的铺路工人。不要嫌他们脏，这是专门打扮高原山河的化妆师；也不要轻看他们手中盛沥青的小桶，四千里青藏公路就装在里面！她爱铺路工人，这些编织丝绸之路的巧匠。姑娘和阿妈，还在前天就琢磨拿什么礼物到工人新村去串亲戚。

雪山太冷，应该送去篝火；沙漠太热，应该送去清风；荒野寂寞，应该送去鲜花。小溪送给他们会干，大海送给他们太沉……

母女俩真不知该带什么了！最后阿妈说了话："当年，我给慕生忠将军送上一碗酥油茶，今天你应该给铺路队送去一桶乳牛奶！"

从一碗到一桶，昆仑山的牧民生活迈上了新台阶。

昨晚，阿妈特地给乳牛多添了几次鲜嫩的牧草。当奶油分离器响起来时，山野飘满了乳香、乳雾……

平措卓玛掂着奶桶在柏油路上轻跑。起大风了，尘土飞扬。她脱下新藏袍，遮住奶桶。

她来晚了！大本营搬家了，铺路工人把朝霞连同背包一起装上小车，开到另一个地方开辟大本营去了。只留下股股浓烈的沥青味。

平措卓玛手搭凉棚眺望，除了一座座陡峭的山峰，什么也看不见。

她有几分失望，但还是留下奶桶，让它守候大本营，闪动似水柔情。

拉萨河的色彩

我真的没有想到我们一见面他就说，他太爱拉萨这个地方了，如果还有来世的话他仍然选择当兵上高原服役。

这个叫"李龙虎"的战士已经有十五年兵龄了。十五年间他没挪窝，一直待在拉萨兵站当炊事员，为进出西藏的战友和客人烧火做饭。几次内调到条件好的地方工作的机会都被他谢绝了。他的脸庞像藏民一样成了紫棠色，那不是烟熏火燎的印记，而是高原紫外线给他的馈赠。

我问："西藏这个让许多人望而生畏的雪域为什么对你有这么大的诱惑力？"

他没有回答。只是伸出手臂指着一个地方——

我看到拉萨河紧贴着兵站的南墙闪金流彩地向东淌去。

一个藏家少女吆喝着一队牦牛从河里漂流而过。

李龙虎心里装着拉萨河。他把一腔挚爱洒进了这条河，反过来这条河又给了他厚重的爱！

初当炊事员的日子里李龙虎的心情并不轻松，都是因了汽车兵贴在兵站食堂里的那首打油诗："高原缺少青菜，豆腐豆芽挂帅。"在单调的高原上吃着单调的饭菜，吃腻了，反胃，你还能挡住就餐人发牢骚？其实，这事本来不该他这个炊龄不长的新手犯愁，可他总觉得既然穿上白大褂成了掌勺人,就有责任让大家吃得舒心。

一日,他踏着六月的一层薄雪到拉萨河边洗菜。那些在火炕上催生出来的黄豆芽儿,此刻浸泡在河里如鱼得水般的活了起来。河水潺潺地从芽菜间、豆瓣缝间流过,豆芽儿分明蹿节地生长,一下子变大了似的。龙虎的心儿也醉了,绿了!拉萨河这般多情,我们为何不用这绿了河水又醉了人心的菜做出活鲜鲜的美味佳肴?

李龙虎忽然觉得拉萨河是这样美好,生活是这样幸福!人应该珍惜并不断创造自己的价值,才能无愧于这个阳光灿烂的时代。

不久,他就做出了拉萨兵站的第一道名菜——西藏火锅。还是那豆芽,还是那豆腐,外加在西藏随时可见的牦牛肉,香喷喷的火锅便应运而生。他给它起了个象征性极强的名字——"情满拉萨河"。自学获得的三级厨师技术,还有他对这块高原的厚爱和对战友的感情,催生了西藏火锅。有人赞扬他说,这是巧手出名菜。其实,说手巧倒不如说心红更确切。

龙虎并不会作画,却偏爱看画,翻阅了不少有关作画的文章。读画是为了做好饭菜。触类旁通嘛。他记得有人在评价欧洲一位有名画家时说过这样的话:"他的全部艺术只在于运用色彩的巧妙上。""运用色彩的巧妙",这话极对。李龙虎记住了。他想,饭菜不也讲究个色香味俱全吗?但是,在荒凉、严寒的西藏高原上要做到俱全是很难的,应该更多地强调色。在这个地方能看到色彩,从一定意义上讲也就有了香和味。画家是巧用色彩,高原上的炊事员则要寻觅色彩。难怪他能从豆芽、藏家少女、牦牛上读出拉萨河的色彩。豆腐、豆芽中加一块牛肉,单调变丰富,喷香的火锅便出世了。

拉萨河日夜从李龙虎眼前流过,他从倒映于河面的五彩景物中看到的是拉萨市越来越多的高楼商厦、藏家人越来越灿烂的笑脸、青藏川藏公路上奔驰不息的车队。他收下了拉萨河上的这一幅幅彩画,将它们深深地藏在心底。

后来,李龙虎又做出了几道深受大家称赞的美味菜肴:"六月雪山白头翁"——羊肉炖豆腐(鲜嫩的羊肉与白生生的豆腐相配,多么馋人。不用说羊肉是西藏本地所产,豆腐自然还是原先那豆腐了);"火焰山下大雷"——白糖拌西红柿(又是一红一白,平添几分诱惑力。白糖是昆仑牌,西红柿是拉萨河谷长出来的);"青龙跃过拉萨河"——黄瓜做的清汤……

一道菜像一首诗,听着悦耳,看着开胃。可以想象得出从创意到具体操作,李龙虎费了不少心血。

在海拔三千六百米的缺氧地区拼搏十五年,身体不落下毛病是不可能的。李龙虎的腰疼病已经有六年的病史了。去年夏天,妻子从中州大地专程来拉萨劝他:"龙虎,你瞧你这身体,病病快快的哪像个三十岁刚出头的人嘛,走起路来驼着个背,塌着个腰,好难为人!我不是嫌你老相,我是担心你的身体,干部当不上,又把身体搞垮。何苦来着?"

妻劝了半天,没想,李龙虎一笑,说:"近来,拉萨人风传着拉萨河的上游有一处水冒着蓝泡,可以治病,前去水疗的人不少。明日如果天气晴好,你陪我到拉萨河里游个泳。痛痛快快洗个澡,我的病治了,你也防病了,一举两得!"

妻拿他没办法,哭了,笑哭了!

拉萨的天空

40多年间，我曾数十次到过日光城拉萨，每次看到那里的天空总是那么湛蓝、透亮，好像用一种特制的清水洗过的宝石一样清爽。说话的声波能碰到蓝天，伸出手来能触摸到蓝天。有人在描述拉萨的天空时讲了这么一句话："掬蓝天洗脸。"说得实在精妙。我则常常这样想，也许有贴着山顶的白云映衬，拉萨天空的湛蓝才越发显得深邃、纯净；也许有拉萨河畔草地的对照，它的湛蓝也更加鲜活、美丽。

拉萨天空的蓝色是属于那种纯粹得淋漓尽致、无拘无束的色彩。它蓝得可以发出声音，它可以把你的视线冻结，使之长久地凝固在天幕的某个地方，让你尽情而贪婪地享受人间的碧蓝所带来的无限宽阔。我站在这个城市里任何一条并不讲究的街头或陋巷中，都会看到许多人在荧屏上和书本上看到过的那座高大的、依山而建的气势磅礴的房子——布达拉宫，它头顶的天空在一年四季中不管是深冬还是盛夏都净蓝净蓝地发亮。有了这蓝天，布达拉宫的雄伟、壮丽变得更加神秘、诱人！于是，我有了这样的猜想：拉萨的天空之所以这么湛蓝，就是因为有这座独特的圣殿，如果少了它，拉萨的天空就会冷得像结了冰，寂寞得像一所空房子。

在藏语中，"拉萨"是"圣地"的意思，那么，这湛蓝的天空就是圣地的窗帘了。

　　就在浮云碧空下石块砌成的通往大昭寺的路上，我不时地能看到一些磕着长头的虔诚的信徒，他们全身伏地，朝圣拜佛，一步一磕头，用即使伸长了仍然佝偻的身体丈量着大地。衣褶里雪霜搅和着沙尘和满脸的沧桑告诉人们，他们是从遥远的山那边河那边匍匐而来的。这些朝觐者的手上戴着皮套，两个膝盖上扎绑着护膝，他们做好了应付旅途上一切艰险磨难的准备，然而他们心灵上因急切企盼而聚集的灼痛，因极度寂寞而结痂的伤痕，却是什么也难以抚慰和弥合的。漫长的朝圣路上，他们只知道磕头，从不说话。没有话语反而显得他们说了许多话。现在大昭寺就在眼前了，这是他们此行的终极目的地，也是极辉煌极鼓舞人心的最后一段里程。据说，磕长头到圣地来朝拜，一个人一生中只有一次。我没有想到，在这些朝拜者的队伍里，竟然有一个藏族少年，他认真磕长头的动作却怎么也掩盖不了他的笨拙。只剩下最后一个长头的距离，他就到大昭寺了，他却没有磕这个长头，突然站起来，大喊一声："拉萨! 我的亲娘! "喊完后，他觉得肚子好像饿空了，静静地伏卧在地上，舒展着四肢，倾听着日光城从地心里传来的呼唤藏家儿女的声音。

　　藏族少年的头不偏不倚地正朝着布达拉宫的方向。他从阿爷的嘴里就知道，这圣殿的墙上彩绘着文成公主当年进藏的故事，他此次进日光城就是为了亲眼看看这位受到藏家人祖祖辈辈尊敬的公主的铜塑鎏金像。

　　就在藏族少年全身伏地在大昭寺前虔诚地朝拜时，布达拉宫的金顶在蓝天下格外耀眼，闪金闪银。有一朵白云飘飘而来，打扫着天空的灰尘……

拉萨的夜灯

　　夕阳坠山之前,我紧三火四地从西郊兵站赶到布达拉宫广场,有个心愿:观赏拉萨的夜景。朋友对我说:"你已经5年没来西藏了,拉萨的变化会让你吃惊。不说别的,灯光就是绝妙的一景,过去的'日光城'变成了'灯光城'。角角落落都是灯光,各种各样的灯景,看一回灯影,准保让你幸福好些日子!"

　　我求之不得地要享受这种幸福,因为拉萨的灯光是西藏翻天覆地变化中睁开的眼睛,是世界屋脊上升起的馨欣小太阳。

　　入夜,我站在布达拉宫广场一侧一个高台上,这大概是不久前欢庆雪顿节时临时搭起的观景台。拉萨的夜晚亮如白昼,正是各样的彩灯赋予了她这多情的亮丽。路边镶着灯,公园闪着灯,树丛中藏着灯,商铺里亮着灯,楼角处旋着灯,广场上吊着灯,八廓街内绕着灯,河里流着灯……五彩缤纷的灯光把影子拉长,填满了拉萨的每个地方。

　　是谁把一点灯光放在了最高处?在这个海拔3606米的日光城里,它少说也要高出广场二三百米吧!噢,那是布达拉宫左侧的一间藏式小楼里闪射出来的灯光。朋友告诉我,小楼是一个雪域酒吧,由一藏一汉两个年轻姑娘合伙开办。藏家姑娘家住日喀则,汉族女子从成都来,她们像手心和手背一样融洽成柔美的多情手掌,招待四方来客。藏家风味的酥油茶、糌粑和雪域啤酒,可以让你品尝藏地的特色小吃:川地的担担面、抄手、麻辣烫,可以使你咂摸川菜的美味。小店生意红红火火,夜间12点钟还是满座满客,碟欢碗乐。

蓦地,我发现月亮不知何时掉在了地上,亮亮的,弯牙状翘起的两端好像冲着我招手。最有意思也是难以理解的是,那落地的月亮竟然被一圈灯光包围着,月儿在灯影中间灿烂地笑着,有了灯的映衬,那月亮也就愈加迷人、明丽。这是怎么回事?是月亮掉落在地上还是灯光升上了天庭?我迷茫,恍惚。这时,朋友的提醒把我遐想的思绪拽回现实:"你看看咱们现在到了什么地方?"我抬头一瞧,原来我们已经漫步来到了拉萨河大桥边。点点、串串,横的、竖的灯光把桥栏点缀得琳琅满目。河面上倒映着的那轮钩月,恰如其分地落在水面一片灯影中间,构成了一幅罕见的图案。灯映月,月衬灯,迷得让人生疑,美得让人心醉。我此刻萌发出一个无法遏制的联想:跃进水中,乘坐那只月牙船浮游到月宫去畅观一番多好!

两颗流星似的灯光,从离我稍远的山路上拐弯闪来。近了,我才看清是一辆公共汽车。这是从拉萨西郊驶来的末班车,稀稀落落坐着乘客。汽车在我面前的站牌下停住,有人下车,有人上车。我抬腕看了看手表,11点刚过。很快,那车灯就汇入了市区的灯海里……

世界发生了许多事,又有多少事如同没有发生一样。人沉浸在欢乐幸福中的时候,往往在不经意间会勾起一丝悲痛。此刻,站在拉萨河大桥边被繁星似锦的夜灯陶冶着的我,忽然看见从灿烂灯焰中升腾起另一盏酥油灯,摇摇晃晃浮现于我的眼前。那是我在日记中记述的1959年平息西藏叛乱中,发生在藏北某个牧村的事情:"……街中间一段残墙上放着一个破碗,碗里放着一根细细的绳头,绳头吐着微弱的光。灯下,一位藏族阿爸正在铺着草……刮来一阵风，把灯吹灭了，立时满街又变得黑洞洞的。只听'咣'的一声，老人在摸灯的时候，把放在旁边的一碗酥油茶碰翻了，碗碎了。唉，那是他专为亲人金珠玛米准备的仅有的一碗酥油茶呀！"

那个年代，用酥油灯取亮却又得不到光亮的凄惶情景，我不但在边远的藏村见过，在布达拉宫下的乞讨街上也看到过，在西藏的许多地方都能看到。

夜深了，我继续在拉萨观赏夜景。突然我想到了一个词：灯红酒绿。这阵子我一下子读懂了这个词，人间的红大概都源自光芒四射的灯，绿则是品味幸福的甘甜。愿绿汇成河，愿红汇成海。

喜马拉雅山下的帐篷

"喜马拉雅"一词出自梵文，原意为"雪的家乡"。它终年积雪，银峰林立，海拔七千米以上的山峰就有四十多座，八千米以上的山峰也不少于十座。其中珠穆朗玛峰海拔八千八百四十八米。

就在这全球最高的喜马拉雅山下，有一顶不足两米高的帐篷却让人们格外瞩目。立在山腰俯视，它平摊在地上，很像嵌在雪峰宽广的胸膛上，一枚指甲盖般的纽扣。它那说灰不灰，说红不红的酱紫色，显然记载着岁月的漫长和艰辛。最惹人注意的是挂在帐篷上的那件皮袄，绒毛已经磨光，非常陈旧，风吹、雪扑、日晒，使它变得皱皱巴巴，像一朵干枯的云。

这是岁月种出的一棵倔强的根苗。它浸透了一个世纪以来三代游牧藏家人的挣扎、喘息和期望。

这三代人是：扎西、扎西的阿爸和扎西阿爸的阿爸。

游牧人的家就是一顶帐篷；帐篷流动在漫漫无际的跋涉路上。它走向滂沱的雨声，飘向狂飞的雪海。

五十年前的那一年那一夜，强巴老人在谷露草原上选下临时定居点的当天，一场突然袭来的、铺天盖地的暴风雪卷走了牧场的全部牛羊。这个夜晚,空荡荡的帐篷里除了奇寒还是奇寒。年迈的阿爷终究还是没有熬过那风咬石头雪啃手的寒夜,被活活地冻死在帐篷里。

那一刻,荒凉掩埋了生命。帐篷里那盏酥油灯的弱光摇摇晃晃地闪了一下,灭了。阿爷手里拿着的转经筒死了,他也永远地闭上了眼睛。

喜马拉雅山一片漆黑。几片来自天外的雪花,在山巅凝冻成冰峰的一滴热泪。

阿爷的尸体旁放着一件皮袄。临终前,他有遗言:这是我留下的唯一家产……

阿爸将他的阿爸背到天葬场,送他升了天。然后,他和妻子、儿子带着朝圣般的心在草原上继续流浪。那件皮袄他一直舍不得穿。白天,皮袄披在妻身上,她生扎西那年落下了产后风,夏天里浑身的关节也发痛;夜里,皮袄里裹着扎西,他睡熟后的脸上温暖的酒窝和甜蜜的鼾声,也传到了偎依在羊群里取暖的阿爸脸上。

每到产羔季节,皮袄又有了专门用场:阿爸总要用皮袄撑起一间小暖房,让羔子们卧进去,舒舒服服地过冬。

一年秋天,农奴主逼租来到帐篷街。随主而来的那只猎犬,十分恶狠,它在主人的暗示下,活活地咬死了皮袄房里的三只羊羔,然后钻到里面拉屎撒尿。狗仗人势,欺人太甚。阿爸怒气难捺,一脚踢跑了那犬,竟遭到了主人的一顿毒打。

一件皮袄,阿爸用它竟遮挡了三十年风雨冰霜。

这是春天之前的一个黎明。帐篷外,天空中的那把银镰,终于割尽了浓浓夜色。

珠穆朗玛峰上的雪在燃烧。牧区实行了民主改革。

苦尽甘来,风雪擦干了喜马拉雅山的冰泪,草原有了电,帐篷里通亮。没想到阿爸的寿数也走到了头。他远去的那天晚上，脸上留着安详的笑容，同时定格了一个耐人琢磨的姿态：

他的手抱着两代人穿过的那件皮袄，一手伸长指着帐篷顶……

儿子扎西最能读懂阿爸这形象的遗嘱，他取下经幡，把皮袄挂在了帐篷顶上。

从此，喜马拉雅山下便出现了这顶奇特的帐篷。皮袄和帐篷一起，向那些没有走过昔日那段辛酸路程的人，倾诉过去的、永远也不过时的故事。

后来，扎西的家搬进了新居。那是一栋两层楼的藏式新房，白墙、红瓦、黑檐口，十分清晰、漂亮。

帐篷，皮袄，依然原地原样地保留着。那顶没有经幡的帐篷是一座小小的历史博物馆，也是一块特制的路牌。

喜马拉雅山很高很高，山下的帐篷很小很小。帐篷虽小却是一个不老的话题，它有说不完的故事……

喜忧楚玛尔河

楚玛尔河是长江源头的一条支流，丈把宽的河面，水深处也不足一米。它终年不紧不慢地在可可西里草原上小步跑着。平地上，水越流越细。遇到拐弯，水面卷起浪花，老远可听到涛声。楚玛尔河最浪漫处不在它本身，而是它的岸上天然地形成了野生动物的自由乐园。

我第一次看到楚玛尔河在上世纪五十年代末。那是一个飘着铜钱大雪片的午后，河边草滩上成群结队的藏羚羊奔跑着，那情景使人感到整个草原都在颤动。我头一回知道了在中国还有这么一个遥远的自由世界，不受干扰地生活着这么多谁也不认识的动物。可惜，当时不可能留下一张照片，但是它永远地印在了我的脑海里，今天回忆起来依然历历在目。

我在这里不能不提到河上那座简陋得近乎原始的木桥。两排脸盆粗的木桩栽进河床作立柱，一块挨一块的木板铺就了桥面，桥栏是胳膊粗的圆木做成。桥面与立柱、桥栏与桥面的连接均是用大铁钉镯着。桥头的砂石地上插着一块长条木板，上面写着"楚玛尔河"四个大字。车队通过桥面时，必须一辆走过去，再开动第二辆……那"咯吱咯吱"的沉重的叫声说明，木桥的承受能力实在太有限了。

这次执勤我从拉萨返回途经楚玛尔河时，是一个太阳亮丽的中午，见到的一场景使我眼花缭乱：一群野驴像箭簇一样从汽车前面的公路上穿梭而过。我无法数清它们有多少，只是大概估摸了一下，不会少于四五十头。我也是第一次知道了可可西里草原上还有野驴。那些野驴跑出三四百米以后，扑腾扑腾地下到河里去饮水。清凌凌的河面上倒映着野驴的影子，人们远远看着那野驴的数目仿佛成倍地增加了，十分壮观。

后来，我就记不清从楚玛尔河上走过多少回了。因为我在青藏高原的军营里生活了七年，每年都要少则六次七次、多则十次以上去西藏执行运输任务。青藏高原是我的第二故乡，楚玛尔河自然就是故乡的河了。我多次从楚玛尔河的木桥走过时，都会看到那些藏羚羊、野驴、野狐、野兔或吃草，或嬉戏，或饮水。动物的乐园也是人类的乐园。

记不得是哪年哪月，大约是"文革"后期吧，我当时已经调离高原到了首都，因为深入生活重返高原，来到了楚玛尔河。楚玛尔河亮闪闪的河水刚从地平线上冒出来，我老远就瞅见一座犹如彩虹般的钢筋水泥大桥飞架在河上。车子渐近河边，我看见深灰中略呈蓝色的桥体，在上有蓝天白云，下有清波绿草的映衬下，十分威武、美丽。迎面驶来的一队军车正奔驰有序地从桥上通过，桥头的哨兵持枪向军车行注目礼。我当时心头涌上一股无法遏制的自豪感：祖国的角角落落都在发生着变化，连这穷乡僻壤也有了亮丽的色彩。

我留恋地在桥上走下走上地观看着，这才发现原先的那座木桥仍然留在上游三五百米的地方，它显得那么瘦小、凄凉。我真敬佩决定保留下那座旧木桥的人，他懂得对比，懂得不要忘记过去。

我拿出照相机，站在新桥的中央，让同行的战友给我留下了一张照片。背景就是那座木桥。

重返楚玛尔河，有一件事使我十分失望。河两岸的野生动物少得可怜，我们在大桥上停车一个多小时，只看到有几只藏羚羊站在老远的地方，不时地伸长脖子惊慌地望着我们。没有看到野驴和别的动物。

车子开动后，司机感叹了一句：各单位几乎都成立了打猎队，到处都是打猎的人，有多少野驴、藏羚羊也经不住打呀！

我的心里像灌了铅似的沉重！

藏羚羊生活在世界上海拔最高处，它们身上长着最优质的绒毛，质地极轻极柔也极软，用它制成的披肩，能够很容易地穿过一枚戒指。人们叫它"戒指披肩"。从上世纪80年代开始，藏羚羊绒制品成为国际市场的流行时尚。一件藏羚羊绒制品可以卖到五千至一万七千美元。虽然国际上禁止公开的藏羚羊绒交易，实际上每年发生的藏羚羊绒贸易额仍然达到千万美元。

1990年以来，我五次回青藏高原，回高原我就去楚玛尔河，每次到那里我都有一种凄凉、清冷的寂寞之感。天然动物乐园变成了一片死沉沉的荒滩，再也看不到藏羚羊、野驴的奔跑嬉闹了。偷猎者们肆无忌惮地枪杀各种珍稀动物，他们整汽车地装载着藏羚羊的皮张，偷偷运出可可西里。长江源头美丽的土地上，到处都是偷猎者留下的深深辙印。我看到这样一张惨不忍睹的照片：偷猎者的帐篷前堆积着小山一样的扒了皮、剔了肉的藏羚羊的骨架……

一次意外的惊喜使我那惆怅的心得到了些许的安慰。去年夏天的某日傍晚，我从拉萨返回格尔木途中来到楚玛尔河，停车小憩，突然看到十一匹野驴来到了公路边的草滩上。我像见到了久别的客人，隐身于洼地，尽情详细地观察了野驴吃草、行走的情景，并拍下了一张它们仰头张望的照片。

这是我这么多年来第一次拍摄下的关于野驴的照片，但愿它不是最后一次！

太阳照在倒淌河上

　　早晨,让汽车停在倒淌河流入青海湖的河口处,我们步行走向湖畔,细细地观赏、品味沿途高原特有的风光。

　　倒淌河的东侧紧邻日月山,青海湖则是日月山怀抱里的一面明镜。这三处名山秀水聚集在一起,成为"高原系列风景线",当然很诱惑人了。

　　"倒淌河"这个名字本身就已经告诉人们它的独到之处了。我国的地势是西高东低,大多数的河都是由西向东流入大海。而倒淌河倒行逆施,从东流向西,这还不奇特么? 若干年前,由于地壳强烈变化,日月山平地凸起,将青海湖的出口严严堵住。从此,青海湖成为闭塞湖,那条输出湖水的河,也来了个首尾掉头,被逼倒流入湖。这就是倒淌河。

　　美丽而神秘的日月山,被人称为青藏高原的门槛。登上日月山就是踏上了高原的第一个台阶。倒淌河是上山后首先看到的风景点。此刻,日月山东侧已经被阳光照射得遍野灿烂。正沿着山西侧倒淌河步行的我们还看不见太阳。因为高高峰峦的遮挡,四野依然笼罩着薄薄的雾霭。这使我总感到我们是在另一个世界里漫游。

　　倒淌河显然还没有睡醒,漫不经心有浪无声地流着。隔山而来的霞光给幽然的河面抹上一层时明时暗的奇异光泽。暗时河面上像无数碎石在簇拥,亮时又如片片薄银在闪烁。在暗与亮之间,变幻着虚与实,四溅的薄银似实也似虚，陷落的凹坑像虚也像实。我们静静地走在倒淌河腹地，孤零零的，有一种跋涉在天尽头的感觉。我们等候太阳的灯盏，照亮日月山顶的雪。

这当儿，一阵清脆的铃铛声传来。这铃声像剪刀一般划破了笼罩在倒淌河畔那层薄薄的朝幕，曙色从缝隙间一下子就流泻进来，铺展在河面上。太阳照在倒淌河上，河面闪金耀银。

铃声止，一头牦牛立在我们面前。牛背上驮着一高一低两个藏族女孩，她们穿着合身而干净的藏袍，肩头都散披着一束束小辫子。曙光初照，女孩的衣帽格外艳丽。牦牛后面跟着一位阿妈，她告诉我，她是送两个女儿去上学。小学校在青海湖畔，离她的放牧点约十里地。清晨，她把孩子送到学校后，自己再去放牧。她经管着近百只牛羊，在她们附近的牧村里是属于比较富裕的人家。傍晚，她牧归时又把孩子接回家。为了孩子的明天她不辞辛劳去放牧；孩子能有今天平静的学习机会又使她很珍惜眼前的生活。天天奔波，月月如此。我能从她的话语里感受到，她的日子过得非常快活、充实。这在很大程度上来自她的这两个宝贝女儿。我问她，遇到落雪天或大风暴雨时怎么办？阿妈拍拍牦牛的额头，轻松而快活地说："它就是接送我两个女儿的小汽车，风雨不怕，大雪不躲，只知道赶路。我相信它一直会把我的两个女儿送到大学。我真的很感谢我家这头牦牛，它是我们致富的功臣。"

阿妈拥有一头牦牛，就像买回了一辆汽车那样的自豪着，高兴着，幸福着。这实在让我感动。毫无疑问这是一种知足常乐了。但我觉得仅仅以此来祖露阿妈的胸怀还远远不够。她更多的是憧憬明天，今天坐在牦牛背上的这两个女儿，明天会走出倒淌河，去上大学，这才是她的愿望。那时也许她很老了，牦牛也老了，但老阿妈的心依然年轻。

　　太阳终于跃出日月山顶，把明媚透丽的光辉洒满山峰以西的角角落落。因了它四射的光芒，倒淌河在一瞬间变得多姿多彩了。那浪涛也活蹦乱跳地唱起了欢乐的歌，轻快地向西流去。

　　在这个霞光万道的早晨，我不由得想起了关于倒淌河那个忧伤的古老传说——当年文成公主离开长安西行进藏，过了日月山，两眼泪不干，她的思乡之情油然而生。正是她的眼泪汇成了这条河，伴她西行，给公主做伴，这自然是神话般的传说了。但是，倒淌河寂寞地流了数千年却是真真切切的。今天它该有新的故事了。牧民们溢满幸福表情的笑脸，孩子们甜润的琅琅读书声，碧草野丛中成群结队的牛羊，还有四千里青藏公路上日夜奔驰不停的车队，哪一个不是欢乐的音符！

藏村有了路灯

　　格尼是西藏波密县一个只有30户人家的小村庄,四周那高高低低、远远近近的山峦像铁箍似的包围着它。贫穷、封闭的格尼是历史留下的一堆冷却了的灰烬,唯村头上空那片蓝天像一窖永远也喝不完的老酒,昭示着它的古朴和遥远。格尼人是何年何月蜷缩在这大山深处不肯露面,连村里最年长的多吉老人也说不清楚,他总是用藏家的一句谚语道出牧民弃乡逃荒的苦涩:"为了寻求光明,我们才躲进了太阳照不到的深山。"暗无天日的年代,藏胞只能躲开官家逃到遥远的角落里熬煎饥寒交迫的日子。

　　格尼村的后生们完全没有上辈人这种忧伤的记忆,他们快活得连说话的语气都阳光明媚:"我们不知道阿爸阿爷过的桥是一条绳子在河上晃晃荡荡,也没见过他们点的灯是破碗里锈着一坨酥油在燃烧。我们看到的是汽车跑进了草原,饭馆开在了村头,成群的牛羊拥挤在家家的帐圈里。还有,草原上的格桑花开得像阿妹的笑脸一样动人!"

　　不必责怪这些格尼年轻娃们随口讲话太浪漫,不可辩驳的事实是,村里这些年在他们的眼皮底下,发生了几辈人想都不敢想的巨变:一栋栋别致豁亮的藏式小楼一年比一年多地耸立起来,改变了远古至今人畜混住的陋习;自来水像一条活蹦欢跳的小溪淌进了家家院里,牧民背着沉重的水桶远山远地去背水的时代宣告结束;一条坦荡的柏油公路像从天外飘来的哈达穿村而过，外面的精彩世界与格尼村从此接轨……星斗的光芒不知何时淡去，分明是久盼的心愿却在始料不及时突然从天而降，格尼村有了路灯。沉寂了多少年的村庄被明天的风吹醒，格尼人光彩照人地从阳光中走来。

　　每天傍晚，夕阳即将沉没的瞬间，格尼村的人们还没有结束忙碌的劳作，村中公路两旁的路灯就闪射出了光芒。亮灯的景象实在是既壮美又神奇。仿佛有人喊了一声"开灯"的口令，那些悬挂在杆顶的灯便很听招呼地有节奏地渐次亮起来。是透过那红白相间的藏式小楼亮起来的，是穿越那郁郁葱葱的庭院里的树丛亮起来的。只是刹那之间，夜幕被扫远，寒风被扳倒，格尼村像个刚刚出浴的美丽仙子从头到脚通体透亮地袒露在灯光下。灯在高处，柔光满地。并不很长的村街被路灯洗得格外亮堂、干净。老人们推窗望灯，满脸的皱纹笑成了盛开的菊花。青年人寻乐的最拿手的招数是跳锅庄，整个村子被他们踩踏得歌飞舞颤。那些孩子们则要偏偏找个灯光照不到的隐蔽处藏猫猫。村民们幸福得快要疯了，藏村快乐得简直要让电灯和星星牵起手。

　　夜过五更，不眠的路灯已经构成了高原黎明的一部分。格尼人又迎来了西藏一个灿烂的早晨。

　　一位诗人称赞格尼村的路灯是格尼人美丽的眼睛，它笑眯眯地向世人展现着西藏从贫穷走向小康的变化。格尼村的一位老阿妈直截了当地说，路灯是党给我们送来的温暖的太阳，我们爱它，要把它顶在头上，装进心里。

　　《西藏日报》在头版发表消息，报道了格尼村这一喜讯：《咱村也有路灯了》。我反复读着这则带着花边的新闻，恨不能立即生翅穿越千山万水飞到格尼村，看看那让牧民们引以为自豪的温暖的小太阳，摸摸它色彩斑斓的身影。也许我比一般游人更能体会它的内涵，更能领略它的诱惑。因为我曾经到过格尼村，我的记忆里深藏着它旧时不堪入目的凄惶景象。

我记下了它的伤痛，才有资格享受它的幸福，对比它的巨变。

时间改变人生，改变社会。50年间既有雷鸣雪暴，更有春风细雨。是党的阳光雨露把一个荒瘠、贫穷的西藏小村改变成人间仙境。我怎能忘记我初次见到的格尼村……

1959年早春，平息西藏叛乱的行车路上。

我们连队的车队甩掉了叛匪的偷袭后，来到格尼村。短暂休息，准备吃点压缩饼干，就立即赶赴某一地的战斗前线。天已擦黑，村里竟然没有一个大人露面，只在一截低矮的残墙下，缩着两个乞儿在发呆。窄窄坑坑的街道满是污水、提掉帮的藏靴、散了架的木桶及人畜粪便。满目伤痕，臭气弥漫。所有的房门都关闭着，只有一两家的帐房上断了气的炊烟冻在半空中。偶尔有几处崩溃的暮暮的灯光像鬼火似的，闪在黑沉沉的夜色里。远处，一轮半月分明不是在高天而是坠入了山谷，看样子随时准备毁灭。我沿着黑暗的街道走出好远，我好像走得越远就越能坚定地告诉自己，我还能走回来，看到曙光，看到日出。

这就是我经历过的格尼村。

一股春风翻过山梁，吹醒了我。我的思绪从沉沉遥远的回忆中走出来，我仿佛真真切切地看见了格尼村一片灿烂的灯光。它的光芒扫掉了西藏昔日忧伤的面容和破旧的衣衫，也给我心中点燃了一盏长明灯。我把这灯的光波叫作党的温暖，藏胞的幸福。在这片灯影下，西藏的所有土地正等待着收获！

布达拉宫侧影

对耸立在拉萨西北玛布日山上的布达拉宫长久不变的美好向往，使它成了我心中一座神圣的丰碑。那座可以与天宫媲美的宫殿下有条环形街道叫"八廓街"，早早晚晚都旋转、涌动着朝圣的人流；斜对着布达拉宫就是西藏最大的寺庙大昭寺，殿堂里点亮的千盏佛灯如银河一般浩渺；大昭寺前面有当年文成公主亲手栽下的唐柳，柳絮里深藏着公主那绿度母般的笑容。

50年风雪朗晴，岁月悠悠，恍如隔世。我于三个不同历史时期，曾在布达拉宫前遇到过三个藏族女性，有悲凉沉默之忧，有冰清玉洁之亮，有纯朴勤劳之美。今天我在追忆她们的故事时，总能感受到藏族同胞在挣脱了农奴制度后那美丽的呼吸。

1959年3月的一天，我驾驶着一辆笨重的军用卡车，穿过世界屋脊，一到拉萨天就黑了下来。沉沉落下的夜幕笼罩了布达拉宫，广场周围的经幡绳子随风摇动着几件冒着硝烟的破旧藏袍，甚至能嗅到淡淡的火药味。一个佝偻着腰身的老阿妈，正缓缓而迟钝地把藏袍收到怀里。

我是一个在西藏跑车的汽车兵，奉命随车队执行平叛战勤运输任务第一次到了拉萨。我在布达拉宫广场把一车粮食、被褥、食品卸下后，碰巧遇到了这位老阿妈。至今我难忘老人那满脸皱纹里埋着的沉重的目光。她只是疑惑地望着我，胆怯地后退着。我已经在藏北大地上奔驰了一天一夜，肠胃被飞转的车轮掏空了似的饥饿难耐。我上前向老阿妈打听何处可以得到一些充饥的食品。她恐慌起来，直摆手，竟然连最后一件衣服也不收就用袖口掩着嘴退进了不远处的一顶帐篷。退中脚下一绊，还摔了一跤，衣物全散落在地。这当儿旁边几顶帐篷的帘缝里半遮半掩地挤出几双疑云重重的眼睛。

这就是拉萨留给我的第一印象。我无助地站在布达拉宫广场，满腔疼痛！

很快，部队的藏族翻译赤旦就给我们描述了几天前发生在拉萨的那场叛乱的惨景。那是一个砒霜杀伤阳光的日子，一把蓄谋已久的罪恶大锤砸在布达拉宫的心脏。刚刚非法脱胎而出的由噶厦（西藏地方政府）部分官员和三大寺（甘丹寺、哲蚌寺、色拉寺）的首领等人杂凑成的西藏叛乱总部，以"西藏独立国人民会议"的名义，纠集了7000多叛乱分子，带着武器弹药，涌上街头游行。他们设置路障，砍倒电杆，割断电线，袭击军车，乱放冷枪……满城惊慌，满城阴云。藏族爱国人士、自治区筹委会委员索朗降措，大汗淋漓地蹬着自行车上街探寻情况，刚走到罗布林卡门前，就被叛乱分子用石头砸死，血浆溅满脚蹬。随后叛乱分子用一匹马拖着索朗降措的尸体在拉萨市游街示众……

冬天还没有化完的雪已经舔尽了布达拉宫顶上最后一缕阳光。西藏沉浸在呜咽之中。

赤旦指着布达拉宫一侧一排低矮杂乱的小屋和帐篷说，那里住的都是苦难的藏胞，是有名的讨饭街。刚才那位老阿妈就是消失在那条街上。我看到那些帐篷参差不齐，冰冷凄惶，篷布像布达拉宫的宫墙一样斑斑驳驳。那是岁月的泪花！

日子一叠再叠，翻动有声。

后来，我又有多次拉萨之行。岁月的刻刀把布达拉宫雕得越来越精致，在我的脑际留下多姿的记忆。上世纪80年代初，一次我到了拉萨后突然发现布达拉宫广场变大了，宽阔了，变新了。原先的那条讨饭街出脱成一排整齐的藏式平房，豁亮、体面地站在广场一隅。有布达拉宫的映衬，藏式平房更加显得古色古香，很有西藏风情。有几个身着绛红色藏服的老人在平房前静静地晒太阳。我激动地看看藏房又看看不远处的布达拉宫，陡然觉得这排平房像一艘串联起来的船屋，高仰着头的布达拉宫就是船头了，正指挥若定地带着平房起锚前行。

那夜，我特地投宿在这条新建的藏房街一户藏胞家中。躺在临街的屋里，隔窗可望拉萨夜空。月亮不知去向，天黑得有点随心所欲，星星像煮爆的豆荚这儿一串那儿一片地闪烁着。后来我才看清，那不是星星，而是布达拉宫的夜灯。我的感觉整个拉萨城乃至西藏都在这闪烁的灯光中睁开惺忪的睡眼。

次日清晨，我才发现昨晚下的是一场罕见的大雪。在我的印象中好像拉萨没有下过这么大的雪，整个城市被一览无余的白雪覆盖着。昨夜和这之前发生的一切已经不留痕迹地消失了。触动我的思绪使我的心无法平静下来的是那件藏裙，红色的藏裙。我走出藏房时，已经风止雪停，拉萨又恢复了惯有的宁静。我意外地发现房顶的天窗口盖着一件藏裙，虽然雪迹斑斑，仍然露着红红绿绿的鲜亮。我马上明白，正是这件带着体温的藏裙像一枚温馨的纽扣，锁住了突降的冷雪，为我遮挡了一夜的风寒。藏裙，是雪中一团燃烧的炉火，是亮在我记忆里的一盏暖灯！

谁呢？

我清楚地看到从我住宿的房前已经扫出一条干干净净、滴雪不沾的小路。路尽头有个人影正在猫腰扫雪，路一直向布达拉宫广场延伸。那扫雪人的身子一左一右地移动着，极像在晨曦中随风摆动的蓬勃小树。那人穿着红衣，白雪映衬得很是艳亮。清纯的歌声响在刚刚扫出的路上。

我踏着歌声上前一看，原来是一位藏家少女正在满脸热汗地扫雪。她的脸冻得红扑扑的，缀在上面的每粒汗珠都含着笑容。她直起腰和我打招呼：金珠玛米叔叔，夜里让你受冻了！我猜想昨晚大概就是她用藏裙盖在了天窗上，我忙说：谢谢你！她诡秘地一笑。

我知道了少女叫"德吉央宗"，便和她一起扫雪，一直扫到布达拉宫广场。那里已经有人扫出了一条大路，小路和大路衔接。我告诉央宗，今天我们有一个车队通过广场去林芝，这路扫得太及时了！央宗说，我们昨天就知道这个消息了，欢迎金珠玛米车队。今天的大路和小路都是为迎接军车扫出来的！

进入新世纪的第一年，用国家投资数亿元的巨款对布达拉宫修缮如新后，我在拉萨结识了一个名叫"梅朵卓玛"的姑娘。那天日光城的天空纯得天鹅般美丽，布达拉宫广场的游人特别多。我躲开人流独自沿着宫墙一侧的台阶路饶有情趣地一步一步地攀登。风从山顶吹来，带着佛经与酥油的气息，慈善地抚摸着我的脸颊。我看见山头的布达拉宫像一朵莲花在缓缓地上升。于是我觉得我是踏着祥云进入了澄明的天空。就在这时候我听到了一阵歌声，好像在唱："大嘴的拉萨天空给我阳光，大肚的西藏高原给我青稞。呀啦索，用拉萨的阳光娶她，用西藏的青稞娶她。新娘的名字叫'卓玛'……"

好牵动人心的歌声。我踏歌寻到了这个叫"梅朵卓玛"的姑娘，她正坐在紧靠着宫墙的台阶上歇息。一位如夏天格桑花一样清爽的女子，她的美丽绝不仅仅在于洁嫩的肤色和纯雅的脸盘，那顶狐皮帽子把妩媚的端庄一直深入到她苗条的身段，朴实而精致的藏袍和束腰而围的氆氇带，确实使她越发显得干练、周正。点缀在腰肢上的珊瑚播撒着碎银似的光波。随着秀发缠绕的红绿布条无疑更增添了她的美姿。我惊讶地发现，如今的藏族姑娘竟长得如此漂亮！像所有的藏家姑娘一样，她在亲人解放军面前把陌生、羞涩变成了亲切和无话不说的坦率。她先拿出相机让我为她拍了一张以布达拉宫为背景的照片，然后自报家门，告诉了我她的名字，还说她是林芝文工团独唱演员兼二胡演奏员，唱那首被才旦卓玛唱红了的《翻身农奴把歌唱》。之后，梅朵卓玛袒露心迹，说她希望到内地去唱歌，唱西藏的民歌、情歌。我问她在文工团唱得好好的为什么一定要到内地去，她说，内地人需要了解西藏，我们也需要到内地去交流、去发展啊。

整整50年了。布达拉宫下那位见了我惊恐地避入帐篷的老阿妈，那个为解放军车队扫雪的藏族少女德吉央宗，以及梦想到内地一展歌喉的文工团员梅朵卓玛，经常闪现在我眼前。她们三人先后展示出来的躯体语言、她们的音容言谈、她们的美丽向往，以浓缩的方式折射出藏族同胞对解放军、对祖国内地感情上的巨大变迁。

西藏现在已把昔日的苦难孵化成温馨的阳光，已将九曲十八弯的坎坷铺展成高原的坦途。在天路修通的今天，我多么想从北京乘上直达快车，再去一次拉萨，再去瞻仰百看不厌的布达拉宫，再去看看宫墙下那广场、那八廓街的新貌……

大美西藏

　　我有过上百次穿越世界屋脊到西藏的人生经历。常常有朋友问我，去过西藏和没去过西藏的人，都为西藏旷世绝伦的美所折服，你告诉我西藏到底美在哪里。

　　地处地球之巅的西藏，平均海拔4 000米，酷寒缺氧，飘雪的日子覆盖着四季，那里的雪山、冰川、峡谷和冰河湖泊弥漫着古老的神秘，蕴藏着深邃的景观。在西藏，一些重复的东西始终重复着，接连不断，比如暴雪断路，比如天葬轮回，比如经文旋转……我每次一翻过唐古拉山踏进西藏的门槛，就自然而然地有一种来到人间最后一块净土的宁静阔远的感觉。有时一朵白云一片雪花就能把我醉倒。真的，当我置身于西藏的山水中时，往往有一种一脚此生、另一脚彼世之感，竟然忘了归途。

　　西藏之美，美在草原。藏北草原，亦称"羌塘草原"。浩荡无边的草浪不断地涌来倒去，西藏的春天就是被这藏北的青草一针一线地缝在了永冻层上。它是中国最大的草原之一，其实大还在其次，主要是它的富饶。这里不仅有优美的自然风景，还有异常丰富的资源。药材有冬虫夏草、贝母、雪莲、藏红花等，珍稀野生动物有存世很少的藏北野驴、藏羚羊和野牦牛等，矿藏有黄金、锑矿、铜矿、硼砂等。终年积雪的唐古拉山、冈底斯山和念青唐古拉山像晶亮剔透的墙围绕它而挺立，青藏公路和青藏铁路犹如两根飘逸的丝带贯穿整个草原，紧凑而妥帖地勒在它的腰间。蓝天白云之下，是茫茫草海和镶嵌于草原的曲曲直直的河流溪水，那水是静的，几乎不流动，清澈见底，倒映着雪峰、碧空、云彩，真是一幅天地合一山水合一的宁静、和谐、壮美的画卷！汽车和火车并驾齐驱开过来了，悠长嘹亮的车笛叫醒了牧村，叫醒了草场，叫醒了长鞭！初春，看一颗草粒如何悄悄萌芽；盛夏，看一望无际的草浪浩浩荡荡地涌向天边。

　　西藏之美，美在阳光。我是去了西藏多次之后，才真正地体悟到为什么拉萨被人们称为"日光城"。那是一个盛产阳光的地方，我们把整个西藏都称为"日光圣地"也不为过。每天早起的雄鹰将那苍劲的翅膀在唐古拉山巅一斜，太阳就轻轻地跃出来，温暖了西藏的每个角落。雅鲁藏布江最先溅向一片露水般湿润的阳光。西藏太阳的颜色与别处不一样，是橘黄色的，镶着淡淡的红边的浅黄。看上去绝不晃眼，柔柔的，酥酥的，暖暖的，爽心悦目，美！阳光下，牧业兴旺，糌粑飘香，佛光灼灼，还有静立在山顶的和平哨所。

　　如果有幸遇上藏家人晒浴的日子，你不妨静静地躺在拉萨河畔的茸茸草滩上，舒展四肢，嘴里含一块酥油糖，让阳光从身上脸上轻手轻脚地滚过，先是抚醉了你，接着抚化了你。这时你得到的是一种最时尚的物质享受与最纯粹的藏族风情合二为一的精神享受，领略到的是藏地新生活的甘甜！

　　西藏之美，美在青稞酒。这样的场面我们在屏幕舞台和文艺作品里经常会看到：藏族同胞双手捧着酒碗，高高举过头顶，与一条洁白的哈达同时献给尊朋贵客。客人双手接过酒碗，轻轻呷一口，主人立即给添满，再喝一口再添满，第三次必须一饮而尽，才不为失礼。那酒便是青稞酒。青稞酒是藏家人男女老少酷爱的饮料，婚丧嫁娶和节假日都必不可少。豪饮，在西藏无论是牧区还是城镇都体现得淋漓尽致。夏日的草场上，冬天的火炉旁，"一心敬""六连升""八匹马"……猜拳行令之声不绝于耳。那些肤色被高原紫外线照射得黑里泛红的藏家汉子们，温上青稞酒，频频举杯，痛快畅饮，一醉方休。醉中的汉子额头上那似刀刻出来的额纹，更能彰显出藏家民族的强悍。游牧人最喜骑马饮酒，一手举杯，一手抓缰，真乃酒气冲天，马蹄踏香！

　　西藏美在哪里？这是一百个人会得出一百种答案的问题。布达拉宫的千盏佛灯不美吗？造山运动喷涌起的珠穆朗玛峰不美吗？雅鲁藏布江大峡谷不美吗？被人誉为天上绿宝石的纳木错不美吗？……归根结底，最美的还是创造了美的西藏各族人民。只要你走近那些穿着氆氇袍、蹬着长筒靴、挎着镶有绿松石藏刀的藏胞，你就会得到许多故事，明白许多事情，获得许多营养！

一把藏刀

二〇〇六年八月的这个中午，好像注定我要走入另一种生命。当我在书房"望柳庄"忙忙碌碌地触摸媚丽的阳光时，茫茫尘世的另一端一位藏族老人的双眼刺穿我记忆深处的疼。

为了找到很久以前收藏的一张青藏公路地图，我翻箱倒柜，把书房几乎倒腾得底儿朝天。地图最终也没找着，倒是从一本厚书里"咣当"一声滑落下一把小巧的藏刀，它像一个武士从队列里站出，要同我交谈。我有些措手不及，但很快就镇静下来。

我是收藏这把藏刀的主人。我仍然不厌其烦地把它打量：刀鞘上镶着松耳石，象牙柄上嵌着红玛瑙。自然有些陈旧了，多年的尘埃使它失去体面的色泽。但是烈性的锐气犹在，锋利的弯月，青铜的寒风，尖刃上仍然能行走迅猛的呼啸。

藏刀在时间上已经沉默四十多年了，刃面上一层薄薄的锈迹记载着岁月的留痕。冰是火的化身，无声是有声的极致。我知道藏刀一直醒着。

看着藏刀，我很亲切又很陌生。

日子用最粗糙的砂纸，打磨掉我眼前早就板结了的雾障。强迫我想起生命中那些无法忘掉的往事。已经死去数十年的黑夜开始变亮，和窗外的阳光混在一起，拽我走进拉萨八廊街。

藏刀，我骨髓里的忧伤乃至悲愤是你造成的。你的主人们生存的艰辛，还有当时有气无力的阳光下西藏千疮百孔的面容，也许永远不为你所知。但是你要明白，拉萨的夜确实不平静，有人在行窃。有人在放火。

山比情葱茏。

水比意活泼。

藏刀，你把我从宁静的和平带入战乱的年代。当时西藏和平解放不久，还没进行民主改革，刚刚发生了一场叛乱。正是拉萨痛哭流涕的季节。我必须让自己的思绪慢下来，以便仔细地回忆和拾捡那些不该被遗弃的细节性的东西。比如，我走过大昭寺唐柳下看到柳枝上挂着一只烧焦了的藏靴；在布达拉宫广场旁边的水坑里我看见一只正在挣扎着奄奄一息的小羊羔；一个喇嘛在罗布林卡前和我打了个照面后，便慌慌张张地进了树林；我来到市中心，发现路边没有主人的地灶被冷风吹走了最后一点热气……蒙难中的拉萨，今天我对这些记忆犹新！

下来，我该讲到那位老阿妈了。

那天午后，如果没有那场突如其来的降雪，我不会突发奇想地产生了去看看八廊街雪景的想法；如果没有雪后那次辉煌的落日，把八廊街映照得凄美、苍凉，我也早就离开那条古老的老街了。一切都在意料之外。

八廊街（那时叫"八角街"）是拉萨城市的标志。是城市之中的一个闹市，城中城。它紧紧围绕着大昭寺，周围那整个一片旧式的、有着浓郁藏族生活气息的建筑形成了一条环形街道。八廊街内僻巷幽幽，曲途自通，宫厦套着石屋，回楼依傍古寺。新中国成立前，八廊街里既有噶厦政府、地方法庭、监狱等机构，又有商店摊贩、手工作坊。这里住着达赖世家等贵族、僧人、学者，也住着木匠、银匠、铁匠、画匠、裁缝及农奴佣人等社会地位低下的市民。人们在八廊街上那些难以数计的小货摊上、撑在街旁的各色小帐篷底下，或在一间挨一间的伸进街巷深处的幽暗的小店中，神秘地进行着各式各样丰富多彩的交易。这里是西藏生活的集散地，是西藏民俗乡情的本来面貌表现得最原汁原味的地方。即使现在到了二十一世纪，外地人走进八廊街仍然能够比较真实地追寻到感受到几百年前藏族人民的生活习惯和气息。

八廊街给我留下刻骨铭心的印象令我终生难忘的事情，是藏家人在这条街上神圣的朝觐和虔诚真心地祈求人生愿望。拉萨城里的转经路有三条。大转经路是围绕拉萨全城，从沿河路向西绕到布达拉宫后面，再朝东顺着建设路绕过邮电大楼，最后回到原地沿河路；第二条转经路是绕布达拉宫一周、绕药王山一周；小转经路也是藏家人心中最重要的一条转经路，那就是围绕大昭寺一周的八廊街转经路了。我要说的是八廊街上男男女女老老少少手摇转经筒若浪如潮的朝觐人流。我每次来到拉萨，一个最突出的感觉便是这儿的变化太慢，仿佛正是八廊街上缓缓的、静立不动的脚步拖住了拉萨的发展。他们不动声色地一圈一圈地走着，这三里长的环形街何处是头！每天傍晚，是特定的转经时间，这时好像接到了一项无声的命令，四方的信男信女立即涌向大昭寺的正前方，一阵轻微的有次序的骚动之后，便严格地以顺时针方向沿着八廊街走去。必须是顺时针。有些不守规矩的外地人总有逆时针走八廊街。这时藏家人用鄙夷的眼光小视他们。傍晚的八廊街上，只听见无数的皮鞋、布鞋、毡靴在磨蹭地面的碰响声，人群中发出的轻微的祈祷声。鲜亮的耳环摇摇摆摆，一串串珠宝闪闪烁烁，一个个转经筒有旋律地晃动。这活脱脱、灰蒙蒙的队伍给人的印象既严肃又郁闷。傍晚的八廊街把人们带进了一个概念上美好、实际上却是迷蒙的世界里。

我就是在这时候遇到那位藏族老阿妈的。

不紧不慢的雪花像小蝴蝶一样满天飞舞着，很快就给拉萨城披上了耀眼的银装。雪中的八廓街自然别有情趣，那些高矮不齐的房舍一积起雪就变成齐刷刷的一个模样了。犄角旮旯也被雪填充得同样白净了。唯有街道上滴雪不留，摇着转经筒走街的人们用一双双沉重的藏靴踏飞了路上的雪。雪是天空凝固的泪水，它掉落下来的声音分明带着一种悲伤，所有人包括我们这几个串街观光的士兵，都在抬头望着灰蒙蒙的天空，倾听着雪的声音。走街人嘴里念念有词的祈祷声一声比一声白，苍白。一九五九年初冬拉萨的这场雪肯定是死亡的落霞，要不八廓街为何这样荒凉、凌乱？

我正毫无目的地在街上走着，大部分商店的门都死死地关闭了，只有少数的印度和尼泊尔商人乘机开门赚钱。其实许多人都像我一样只是出出进进地串商摊，只看不买。我是为了观光无心买东西。风吹着，风一直吹着，吹着随着雪花旋转的转经筒。雪帮我保存下这些记忆。

老阿妈像是从天上掉下来似的出现在我的视线内。她走在我前面，顶多有五米的距离。她手摇转经筒，不知为什么那转经筒似乎很沉重，她摇得很吃力。老人穿一件脏兮兮的旧藏袍，袍沿拖着地，她走过的地面上蹭下了一行印痕，袍沿上凝冻着一串串雪球。在她回头望我时，我看到她脸上布满核桃皮似的皱纹，深藏于皱纹里的眼神仿佛集中了世界上所有的苦难和忧伤。她衣褶里凝滞的霜尘及藏靴上豁开的破洞，告诉人们她是从远方来的朝觐者。

是藏北那曲？还是阿里山地或更远的亚东？不得而知。一只藏犬很忠诚地跟随在老人身后，这时窜到一个角落抬起后腿撒一泡尿，本来洁白的雪面露出一片黑污。据说多年后，这些尿能让主人找到返回的路，有藏犬，人就不会迷路。

初冬的风已经很凉了，老阿妈走在落雪的风里，一颠一颤，随时都会倒下似的。这时她抬起疲惫的头用那双没有光神的眼睛看了看我，突然回转身疾步走到我面前，乞求似的拦住了去路。不容我多想也不容我说话她就挡住了我。我不清楚她要做什么，我不懂藏话又无法跟她交流，心中不免生出几分惊恐。我站定，尽量让自己受了惊的心平静下来。老阿妈便又是说话又是用手比画，这样，反复几次之后，我终于明白她是要我买下她的藏刀。

其实我早就注意到了，老阿妈没有摇转经筒的左手里攥着一束枯萎了的格桑花，花簇中间露着一把藏刀，就是我们常常看到佩戴在藏家人腰间那种小巧玲珑的藏刀，护身和装饰兼而有之。老人不可能是经商的买卖人，这我能从她的着装及神态上推断出来。那她为什么要卖藏刀？

我不得不再次打量起站在我面前的这位藏族老人。

几十年间，数十次的跑西藏，进拉萨，我深有体验。只要你一踏进这块地域，就必须丢掉脑子里一些固有的东西，重新理解别人，重新理解环境。因为一切都是你从来没有遇到过的新课题，需要你既要设身处地又要置身度外地去揣摩，去判断。就说这些远道而来的走在拉萨街上的朝觐者吧，对于他们的虔诚他们的执着，你只有理解了才可能走近他们，否则你与他们必然会格格不入。我曾听人讲过，也做过调查，这些朝觐的牧民，不少人为了一次神圣的拉萨之行，往往要把家里多少年积攒的东西一丝不留地卖掉，作为上路远行的盘缠。倾家荡产者实在不少。信仰贴身，无怨无悔。他们一步磕一个长头地前行，不管多么漫长的路，多么艰难的路，都是跪拜出来的。数月甚至成年都要虔诚地匍匐在路上，吃苦、受累、遭罪，全都为了心中朝思暮想的那个明丽的圣地。有些长者熬不过旅途的艰辛，就心甘情愿地长眠在朝觐的路上。眼下这位拦路的老阿妈朝觐到了拉萨，这是她梦寐以求的福分，是她的造化。她为什么要卖掉藏刀？我不得不做这样的推想：她已经灯枯油尽，身无分文，无法返回故乡了。回程的路也不轻松，她仍然要磕头，烧香。那些虚无，那些轮回，那些无法悲伤的眼泪还要在风雪里飞！

　　站在我面前的这位老阿妈，她是从家乡出发来到远方，现在又要从远方出发，返回家乡。不，她是走向更破败的远方！家还会等待她吗？门窗裂了，地灶灭了。她，衣衫褴褛，满脸忧郁，双手哆嗦。我同情她。怜悯她。但是我不能用夜色淹没夜色，也不能用眼泪对抗哭泣。我只能让她感受到人间还有温暖，哪怕是种植一粒星星的微光到她心田，对她来说那也是一次日出。这样才能中止她悠远的叹息。

　　黄昏中的阿妈，黄昏中的忧郁！我走上前靠近了她，低沉地说：阿妈你好吗？你会好的，你的家乡在哪里？我语言生涩，而且语无伦次。阿妈并不识别我混杂着西藏和陕西腔的口音，恐惧地后退了一步。我背过脸去，该不是拭泪吧！我没有犹豫，不能犹豫。我掏出多于这把藏刀三倍的钱，买下了它。五十元钱，这是我三个月的津贴呀。一个士兵！

　　老人恭恭敬敬地接过钱，又恭恭敬敬地递过来藏刀。使我记忆犹新的是那个细节：她特地拍了拍那束分明已经枯萎了的格桑花，与藏刀一起递了过来。

　　老阿妈走了，继续摇晃着转经筒走进八廊街上不算很拥挤的人流中。世界博大，她却矮小。我望着老人的背影，摇摇晃晃地、仿佛随时都会倒下的背影。直到那背影消失，我才把目光从远方拔出来，落到了手中的藏刀上。我饱含莫名其妙的深情打量起这把藏刀。

　　它大约半尺长，刻在刀套和刀柄上的吉祥如意图案，在红绿相间的宝石映衬下栩栩如生，活物一般。有一桩事令我难解，藏刀为什么要裹在格桑花中? 艳美的格桑花象征吉祥, 象征美好, 象征和谐。我心明如镜, 和平年代用刀的时候少, 用心的时候多。我喜爱藏刀是为了收藏。如果这格桑花的色彩还不够艳, 香气还不够浓, 那就再加上我丰富的生活吧!

　　西藏人说, 冷的时候看太阳。此时是傍晚, 天下着雪。雪中拉萨的晚霞很奇妙, 却是阴冷的晚霞。本来到八廊街观景的我已经淡去了这份闲情。一颗怀揣美好梦幻的心, 被老阿妈沉重的藏靴踩埋在灰暗的深处。还有, 就在我买阿妈藏刀的时候, 我们的排长李黑子一直站在稍远处一家尼泊尔商店门前, 用怪怪的眼神看着我。是监视吗? 我很是捉摸不透。我想上前和他说几句话, 他却好像没看见我这个人似的, 头一扭走了。不过, 我没大在意, 排长是管我们的直接领导, 也许在他看来像我这个老大不小的兵还花钱买藏刀玩, 俗气! 没关系, 排长夜夜都和我们这些兵打通铺挨着睡觉, 熄灯后我咬着耳朵说悄悄话, 会给他说清楚的。

　　我再也无心逛八廊街了。我不能忘记那位老阿妈, 把自己心爱的藏刀卖给我的老阿妈。这个世界上有的人已经走了, 这个世界上有的人还要留下来。老阿妈急着回家, 说不定一家人正等着她呢! 现在藏刀虽然拿在我手里, 但那是老阿妈的, 我愿意在我再次见到她时, 把藏刀还给老阿妈。我满怀信心等待着, 因为我相信老人家会有好日子过, 藏家人少了藏刀好日子也会过得单调。这藏刀就算由我暂时给老阿妈保管吧!

　　有了这期望的等待, 我的脚步变得轻快。

　　夕阳低低地卧在西山上, 早起的月亮冲着我笑。

　　我拿着藏刀回兵站, 一路上心情十分复杂, 一会儿沉重, 一会儿轻松。想到也许我还有可能再见到老阿妈时, 希望的苗儿就把胸腔暖得好清爽。想到身无钱粮的老阿妈艰难的回乡之路, 心儿沉沉, 脚步也沉。我不会忘记我在八廊街上看到的老阿妈那张憔悴的脸, 那摇摇晃晃走不稳的背影,她猛然间给我扯出了人间的苦根。但我毕竟还做了一件善事,得到了些许的安慰。

我无论如何没有想到,排长一直悄悄地跟随在我身后。半路上他突然快走了几步,追上我问道:"你买的这把藏刀有故事,你知道吗?"

"不知道。"我一边回答一边疑惑地望着排长,他一脸的严肃。

"藏刀是我从一家藏民商店买来的,后来老阿妈要去了。"他说话的口气满是伤感,却很肯定。

我有点不知所措了,确切地说是紧张。会有这样的事吗,我买的是排长的藏刀?我怔怔地望着排长。

"老阿妈朝觐来到拉萨后,糌粑吃光了,手头又没有一分钱。她不得不在八廊街上乞讨度日。当时她乞求我送她藏刀,我没有理由拒绝她。虽然这把藏刀是我买来的心爱之物,但是我心甘情愿地用它去救人一命!"

我什么也没说,不知道说什么,只觉得手中的藏刀在戳我的心了!

"你留着吧!二十年三十年或者更长的时间后,你把发生在八廊街的这个故事讲给后来人听。这是贫困的西藏农奴挣扎在死亡线上的故事,也是他们摆脱苦难觉醒前的故事。那时我们都老了,也许很老了,年轻人如果不相信会有这样的故事,我出来作证。"

我收起了这把藏刀。最伤感的故事,最深沉的触动,最难忘的记忆。一晃就过去了四十多年。

如今,老阿妈那一代人早就走了,当年的八廊街也跟着那一代人走了。但是发生在那里诸如老阿妈乞讨藏刀又卖藏刀的故事,不会过时也不会老。只要我们的日子还往前赶,就要守住那些旧故事,守住那些曾经苦苦挣扎了一辈子的人。像庄稼守住土地,像花朵守住节气。

　　黑子排长已经作古。他在生命最后时刻，我和他有过通话。他仍然惦记着那把藏刀，我说该物归原主了。他还是那句话：你留着吧。我不能作证了，藏刀就是见证。

　　拉萨通火车了，今年或明年我肯定还会走一趟西藏。火车与我无关。我仍然坐汽车进藏。这样才能一路走，一路停，一路看，一路问。不过，八廊街我是不想去了。那地方会让我勾起好些人，勾起来就伤感，如今他们都离开这个世界了，想起来，疼！我还是把那些名字都藏起来，藏在八廊街很深的深巷里。积蓄一生的同情、感恩与无悔吧！

夜明星

傍晚，西藏高原上的山山水水都笼罩在杏黄色的晚霞里。我乘坐的解放牌汽车向投宿地马可沟飞奔。

马可沟，我并不陌生，它是唐古拉山中的一个牧村。解放初，我曾去过那里。十多年前，我当汽车驾驶员时，又经常在那里歇脚，住过阿爸的帐篷，喝过阿妈的酥油茶……马可沟，给了我们这些运输战士多少温暖呀！此刻，我回忆着那长长的帐篷街：那碎石铺成的村道，那敦厚朴实的藏胞，那香味浓郁的酥油茶，心里涌起一股重返故乡的亲切之感。车子开得已经够快了，我还巴不得一下子就飞到马可沟才好。

汽车顺着山坡转了个月牙形的弯，忽然眼前跃出了万点灯火，银花似锦，好不豁亮！"这是到了哪里？"我努力在记忆的长河里寻找着，怎么也记不起有这么个地方。怪了！

就在这时，汽车在一幢白墙红瓦的房子前面停下了。司机从驾驶室伸出手来，向车上的人摇了摇。说："马可沟到了，下车吧。"我这才知道这个陌生的地方，原来就是我过去熟悉的马可沟。

下了车，我看见到处都是电灯：山坡上一层层，沟底里一排排，汇成一片灯海。远处近处传来各种机器的声响。

这时，从灯影里走出一个人来，这是一位藏族老阿爸。他身材高大，走起路来脚步咚咚地响。到我跟前了，他忽然止了步，惊喜地喊边：

"这不是小李子吗？"

"啊，索朗阿爸！"

老人用他那结满了硬茧的大手紧握着我的手久久地不松开。他又是扳我的肩膀，又是捶我的胸。然后，笑着说："一离开就十多年了，该把咱高原忘了吧？"

我听到这个"咱"字，心里热呼呼的，老人多会儿也不把子弟兵当外人看。我赶忙回答："看你说的，这些年，我不知道梦见你们多少回了。"

老人张开蓬满胡须的嘴，满意地笑着说："这就好，咱爷俩一个样，我也是常常梦见你和同志们。"

我问了阿爸这些年身体、生活的情况，老人爽朗地笑道："好！好！"

我又问阿爸现在在生产队干啥工作，他伸出手来朝着眼前的一片灯海划了个大圈，说："你瞧，就是经管这些夜明星。"

"夜明星"，多么富有诗意的字眼！阿爸怕我不理解，又说："我的手轻轻地一合闸，马达叫了，轮子转了，机器唱了，电灯亮了。我干的就是这个工作，管电的！"

阿爸领我信步走上了旁边的土坎，指着那一片亮闪闪的电灯告诉我，松树崖是公社的磨面厂，草坝上是五七药厂，五里湾是拖拉机站，独子山是新近才成立的皮革厂……这些地方我是多么熟悉呀！它们昔日的情景还清晰地留在我的记忆里：松树崖是天葬场，草坝上是要饭街，五里湾是鬼火滩，唯有独子山富有，那是奴隶主的园林。

索朗阿爸说："咱们这条帐篷街大变样了！小李子，你还记得咱们第一次见面时这里的情景吗？"

阿爸这么一说，我的眼前立即浮现出一盏昏黄的酥油灯来。

那是西藏和平解放后不久，百万农奴仍然受着三大领主的残酷压迫。当时，马可沟是一条窄小、肮脏、破旧的帐篷街。街上满是乱石、粪便、牛角，还有一个个污水坑。白天街上空无一人，只有到了晚上，牧民们从四方要饭回来在这儿过夜，街上才响起疲惫的脚步声，凄惨的哭叫声，还夹杂着有气无力的诵经念佛声。三大领主称这条帐篷街为"帮仓"，意思是"乞丐居住的地方"。每户除了一顶夏不遮雨、冬不挡风的破帐篷和要饭的破碗，就别无所有了。

一天夜里，我们运输小分队来到马可沟，牧民们已经睡了。帐篷街一片死寂。我们没有打扰这些苦难的牧民，在街头悄悄地吃了些干粮，喝了点自带的开水，准备露宿。就在这时，一个战士忽然惊奇地叫了一声：

"灯！"

我们扭过头一看，街中间的路边隐隐约约地闪现出一豆灯光。我们怀着好奇心走过去，只见一段残墙上放着一个破碗，碗里放着一根细细的绳头，绳头吐着微弱的光。灯下，一位藏族阿爸正在铺着铺草——干草、青稞秸之类的东西。他已经摊开了一大片，见我们来了，站起来，笑笑说："刚才下过一场雨，地上湿得能挤出水来，同志们睡下会闹病的。我收拾收拾，你们就睡在这儿吧。唉，没法子，家里穷呀，连个灯也没有。"就在他说话的当儿，刮来一阵风，把灯吹灭了，立时满街又变得黑洞洞的。只听"咣"的一声，老人在摸灯的时候，把放在旁边的一碗酥油茶碰翻了，碗碎了。唉，这是他专为亲人准备的仅有的一碗酥油茶呀。

那天夜里，我们躺在阿爸为我们收拾的"暖心铺"上，心情久久不能平静。这个阿爸就是索朗。

一九五九年三月，西藏高原上还是大雪压山，寒气袭人。达赖叛国集团刚刚发动了武装叛乱，我们汽车队赶运一批军用物资到边防某地。一天傍晚我们又一次来到马可沟。因为前面的公路桥被叛匪破坏了，正在连夜抢修，我们只得在马可沟过夜。这儿，空荡荡的，满目凄凉。我走遍了帐篷街也没找到索朗阿爸。我很难过，心想：这场罪恶的叛乱给牧民带来多么深重的灾难呀！

半夜里，桥修好了，我们立即踏上征途。就在汽车要过桥的时候，忽听得桥头上有人喊道：

"同志们，别太快了，桥刚修好！"

啊，这声音多么熟悉！我赶忙刹住车，跳下来一看，原来正是索朗阿爸。我高兴极了，一把抓住阿爸的手，问："阿爸，您……"

"本来我们要在桥头挂盏灯，给同志们照路，可是前天一股该死的叛匪窜到这里，把我们的东西都抢光了，连盏灯都没留下！"

阿爸的话使我眼前突然亮堂起来。老人的心胜过多少盏灯啊！

现在阿爸提起了过去，我望着眼前马可沟美丽的串串明灯，激动地说："变了，变得我一点儿都认不出来了。"老人呵呵地笑了起来。

晚上，我特意和索朗阿爸住在一起。我们围绕着电灯的事谈得很晚。那明亮的电灯似乎懂得我们的心情，用金亮金亮的光芒把阿爸照得容光焕发。我静静地听阿爸讲着水电站的故事。

那是一九六九年的一天，大队老支书来到索朗阿爸的帐篷里，告诉他一个鼓舞人心的消息：

"县上决定要在咱这山沟修水电站，这月中旬就开工。"

索朗老人听了笑得合不上嘴，每根胡须都在颤动。他对老支书说："要我干什么，你就说吧。咱这肩膀说不上是钢筋铁骨，可也是苦水里磨炼出来的。"

老支书直截了当地下达了任务："让你带一队人马把黑龙潭的水牵到山下的坝子里来。"

黑龙潭在深山的一个高崖下，它和坝子隔着两个山头。多少年来，人们总想把它引来灌溉田地，可是都没有办成。今天，索朗阿爸要制服黑龙潭，行吗？老人捻着胡须，想了一会儿，坚定地说："好，莫说黑龙卧在深山，就是钻进东海，我们也要把它牵出来！"

事情就这样定下了。

索朗阿爸是爆破组的组长，他提着打钎的铁锤，带领社员们在山里钻洞、装药、起爆。那轰隆轰隆的声音就像翻身农奴的呐喊，威力大着呢！工棚里，示意图上那标志开洞工程进度的红箭头，一个劲儿地往前蹿。仅仅二十天，就穿过了第一座山；五十天，又穿透了第二座山。

两座山打通了，索朗阿爸又带领人马继续投入筑坝战斗。不久，一座雄伟的拦水坝就挺立在唐古拉山下了。

那是一个多么欢乐的夜晚呀！从山下那雪白的电机房里传出了机器的轰鸣声。索朗阿爸轻轻地合上电闸，"哗"的一下，马可沟第一次缀满了金灿灿的夜明星。

夜，已经很深了。我睡不着，走出帐篷，站在一个土坡上，望着漫山遍野的夜明星，思潮起伏。我想：经过民主改革的翻身农奴索朗阿爸，不正是一颗亮闪闪的夜明星吗！